「赤点魔女に異世界最強の個別指導」

鎌池和馬

Illust. あろあ

「正直、本当に本気の〇点答案なんて初めて見た……」

妙想矢頃

ヴィオシアの家庭教師。生徒を必ず合格させることができる『ナビゲートエグザム』の異名を持つ。

ヴィオシア・モデストラッキー

召喚禁域魔法学校マレフィキウム入学を目指す魔女見習い。
伝説の魔女の孫娘、なのだが魔法のセンスは受け継がれなかった。

ドロテア・ロックプール

召喚禁域魔法学校マレフィキウム入学を目指す魔女見習い。
全身包帯ぐるぐる巻きの内気な文学少女。

「いっ、いい加減にして!!
教え子のカラダを狙う
ドスケベ家庭教師!!」

メレーエ・スパラティブ

召喚禁域魔法学校マレフィキウム入学を目指す魔女見習い。
キャラウェイ・Cs予備校のエース。

「みんなのことは
私がたすけるなの!」

contents

デザイン/たにごめかぶと(ムシカゴグラフィクス)

赤点魔女に異世界最強の個別指導を！

鎌池和馬
Illust. あろあ

プロローグ　魔法ははるか彼方《かなた》にある

それじゃあ問題だ。魔女は三つの相を重視するもんだぜ。

まずは憧憬の頂点から。

魔女配役参考書シンデレラはATU番号で何番だ？

ATU(777?)a

あたれらっきーなんばー！

~~1234~~

~~0000~~

続けて太古の頂点。

哲学者アリストテレスの方式に基づき四大元素の変換を行いてえが、
以下の図じゃ乾、湿、温、寒の四性質を一つずつ組み替えての最短変換方法が使えねえし。
どれとどれを入れ替えれば正しい図になるか、空欄を埋めてみろ。

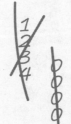

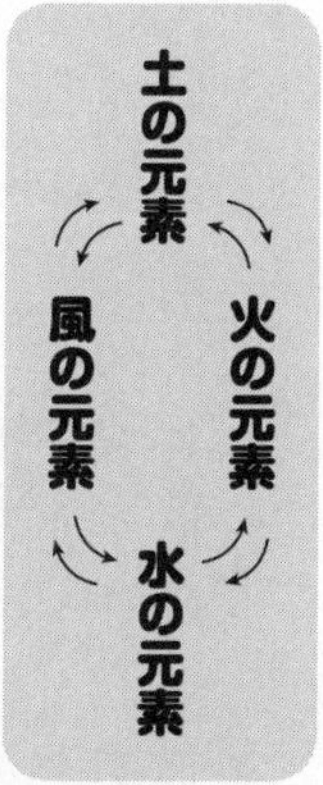

水の元素と（は）の元素を入れ替えれば成立する

せんせい枠がせまくて入らないの！
みがきこ

ヒント・火の元素 ＝ 乾 ＋ 温 で普遍的なプリママテリアを加工したもの

最後に邪悪の頂点。

黒ミサにおいて主催者が取る行動の内、正しくねえものはどれだ？

1・他人を呪い殺す儀式を行う
2・ウサギの頭蓋骨を顔に被《かぶ》る
3・裸の女を祭壇代わりに使う

分かっているわ、これはひっかけ問題なの
全部合っているから何も選ばないのが正解なの、
えっへん！

無の空気であった。

椅子に座ったまま、少女の顔は完全に横を向いていた。どうやら自覚くらいはあるらしい。怖くてこちらと目を合わせられないようだ。

汗はだらだら。

同じ屋根の下の、同じ机。小刻みに震える少女の対面にいる一七歳くらいの似合わない金髪少年は知っている。今は甘やかしてはダメな時間だと。少女の見ている方へ目をやると、ぽかぽか陽気の青空がある。素直に羨ましい。……こっちの机では、ぐしゃりと羊皮紙の答案用紙を握り潰すしかない状況が展開中なのだが。

白系の長袖セーラーにレモンイエローの派手なスラックスを着た少年だった。これだけなら良くて船乗り下手すりゃ結婚式な色彩だが、肘や膝の金属装甲や分厚いブーツが印象を変える。腰回りに分厚い革のコルセットがあるのは長袖セーラーの下に厚さ数センチ大まで紙を束ねた鎧《よろい》を着ているのでちょっと締めないとシルエットが膨らむからだ。挙げ句、腰の横には『武器』まであった。……まあ、剣と魔法の世界では変な機能のついた手品師の杖《つえ》扱いらしいが。

「えと」

「……、」

「せんせい、そんな絶対零度の瞳でこっちニラまないでなの。こわいわ」

「…………………………………………………………………………………………」

「…………………………………………………………………………………………………」

絶対零度ときたか。

何でそんな難しい言葉を知っている女の子がこんな答案用紙を提出できるのだろう。逆に才能なのでは。ＡＴＵ番号は完全に暗記の話だ、まだ分かる。アリストテレスの話は計算ができないと苦しいので仕方ない。でも三択問題は答えが出ないなら運任せでどれかチェックをつければ良《い》いのに。完全な運でも勝率三割強、絶対にやるべきだ。それをとびきりのバカは何で意味のない邪推を繰り広げてチャンスを棒に振った上に天狗《てんぐ》の鼻を伸ばしまくってドヤるし？　勝手に底まで落ちる⁉　えっへんとか自信たっぷりコメントしてんじゃねえ！　魔女研究の始祖に近い女性の説だとロバやウサギ頭の集会主催者はいねえし、そもそも小動物のお面じゃなくて頭蓋骨はサイズ的に人の顔じゃ被《かぶ》れねえとかちょっと想像すりゃ分かんじゃね‼⁉⁇

実は怒っていなかった。

どこからどう手をつけたら良《い》いのか、先生と呼ばれた男も途方に暮れていた、が正しい。

担当しているのは一五歳の女の子だった。

名前はヴィオシア・モデストラッキー。

燃えるような赤い髪を長く伸ばした、まだ幼さの残る顔立ちの少女。白い肌を包んでいるのはロングワンピースだ。全く似合わないスカート両サイドのスリットといい、鍔《つば》の広い尖《とが》った帽子もあるから一応は正統派の魔女の出で立《たち》とも言えるが、何分配色が配色だ。オレンジを中心に赤や紫で細かくアクセント。おどろおどろしさで言ったら○点であった。食欲の秋っぽい色合いというか、ハロウィンっぽくデコったパンプキンタルトにしか見えない。

「まあ、取っちまったのは仕方ねえんじゃね？　正直、本当に本気の○点答案なんてオレも初めて見たけど、目の前の事実は覆《くつがえ》せねえし」

「……はい」

「でも落ち込む必要はねえぞ。まだオレからアンタにできる助言は残ってる」

「はい‼」

「近所に新しくカフェーができるらしいし。接客係のバイトを募集してるようだから……」

「全体的にちょっと待ってなの‼　魔女は続けるわッ！　ひいいどんな事でもするから廃業の助言はひとまずやめて先生っ、あなたは私の家庭教師なのっ‼」

はあ、と男はため息をつく。この子を『パートナー』に選んだのは自分自身だ。なのでどれだけ悲惨であってもここから取り返していくしかない。基本である。教え子が分からないと言ったら、家庭教師としては分かる所まで巻き戻して勉強をやり直すしかないのだ。

一人でも受験勉強はできるが、楽な方に流れやすいという欠点がある。例えば暗記が得意ならそればっかりやって計算問題をおろそかにする、などだ。家庭教師はそういった欠点を外から眺めて客観的に指摘するのが仕事。教え子のダメな所を見て諦めるようでは話にならない。

「いいかーヴィオシア、魔女は三つの相を重視する。（　　）と（　　）と（　　）だぜ」

「えー先生何むにゃむにゃ言ってるの全然聞こえないわ……」

「（憧憬）と（太古）と（邪悪）だし○点、とりあえずなんか答えるクセくらいつけろ」

改めて、だ。

基本の基本からその少年は説明を始める事にした。

「◎プラス一点。魔女は一つの世界を三つの側面から眺め、相互に力を回して強大な推進力を得る訳だ。蒸気船のスクリューのようにな。つまり、読み物を扱う憧憬の頂点、古代儀式の太古の頂点、そして敢《あ》えてねじ曲げられたイメージを逆手に取る邪悪の頂点。今の小テストにも全て含まれてたし。どれか一つじゃあねえ。三つの属性、三相の全体でもって魔女は大空を高速で飛ぶほどの強大な『力』を初めて獲得するもんだぜ。時間や距離を無視して地形を飛び越える、地図上の制約をも否定して天空を舞うには複雑な仕組みと安全装置が必要って訳だ」

「くー、すー」

「……、」

規則正しい寝息があった。船乗りみたいなセーラー服を着こなす金髪少年は何にでも使える木製の計算尺をよくしならせて教え子のおでこをぺしんと引《ひ》っ叩《ぱた》いた。

「いたいなのっ」

「三秒」

いったん寝ると呼びかけても起きないのだ、結局叩《たた》くしかなくなるのでやめてほしい。

まったくこれが天井突破の堂々たる一角にして『夜と闇と恋の女王』の異名でも知られる
——己の意志で肉体は完全に管理しているようだが、本気出して大地や空間から力を吸い上げるとうっかり幼女化したり翼や角が生えたりくらいはやりかねないほど大人気ない——伝説の魔女の孫娘とは。まあヴィオシアは周囲の反対を押し切って勝手に神殿学都へ来たようだが。心優しい女王からお前は絶対無理だから諦めろと言われるのは逆にどれだけレアなんだ。

（……ま、親と子と孫、才能がそのまま引き継がれるほど魔女の受験は甘くねえか。学問も芸能も運動も、天才の子っていうのは余計に苦しむ羽目になるのが世の常じゃね？）

「ふぁ、あ。やっぱり昨日の夜も頼まれて迷子のにゃんこを探していたからなの……？」

そしてまた一つ明らかになった。

こいつこの極限残念少女、今のあくびはテスト勉強で寝不足とかではないらしい。

「だ、大体、家庭教師ならもっと言葉遣いをそれらしくしてほしいわ」

「それで一点でも上がるなら今からそうするし、はいですやるですそうでございます」

「すみませんでした先生。全力で謝るから元に戻ってなの」

「……やっぱりカフェーの接客係の方が向いてんじゃやね？　こう、例の店だとセクハラ紛《まが》いのひらひらミニスカートに胸元谷間強調の制服らしいし。アンタの貧層な乳じゃ胸元がぶかぶかになるかもしんないけど、ひょっとしたら奇抜を極めた需要もあるかも……」

「ちょっと待ってどこまで話題が戻ってるか確認させてなの！　うえーん！　この職業斡旋《しょくぎょうあっせん》がひどすぎて半分人買い的なトークになっているわ、メフィストフェレスたすけてなのー‼」

「一流を目指す魔女が道具の性能にすがるな。……大体、そのホウキはアンタを一人前の魔女として認めてくれたのか？」

う、と少女が口ごもった。

半人前の魔女達が集まる大都市でも、ここまでとなると珍しい。

「軍資金がなくて中古店にあった事故ばっかりの格安いわくつき、しかもそのホウキからも認められてねえ。人と道具を結ぶ聖別《コンセクレーション》がまだならアンタの持ち物になってねえんじゃね？」

「ううう｜。メフィストフェレスのいけずなの……。結局、細かい計算なんか覚えなくてもイマドキの魔法は全部フォーミュラブルームが肩代わりしてくれるはずなのにい｜」

かもしれないけど。

金髪の少年は内心で舌打ちし、机の縁にくっつけた小さなガラス製のホルダーで杖《つえ》や傘のように縦に固定した、一四〇センチくらいの魔女術呪器に目をやる。

フォーミュラブルーム＝ヴィッテンベルク。

異世界の地球において、魔法の中心地とまで呼ばれる森と街の名を持つ魔女のホウキ。

つるりとした陶器のような質感。まるで上等なピアノのように漆黒に金や赤の縁取りをされたシックでオトナ、そしてどこか禍々《まがまが》しい静けさを秘める一品は、まったくもって少女に似合っていなかった。もちろんそれは清掃用具などではない。太い柄から穂先の一本一本に至るまで完全なる魔女の技術に基づいて設計された世界最高級の魔女術呪器。これが格安で中古店にあった事に、むしろ逆に恐怖《いわく》を感じないものなのか。

そう。魔法を使う『だけ』ならフォーミュラブルーム＝ヴィッテンベルク頼みで構わない。

そもそもこの世界に魔法なんかない、のだから。

本当にひどい言い分だが嘘《うそ》じゃない。

剣と魔法のファンシーな世界は、すでに片側を丸ごともぎ取られていた。一本の巻物《スクロール》に長々と記された歴史はその全部が平和だった訳ではない。遠い遠い昔、ある時を境に知識の継承が途切れてしまった。……つまりこの世界の魔法は一回、完全に絶滅してしまったのだ。

シンデレラやアリストテレスなんて名前がこっちの世界で出てくるのは何故《なぜ》？

その答えもここにある。すでにこの世の誰にも魔法は使えず、それでも魔法の味を忘れられない人々は無理矢理にでも帳尻を合わせた。つまり異世界の地球から禁断の知識を引きずり出して強引に魔法を発動させる技術を新たに完成させたのだ。

それが最新鋭の魔女のホウキ、フォーミュラブルーム。

使う者の意志と目的に応じて旧《ふる》き神秘を自由自在に展開する、おぞましき叡智《えいち》の泉。

（……電車とかバスとかって感じなんじゃね？）

ふと、懐《なつ》かしい単語をその少年は思い出した。風化するほど時が経《た》った訳でもないのに。

ヴィオシアのフォーミュラブルームは入念にワックスをかけてファンや報道陣の前に出てくるレーシングカーみたいにピカピカだ。

（つまり、どれだけ利用法が分かっても自力で運転できねえ。『使う側』程度なら全然構わねえが、『創る側』に回ってより良《よ》い暮らしを提供するならダメ。便利で使いやすい、の裏側で何が起きてんのか説明できなきゃ道を外れて全く新しいスタントやアクロバットはできねえし）

魔法の中身を知らずに杖《つえ》やホウキを振る事しかできない魔女を呼ぶ言葉として、s(Witch)《スウィッチ》という蔑称が囁《ささや》かれるのもこのファンタジーな世界では珍しくない。

……スイッチ。英語やラテン語が入ってきているのも異世界の地球から知識を引きずり出しているせいかもしれない。そして家庭教師としては分厚い辞書や長い定規があってもロケットは作れません、では困る。それでは楽な方に逃げたつもりで知識に搾取《さくしゅ》されるだけの奴隷だ。

とはいえ、今こんな話をしても頭のキャパがいっぱいになって軽めに煙まで出ている少女に通じないか。バスとか電車とか未知なる言葉を出してもこっちの人間は首を傾げるだろうし。

なのでセーラー服の少年は端的に話題を切り替えた。

「遠くを見ろ、ヴィオシア。見るんだ」

それはサインだ。すでに魔法の枯れた世界において、それでも異世界の地球の知識を引きずり出してでも本物の魔女を志す者達にとっては希望を込めて。そこまで死力を尽くして挑んでも狭き門を潜《くぐ》れなかった者にとっては苦痛を込めて。

だけどまだ、この子は呪いを込めて荷物をまとめる側ではないはずだ。

「――――。」

圧倒されていた。

あるいは険しい山の頂上で一面に広がる景色を目の当《ま》たり《あ》にしたように。

美しいものと直面した憧れの眼差《まなざ》しで、少女は『それ』を見ていた。

(……ならギリギリで大丈夫じゃね？　そういう風に映ってんなら)

はるか遠くには白と黒があった。大理石と黒曜石で形作られた折り目正しい街の中央は、どこからでも見える。だけど万人が当たり前に眺めているはずの中心点、そこに居座る巨大な湖の『奥』だけは、誰も目にする事は叶《かな》わない。冬でもないのに水面に浮かぶ白いダイヤモンドダストに揺らぐ影はかろうじて多くの尖塔《せんとう》を持つ王の城のように映るだけだ。ただしそれすらも確証はない。見る人によって違う形を取っても確認できないのだし。

究極的に言えば、今、少年が見ているものとヴィオシアが見ているものは全く違う形を取っているのかもしれない。だけど確かに『それ』はそこにある。険しい試練を越えて湖の奥にまで着陸できた魔女だけが正しい景色を知る栄誉を得られるはずだ。

召喚禁域魔法学校マレフィキウム。

誰もが知り、誰もが目指し、誰もが夢に描き、しかし大陸中にいる少女達の実に九九・九九九九％以上が屈辱と挫折を味わう『借り物の力を振るう魔女達』の超難関校。

「アンタには、あそこに行きてえ理由がある。そうなんじゃね？」

「……うん」


つまりそういう事だった。

ここは話題の召喚禁域魔法学校マレフィキウム、ではない。

今は四月後半。実に人口の五割以上が浪人生、受験に落ちる少女達とそれでもしがみつく少女達によって巨大な経済が回る、仕組みのイカれた大都市。その小さな公園にある屋根付きの東屋《あずまや》だった。予備校の自習室に空きがない時は大体こういう所で勉強を見る事になる。

「その気持ちが折れてなけりゃあ、オレはいくらでも力を貸すし」

改めて、目を見てセーラー服の少年――妙想矢《みようそうや》頃《ごろ》――は言った。

一七歳の家庭教師は、はっきりと。

「来年三月にアンタを必ず合格させる。こいつはそういう『指導契約』だぜ」

エピソード1 ホウキと魔女の残念な子に魔王

1

夏は暑くて冬は寒い石造りのアパート、その窓の向こうからだった。

早朝、ようやく新聞を配り終えた時間帯。いきなり大きな声で自分の名を呼ぶ者がいた。

「……ごろ、さあーん。妙想矢頃《みようそうやごろ》さあーんっっっ‼︎‼︎‼︎」

「ご近所迷惑じゃね⁉︎」

窓辺に向かって叫んだら桟の所を歩いていた二足歩行の黒猫使い魔《ファミリアー》が落ちそうになった。ひとまず窓を開け、防水の布のバッグを背負った運送業の（妙に人間臭い挙動の）猫ちゃんを救出。でもって二階の窓の下では小麦色の肌の年上おっとりお姉さんがにこにこしていた。

魔導書《グリモワール》などを扱う、近所の古本屋の店主さんだ。

「あらあら、まあまあ。この時間に返事がねえようなら過労か瞑想《めいそう》でしくじって部屋の中で死んでるかもしれねえから気をつけろー、っておねだりしてきたのは矢頃《やごろ》さんでしょう」

「……、」

またクイズ感覚で小テストの問題作成していて夢中になりすぎた。わずかな仮眠でこの騒ぎ。

サイドテーブルではスマホが今の時刻を表示している。アラーム設定すれば良かったか。

　このままだと何度でも銀髪褐色店主さんが呼びかけてきそうな香りがするので、のんびり朝食も作れない。常温でも保存できる硬いパンだけ摑《つか》んで齧《かじ》りつつ、手にしたスマホと別の取説を水のない水槽に放り投げて『分解』。紙の取説に従って電動歯ブラシに色と形と機能を整えてもらうと、顔を洗って歯を磨く。電源なしでも使えるのはこちらの世界では助かる。

　ＨＥＡハウス。密閉された水槽の中にたくさんいるのは木製のアリだ。手書きで作った分厚い取説を投げ込むと彼らが住み家であるカラフルな土を組み替えて削り出し、あらゆる家電を作ってくれる。ただまあ、あまり自堕落にしていると部屋中異物扱いの家電だらけになってしまうので、食べさせる取説は基本的に一個、外出時は元の土に崩してもらう事にしているが。

（薪《まき》で火を点《つ》けてご飯作る生活と比べたらとにかく便利だからこの発明品をご近所にもお裾分けしたいけど、文明レベルを乱すなってやかましい連中も多いしなあ。美化委員《ベナンダンティ》とか……）

　紙を束ねた鎧《よろい》を上半身につけ、上から男物セーラーに着替えて防具も装着、『武器』を腰に差す。腰に革のコルセットを巻くのは強く締めないと紙の鎧《よろい》の分お腹《なか》が出てしまうからだ。

　そして窓の外からまたきた。

「矢頃《やごろ》さあん!!」

「はいはい分かった分かったうるせえしっ!!」

鍵を掴《つか》むと慌てて部屋を出る。廊下を走って建物の外に飛び出すと古本屋の店主さんがにこにこしていた。本来なら敬語を使うべき恩人だが、そうすると怒るのだ。しかもかわゆく。

「うふふ、今起きたにしては随分と早いご到着で。どうやって時短をしているのかな?」

Home Electrical Appliances。つまり家電製品を使っているとはこの人にも言えないが。

相手は年齢不詳のおっとりお姉さんだ。ふわふわした長い銀髪に健康的な小麦色の肌が特徴で、手にはつるりと輝く白い柄に黄金のブドウのつるが絡《から》みついたホウキがある事からも分かる通り、おそらくは独学なる魔女。伝統的な黒いワンピースの上からウサギの刺繍《ししゅう》が入ったエプロンを着けているため何ともアンバランスだ。あとこの人が身に着けると胸元の動物は大抵全部不細工になる。理由はおっとりお姉さんは体の一部がとってもたゆんで豊かだからだ。

朝から人の血圧を上げてくれる褐色お姉さんは柔らかく笑って挨拶してきた。

「おはようございます、矢頃《やごろ》さん」

「グッドモーニングでございます」

「あらあら、ひょっとして徹夜明けで眠たいのかしら?」

頬に片手を当ててにこやかに微笑《ほほえ》む店主さんはこれくらいでは動じない。

というか慌てふためいたところを見た事がない。

「ほらほら矢頃《やごろ》さん、膝のプロテクターがずれていますよ。これだと防御効果がありません。

はい、私が直してあげる。ほらできたっ」

おっと失礼、と言う暇もない。そして足元に屈《かが》んだ褐色美人を見下ろすと胸のたゆん感がすごい。具体的にはお姉さんのお腹《なか》が見えなくなるレベルで。口に出すのは恩知らず過ぎるが。

「ふふっ、それから相変わらず手品師の杖《つえ》を持ち歩いているんですね、振ると伸びるの。大通りで皆さんを喜ばせるとか？　矢頃《やごろ》さんったら見た目によらず可愛《かわい》らしい所があるんだから」

腰の横にある棒切れをちょんちょんと指先でつついてくる店主さん。

それは伸縮式の警棒ですとは言えなかった。剣と魔法のキラキラ時空は草原や洞窟だけでなく街の中にも盗賊が結構いるらしいのだが、刃物を使って追っ払うのはおっかない。そして図面さえ用意すれば、近所の鍛冶屋さんは案外良《い》い仕事をしてくれるものだ。武器の登録と管理もせずにその辺で店売りしているファンタジー社会とか冷静に考えると超おっかないけど。

（……これができて『銃』が作れねえのは逆に不思議なんだけど、まあ、こっちの世界じゃあんなの発明されねえ方が幸せなのかな？）

妙想矢頃《みょうそうやごろ》としては、ある程度長さと重さがあって、なおかつ剣やナイフなどの魔法的記号を排除できれば何でも良かったのだが。

お姉さんはゆっくりと両膝を伸ばして立ち上がり、

「それはそうと大丈夫？　今からお出かけにしては、何だか荷物が少ないようですけど」

「？」

「うふふ、今日はゴミ出しの日ですよ。古紙の日は月に二回しかないから、今日を逃すと結構溜《た》まっちゃうかも？　羊皮紙って束ねると重たいから嫌になっちゃいますもん。防腐はしていても、変に栄養があるので床にそのまま長く置くとカビが生えたり虫が湧いたりするし……」

忘れていた。

ゴミの日の話ではなく、紙の量についてだ。

（全世界的に内緒で使っている）ＨＥＡハウスに与える取説は全部羊皮紙にガチョウやツバメなどの羽根ペンでびっしり手書きしないといけないのだが、知らない人には不自然に映るか。

「ま、チラシの裏はあればあるだけ困らねえし」

「あら。矢頃《やごろ》さんったら、お絵描きでもするのかしら」

大変豊かなおっとり魔女さんの足元では、めえめえという鳴き声があった。

スケッチゴート。こちらの世界で品種改良された、羊皮紙社会を支える山羊《やぎ》だ。

（……もこもこの羊と一緒で、人と共生して定期的に刈り取りしてもらわねえと生きていけなくなった動物か。そういう意味じゃ、確かに『生《い》け贄《にえ》の山羊《やぎ》』なのかもしれねえんじゃね？）

「皮剝いでんのに気持ち良さそうなんだよな、この山羊《やぎ》。日焼け痕をぺりぺりめくるっつか」

「うふふ、矢頃《やごろ》さんは葦《あし》のナイフで剝がすのおっかなびっくりでしたね。普段は自分で調達しないで、お店で買って確保する派なの？」

よいしょ、と店主さんは紐《ひも》で縛った紙束を足元から片手で持ち上げる。羊皮紙だと植物の紙より一枚一枚が分厚い印象だ。つまり重たそう。

「店主さんは使い魔《ファミリアー》とか創らねえの？　魔法の手伝いの。創らなくても中古なら安いのに」

「家内の使い魔《ドメスティックファミリアー》ですか？　あれ、仮の筋や脂を呪文で取り出してから、骨格代わりの立体ジグソーパズルに沿って細部を作らせるのよね。本当の動物なら可愛《かわ》いから良《い》いですけど」

めえめえ鳴いて甘えてくるスケッチゴートをあやしながらも店主さんはやや困り顔だった。

異世界の地球の文献では初めてのサバトで魔女が悪魔から使い魔《ファミリアー》を与えられて使役するとかそれを他の魔女に売ったり譲ったりもできるとか書かれているが、こちらの世界だと一人の魔女がパズルで組んだ使い魔《ファミリアー》を人口密集地に出しても大丈夫か分厚いマニュアル片手に複数人で公正かつ客観的に調べる、つまり安全確認のチェックをする集会が近い。調達する技術だけなら受験と戦う半人前にもあるのだが、こうした儀式を経て初めて外で使えるようになる訳だ。

妙想矢頃《みょうそうやごろ》はさっき窓辺で助けた運送業の黒猫を思い出しながら、

「そんなに不気味がるもんなの？　架空の生き物を創れるほど便利なものじゃねえって話だけど。骨格や関節まで意識したパズルだから、外から見ても見分けとかつかねえし」

「見分けがつかないから怖い、とも言えるんですよねえー」

ばさりという羽ばたく音と共に、頭上の青空を巨大なドラゴンが横切っていく。ただあっちは作り物の使い魔《ファミリアー》ではなく、召喚禁域魔法学校マレフィキウムで試験管から生み出した巨大生物という話だ。古い地層からキマイラやクラーケンの化石は見つかっているものの、今日び天然のクリーチャーなんていないらしい。遠い森の奥でエルフの目撃談などもあるけど、基本的には公的な確認の取れていないニホンオオカミみたいな扱いだ。

「それから矢頃《やごろ》さん、髪のチェックは？　どれどれ」

「まだ染めた髪は大丈夫だと思うし」

妙想矢頃《みょうそうやごろ》は自分の前髪を指でいじる。銀髪褐色の店主さんも彼の不自然な金色の髪を見て、

「まあまあ、天然の黒髪は最高級の呪いの染料になりますもんね。気をつけないと、夜道でハサミ片手の怪人さん達に襲われて丸坊主《まるぼうず》にされてしまうわよ？」

「ちゃんと気をつける……」

（『達』。だって怖いし、寄ってたかって刃物で髪切られるとかまともじゃねえだろ）

剣と魔法の大きな街にも根も葉もないデマはある。豚の毛を茹《ゆ》でる事で雨を降らせる、など本物の魔法がある分ややこしい。

このように、こちらの世界での生活は本当に店主さんに支えてもらっている。暮らしの豆知識から途方もなく役立つ魔法の稀少本《きしょうぼん》まで色々と恩のある人だ。

店主のお姉さんと別れて家庭教師の少年は石造りのアパートの前から大通りへ。

白と黒だった。

大理石と黒曜石を規則的に配置した、チェス盤みたいな模様の階段の街。それが神殿学都を示す一番の言葉だった。それからあちこちに巨人の天秤《てんびん》みたいな赤い金属塊が伸びているのは、

ここ最近で普及が進んでいるエレベーターだろう。ぶっちゃけおざなりに手すりのついたカゴがあるだけで、後は太い鎖で天高くまで一本釣りだからご利用は超おっかないのだが。

（……遠くからだとサイズ感が分かりにくいけど、アレ、天秤《てんぴん》の柱は一〇〇メートル以上あるし。階段の街で建物の屋根をまたぐ格好で旋回するし、高さが必要なんだけどよ）

街の全景は菱形《ひしがた》ですり鉢状になっていた。逆ピラミッドとでも言うべきか。つまり中心に向かうほど雛壇《ひなだん》は下がる。そして、まるで闘技場のように街の中心に居座るのが半径五キロ以上に及ぶ人造の巨大な湖。その中心も中心、常温なのにお構いなしに漂う白いダイヤモンドダストの向こうに、あらゆる魔女達の憧れ、召喚禁域魔法学校マレフィキウムが待っている。

アパートがあるのは赤区のC丁目。これから向かうキャラウェイ・Cs予備校があるのは緑区のR丁目だ。ここは外周近くなので、雛壇《ひなだん》の上の方になる。とはいえ高層建築も多いから、こちらを見下ろしてくる建物も結構普通にあるのだが。

「エレンちゃんおはよう」

「おはよー、ブラマンジェ。通販の仮眠ひつじヤバいわー……、仮眠だっつってんのに抱き締めて目を閉じるとぐっすり八時間とか時の流れをぶっ飛ばされる。まだ頭おもいー……」

ハッピーハロウィンっ、なんて呪文を唱えてフォーミュラブルームの先端を軽く振ると、朝からクレープやドーナツをポンポン取り出す少女達。見ての通り呪文は身振りと連動させないと効果が出ない。あれは厳密には瞬時におやつを組み立てる薬を調合しているのだろうが。辺りの露店も食べ物そのものではなく、皿の上に透明なガラス板で羊皮紙を挟んだレシピを載せて売っていた。お花屋さんみたいな屋台が多いのも各種儀式でハーブを頻繁に使う魔女向け、カードや大小様々な水晶球を並べるお店も以下略だ。

行き交うのは、大体一五から一八歳くらいの少女が多いだろうか。

こちらの世界では小学校、中学校の義務教育が終わった直後に超過酷な魔女の受験に放り込まれる。受からないのが当然、義務を卒業したら普通は働き始めるという世界。なので三浪くらいは当たり前で、中には二〇歳を軽く超えているセクシーなお姉様方もいる。

(それにしても、うーん……今日も目のやり場に困る格好じゃね？)

裸にマントの吸血鬼コスとか、地肌に太い鎖を巻いた罪人少女とか、黒い革の衣装に作り物のツノや尻尾のサキュバススタイルとか。とにかく朝の通学時間帯はハロウィンの仮装っぽい女の子達で溢《あふ》れていた。その辺にボンボン転がってる馬鹿デカいカボチャの街灯も含めて。

ハロウィン。……当然ながら万聖節前夜やケルトの祭りなんてこちらの世界にはない。やはりこれも異世界の地球から引き出して浸透した文化やセンスなのだろうか？　ＨＥＡハウスなども考えなしに来日にさらしてしまうとこういう事になるかもしれない。

「聞きましたーお姉ちゃあん？　大陸森林地方で盗賊化した騎士団を、魔女が単独でまとめて空爆したって。やっぱりマレフィキウム出身者はやる事が違いますわあ」

「やめろ掌《てのひら》からうっとり炎出すの！　あちっ、あたしの髪が焦げる‼」

イチャイチャしている姉妹らしき女の子達の隣では、ぱんぱん、と歩きながら自分のほっぺたを両手で叩《たた》く少女達もいた。そのたびに顔の映りがコロコロ切り替わる。文字通り魔法を使って一瞬で化粧を変えているのだ。膏薬《こうやく》や呪文を使った変身系の魔法のバリエーションか。

物体の色や模様を一瞬で変える、はハンカチの例を出すまでもなく手品の代名詞でもあるのだがこれは違う。薄いシートを貼ったり肌に塗った絵具《えのぐ》を削るだけではこうはならない。

「オトナのお姉さん系って憧れちゃうけどさー、このメイクやってみると顔が疲れる。全体的に重くて分厚いのよ、わたくしの繊細なお肌がこれで一日保つとはとても思えん……」

「はっはっは、なんだかんだで等身大のスポーツ系の方が反応良かったりするものよ小娘」

このように魔法があれば何でもできる。生活の潤いは全く変わる。

ただし、目的に合った技術を自力で完全に習得さえできれば、の話だが。

「やっぱり進むならマレフィキウムよねー。どんなお城も公的機関も頼ってくるすごいエリート。今年こそ狭き門を潜れば、後は卒業と共に貴族も羨む優雅な人生が待ってるわあ！」

（しっかし、こんな女の子の肌がいっぱいなファンタジー世界でもちょっと街を歩くだけで武器が必要になるんだもんなあ……。持たねえなら持たねえでトラブルを招く、周囲を適度に威嚇する事で誰もがお互いに犯罪を未然に防止する、か。これまた世知辛い話じゃやね？）

と、

「先生おはようございます。朝から難しい顔なの、これは女の子鑑賞かもだわ」

「はいおはようヴィオシア、でもって破滅的に誤解を招く発言はやめてくれね？　ただでさえ魔法が使えないとされる男性の権利は年々小さく削り取られちまう運命にあるし」

「私と先生の仲なの」

「春先に出会ってまだ一ヶ月じゃね？」

すぐ隣を歩く裸マントからキッと睨《にら》まれつつ、妙想矢頃《みようそうやごろ》は肩を落として息を吐く。一応男物とはいえこのド派手なセーラー服も彼の趣味ではなく、年中パリピでファンシーな街に溶け込むための精一杯の努力のつもり――というか、厳密には途方に暮れていた妙想矢頃《みようそうやごろ》に古本屋の銀髪褐色お姉さんが用意してくれたもの――だった。とにかく派手派手なこっちの世界だと分厚い鎧や燕尾服《えんびふく》くらいでは道端のチラシ配りや喫茶店の店員にしか見えないらしい。

「それにしても、相変わらずヘンな杖《つえ》なの。手品師さんの小道具？」

こいつについてはコメントしなかった。伸縮式の警棒は正体を看破された方がまずい。

ちなみに女の子達の肌の露出が多いのは開放的な太古の頂点と悪意的に捏造《ねつぞう》されたイメージを敢《あ》えて逆手に取る邪悪の頂点によるものだ。これでもまだマシな方で、読み物を扱う憧憬の頂点がなければブレーキが全くかからず街中とんでもないコトになっていたはず。

「ふーんふーんっ。あさごはんー、あっさごーはんーなの☆」

「ヴィオシア何してんの？」

「そこの屋台でレシピ買ったからホウキ振ってご飯を出すわ。今日の朝ご飯はカップケーキで決まりなのっ！　じゃじゃん、はっぴーはろうぃん!!」

ぼわんとカラフルな煙が出たと思ったら、教え子の手の中にバナナっぽい色と香りのケーキが本当にあった。評価に困る一品だ。自分の反射を信じるならご飯と言いながらお菓子なのかと言いたいが、でもバナナは時短朝食の定番でもあるし。全体的にツッコミにくい。

ちなみに『よりもっとさらにますます美味《お》しくなっちゃいました』はこっちの世界でも定番の売り文句らしく、料理系の合成《インスタント》レシピは買っても買っても次のが出てくるようだ。

「もっと花の種とか苗とか魔女っぽい屋台に注目すれば？　ほんとおやつの魔法ばっかり」

「えっへへー、だって先生が教えてくれた魔法なの！」

皮肉を言っても素で受け止めてしまう女の子は強い。

そう、魔女はどれだけ道を極めても自分の『欲』を否定しない。

意識的にコントロールできれば目標に向かう強烈な起爆剤になる、という考え方なのだ。

いつもの極限残念少女は勇者の剣みたいにフォーミュラブルームを背中に差した。オレンジに赤や紫、秋っぽいパンプキンタルトみたいなロングワンピースを着た彼女はまだ引率なしではまともに飛べない魔女だ。この尖《とが》った帽子が近づいてきても目立たない辺り、ほんとにこの街の女の子達はカラフルだった。とにかくみんな肌が多くて目のやり場に困る。

ここは人口の五割が何らかの浪人生という凄《すさ》まじい街。人が出入りする時間にも独特の波があるため、道端の露店もまた登下校の時間帯にターゲットを絞っている。

「ウサギの庭師サービスでーす。奥さん奥さん、元気のない家庭菜園っていうのはここですか？　それじゃ景気良くお鍋の中身をぶっかけちゃいましょう！」

「魔女の受験はやる気と集中力！　調合や合成も含めて立派な競争社会だよ。手作り媚薬《びやく》キットがあれば『勉強やテストに恋する』状況だって作れるんだ、勝つならこちら‼」

「……今だけ今だけ、マレフィキウムの過去問集はいらないかい？　これがあれば必勝だ、出題の傾向が分かれば今年の山をかけるのも難しくないよ。きひひ……」

なんか物理的に指まで咥《くわ》えて物欲しそうなポンコツがいるので念のため釘《くぎ》を刺しておく。

「ヴィオシア」

「あう？　でもだって先生、過去問集なんてほんとにあったら絶対役立つお宝なの」

「……召喚禁域魔法学校の出題傾向なんて街中に星の数ほどある予備校がしのぎを削る重要事項じゃね？　どこか一校が成し遂げたらその瞬間に一都市の経済が丸ごと偏るくらいにな。少なくとも、そこらの露店でポンポン出せる代物じゃねえ」

というか、そもそもマレフィキウムの過去問は誰も覚えていられない。合格者のエリート達は揃《そろ》って沈黙しているし、不合格の皆様は頭の中から『まるで寝起きからどんどん夢を忘れていくように』消失してしまう徹底ぶりというのだから恐れ入る。

露店の呼び込みには、魔女以外の男性や浪人する事を諦めた女性なども少なくない。でも、できない側だからこそどういう謳《うた》い文句《もんく》にくすぐられるかもよく知っている訳だ。

なので誇大広告の看板をでっかく掲げている露店があるとしたら、つまりこうだ。

「世の中には完璧なダイエット本なんて存在しねえ。一冊完成したら次はもう出なくなるし。受験の『必勝』本も同じじゃね？　簡単な道なんかねえ、甘い言葉に振り回されんな」

「う」

ヴィオシア、ともう一回呼びつけてしまった。なんか話の途中でいきなり少女の気まずそうな呻《うめ》き声《ごえ》が聞こえたのは、まさかダイエット本の方でもやらかしているのだろうか？

（……そりゃまあ、ホウキに乗って大空を飛ぶ魔女の世界は騎士や格闘家とはルールが正反対だし。体作りって言ったら華奢《きゃしゃ》で軽い方が有利ではあるんだけど）

これでも顔と顔を合わせる露店はまだマシな方で、道端で雑に配るチラシだと毎週お店に並ぶテキストや受験のお悩みを共有する文通集団《コミュニティ》、果てはカンニングのチームをマッチングしませんか？　なんてものまで混じってる。受験の街も騙《だま》し騙《だま》され様々な顔があるようだ。

「あっ、ドロテアちゃあーん」

ぴょこぴょこその場で跳ねてでっかい天秤《てんびん》みたいな棒とバケツを肩で担《かつ》ぐ氷売りの男から迷惑そうな目を向けられつつ、全く気にしない少女は笑顔で柔らかい声を上げていた。

こちらに気づいて合流してきたのは、ウェーブ状の薄い金髪を肩甲骨《けんこうこつ》の辺りまでふんわり広げた色白でメガネの女の子だった。魔女のホウキの持ち方は人それぞれらしく、ドロテアは片手で柄の真ん中辺りを摑《つか》んでその腕を下げていた。異世界の地球で、サラリーマンが畳んだ傘を鞘《さや》に収めた刀みたいにして持ち歩くアレだ（実は後ろを歩く人が微妙に危ない）。格好は眩《まばゆ》い素肌の上に直接包帯をぐるぐる巻いたゾンビ少女仕様。ただメガネをかけた本人が可愛《かわい》らしいので白いレアチーズケーキみたいになっている女の子だ。

もちろんこちらの世界でゾンビパウダーやブードゥーの秘儀は自然発生しないだろうが。

ドロテア・ロックプール。

確か同じ予備校にいる内気な文学少女だ。ヴィオシアと同じ一浪で一五歳。ホウキを手にした二人が並ぶとヴィオシアより頭一個は大きく、妙想矢《みようそうや》頃《ごろ》と同じくらいあるかもしれない。併せて（？）胸部もなかなか豊かだった。

内気だけど仮装が当然の世界なので、本人は女友達へ気弱そうな笑みを浮かべるだけだが。

「ふふっ。お、おはよう、ヴィオシアちゃん」

「むはーっ」

握手だけでは足りないようで、ヴィオシアは正面から抱き着いて胸元で深呼吸とかしてる。地味なのに豊かな女の子は裸に包帯巻いただけだから、うっかりで外れそうでおっかない。

「ドロテアちゃんも一緒に食べようなの、バナナカップケーキ！」

「えっ、ええ？　『合成《インスタント》』のご飯はダメだよヴィオシアちゃん、栄養が偏るよう」

ともあれ、家庭教師としてはここだけ指摘しておかなくてはならないだろう。

「ヴィオシア、スカート、スカート。抱き着くのは良《い》いけどドロテアのホウキが引っかかって

全部めくれてるし。ついにドジを極めやがったのか」

「えっ、ひ、ひゃあぁーっ⁉」

真っ赤な顔してババッと慌てて隠すヴィオシア。

毛皮ビキニの人狼少女《じんろうしょうじょ》とか裸マントの吸血鬼少女とかその辺をうろついている割に、（変に魔女系でこだわっているのか、お尻なんかファンシーなカボチャ柄の）ぱんつを見られるのは恥ずかしい文化らしい。……なら何でわざわざ穿《は》いているんだろう？　妙想矢頃《みょうそうやごろ》は根本的な定義の問題にぶつかっていた。いや違う、景色に圧倒されるな。おかしいのは裸マントの方だ。あるいはハダカ＋1くらいなら普通な世界なのだろうか、と妙想矢頃《みょうそうやごろ》は首を傾《かし》げる。

と、胸の大きな包帯メガネ少女がこちらに気づいて、

「え、あう。か、かか、家庭教師の先生さんもおはよう。きゃあ」

（小さい。声がメチャクチャ小せえ‼　なに、何で涙目になって顔を真っ赤にするし。肌出しOKって世界のルールはどこ行った、オレの目だけは気になんのか⁉）

急に縮まった浪人友達を見て何かを感じ取ったのかもしれない。

ヴィオシアが妙想矢頃《みょうそうやごろ》とドロテアの顔を交互に見て、

「むー。先生は私の先生なの、『指導契約』を結んだ専属の家庭教師！　ドロテアちゃんもおっぱい大きいからって横から取っちゃダメなのっ」

「爽やかな朝の往来っていうのを考えろバカ」

赤点魔女はほっぺたを膨らませると、両手を後ろに回し、妙想矢頃《みょうそうやごろ》の方に体当たりしてきた。主に貧しい胸をぶつけてくる格好で。

「なに？　色々平らだから微妙に痛てえしっ」

「精一杯の乙女の勇気に対してその言い方はいくらなんでもあんまりだと思うわ!!」

がこがこという太い音がそんな妙想矢頃《みょうそうやごろ》達を後ろから追い抜いていった。紅茶のカップみたいにお上品な馬車だが、階段の街だと馬の脚はともかく車輪の方は相性最悪だ。とにかく振動が大変そうだった。カーテンで遮った客車の中は知らないが、年配の御者とか普通に腰が痛そうにしているし。ほとんど金持ちお嬢様の見栄《みえ》の世界だと思う。

やはりこの街で一番憧れる乗り物と言えばこっちだろう。

「「わあっ」」

ヴィオシアとドロテアが早朝の青空を見上げ、仲良く声を上げていた。

頭上を飛び越す格好でホウキに乗る魔女達が横切っていく。一人ではない。数人から一〇人以上の塊が編隊を組み、塊が集まって大きな流れを作り、菱形《ひしがた》の街の外周から巨大な湖の一点を目指す。移動の面倒な階段の街を悠々と飛んでダイヤモンドダストで覆われた奥まで躊躇《ちゅうちょ》なく向かうのは、召喚禁域魔法学校マレフィキウムの合格者だけに与えられた特権だ。

ほとんど伝説化している彼らにだって生活サイクルや登校時間があるため、マレフィキウムの魔女達が一斉に飛び立つ朝のタイミングは半ばこの街の風物詩となっていた。これにタイミングを合わせた観光・見学ツアーもあるくらいだ。毎日見ているはずの道行くハロウィン仮装浪人生達も思わず立ち止まって頭上に目をやっていた。もちろん半分以上は餓《う》えに似た嫉妬ややきもちだろうが、それでも隠しきれない憧れの光が瞳に混じっている。

誰もが天空を舞いたいのだ。

そして、だから今は地を這《は》う覚悟を決めている。年、という決して短くない時間を。

「すごいなのっ、魔女さん達にサインとかもらいたいわー」

「うん。お、同じ街で暮らしているのに。きゃあ。全然オーラが違う」

高揚するドロテアは曇ったメガネを包帯で拭いていた。

ちなみにマレフィキウムの生徒達も同じ街で寝泊まりしている。そして現役合格の魔女なんて現実的じゃない、が受験における暗黙の了解である。つまり逆に言えば憧れの対象である空飛ぶ魔女達もまた、かつては同じ浪人生だったはずなのだ。

何しろ合格率や合格者名簿などは予備校最強の宣伝材料。

お菓子の合成《インスタント》レシピの見本にも銀塩写真やリトグラフくらい使われている。ただ、たとえ顔写真を持って街中を捜してもマレフィキウム関係者は見つけられない。自身の偽装か、周囲の認識を歪《ゆが》めるか。何にせよ魔法的な迷彩を使う隠者は俗世の騒ぎに巻き込まれる事を嫌う。

決して手の届かない意地悪問題みたいな話じゃない。

地続きの先に伝説がある。

少女達が静かに興奮していくのも、まあ、無理もない話かもしれない。

「ね、ねえヴィオシアちゃん。きゃあ。私達も来年はあんな魔女になれるかしら」

「大丈夫に決まってるわドロテアちゃん。へっへー☆　受験頑張って一緒に合格なの！」

はあ、と気づかれないように妙想矢頃《みょうそうやごろ》はため息をついた。

これはちょっと、後でお説教が必要かもしれない。

2

緑区のR丁目。

多くの魔女達が勉強するキャラウェイ・Cs予備校はとにかく『実習』が多い。

一〇階建てくらいの四角いビル。周りのアパートメントとそう変わらない無個性な建物だが、何かとド派手な神殿学都での『普通』なので注意が必要だ。つまりアメリカ辺りの行政施設や裁判所のように、正面出入口には装飾用の柱が何本も並べられていた。もちろんこっちの世界の人達はアメリカの裁判所風なんて言われてもサッパリだろうが。

「それにしても不思議なの。予備校のアルファベットって時々変わるみたいだけど」

「……ま、温暖化の影響で異世界の地球のハーブの育成地や気候分類は変わったりするし」

？　と首を傾《かし》げるヴィオシア。

ヴィオシアやドロテアといった女の子達が吸い込まれたのは、やたらと広いガレージみたいな空間だ。ウィッチズポット実習室。妙想矢頃《みようそうやごろ》には懐《なつ》かしい構造を連想させる。等間隔で大きな工作台が並べられ、班ごとに行動する広い空間は工作室や調理実習室に近い。魔女は作る術者、使う術者、話す術者だ。ウィッチズポットは三相の一角を占める重要な大鍋である。

魔女達の予備校なので女の子ばっかりだ、なので何だか空気が甘ったるい。いやこれは、

「(おいこらヴィオシア、アンタそれ受講中にこっそりお菓子食べてんじゃね⁉)」

「(こっ、これも受験勉強だわ。合成の実験っ、新しいレシピの試し撃ちなの)」

ちなみに妙想矢頃《みようそうやごろ》は予備校の受講生ではない。

依頼人であるヴィオシアの勉強を支えるため、勝手に忍び込んでいるに過ぎない。妙想矢《みようそうや》頃《ごろ》は一七歳なので予備校内へ潜ってもさほど目立たないし。

「(というか、これは毎度毎度思っているけど、バレたら先生怒られるなの)」

「(別にオレ一人だけじゃねえし。教育係とか占い師とかその辺にちらほら部外者が紛れてるぜ？　義務教育と違ってクラスの連中が一年間固定って訳じゃねえんだ、予備校は。むしろ同じ部屋に誰がいるか把握してるヤツの方が少ねえよ)」

とはいえ、それだけではないだろうが。

そもそも予備校が普通の学校と決定的に違う点は別にある。

「それじゃあ実習前にみんなのフォーミュラブルームをガチで『開けて』もらうけどお。これ

だけはゼンゼン覚えておいてくださいね。かつては自分の力だけで魔法を使う男性は魔術師、大自然や他者から力を借りて魔法を使う女性は魔女と呼ばれていましたあ。魔女の力はスゴく強大だけど暴走するとマジ大変だったんでぇ、失敗の側面ばっかりゼンゼン大きく取り上げられて魔女は災いを呼ぶーなんてパネェコト言われてた時代もありましてぇ」

シャンツェ・ドゥエリング。

教壇に立って内部基礎整備を仕切る講師は二〇代の女性だった。

「ところがこの世界で魔法の知識がいったん絶滅した事でゼンゼン転機が訪れます。何しろ新しい魔法は異世界の地球からヤバい叡智を引っ張り出す……つまり他者の力を借りないと使えません。つまり女性側の魔女にしかガチの魔法は使えなくなっちゃったってワケ。でもでも失敗すれば暴走するってリスクはゼンゼンそのままだから気をつけてねえ？　フォーミュラブルームは当たり前にあるけれど、決してチョー便利なだけの魔女術呪器じゃないんですからあ」

おそらく地肌とは違うのだろう、陽射《ひざ》しの力を閉じ込めた護符・陽光縛札《ようこうばくふだ》辺りで全身くまなく焼きまくった小麦色の肌。長い金の髪は頭の上で何重にも巻いて盛り盛りになっている。大きな胸を包むのは黒いベスト、豹柄《ひょうがら》の見せブラと手首のシュシュ、腰回りを包んでいるのは超ミニのタイトスカート。後は首回りのネクタイとガーターベルト付きの網タイツと真っ赤なピンヒール辺りか。ちなみに説明が洩《も》れているのではない、ブラウスがなかった。なので滑らかな肩も縦長のおへそも丸出しで、基本は女教師みたいなスーツなのにカジノのディーラーみたいになっている。とにかくモンブランっぽい色彩感覚のギャル系講師だ。

「(……うあー、ギャラさえくれればゼンゼンどんな仕事でもやるけどさあ。別にマレフィキウムを卒業した訳でもない独学なる魔女が何でチョー受験対策とかやってんのかしらねえ)」

「こぼれてる本音がすごーく溢《あふ》れ返《かえ》ってる」

妙想矢頃《みょうそうやごろ》は思わず小声で囁《ささや》いてしまった。

そう。マレフィキウムになんか合格しなくたって、独学なる魔女でも魔法を使える。

店舗で買うなり遺産として譲り受けるなりして、フォーミュラブルームさえ手に入れれば。

そして一度自分のものにできれば、ある程度は分解して『整備』や『調整』もできる。

だけどマレフィキウムの魔女は、フォーミュラブルームの『改造』に手が届く。

安全確認の『整備』や、あくまでも最適化によって元々持っているスペックをギリギリまで引き出す『調整』を超えた禁忌。一線のさらに向こう側、不用意に開けてしまえば魔女のホウキの力を全て失う接触禁止の『芯《コア》』に手を加える事で、設計スペック以上の力を大きく伸ばしたり、そもそも魔女のホウキが持つ属性や性質そのものを変更したりもできる訳だ。

つまり、『ある程度』を超えていけるのは合格者のみ。

借り物の力に留まるか、自分の手で魔法の世界を進化させるか。

召喚禁域魔法学校マレフィキウムに合格できるか否《いな》かで、自由の幅は大きく変わる。

「先生はお金さえもらえればマジ何でも構いませーん。お給料アザース。それじゃあ魔女とホウキの関係について基本的なおさらいから。今でこそフォーミュラブルームとしてゼンゼン魔女の相棒としての地位を確立しているホウキですが、かつては木の柵、デカい臼、豚さんなんかにチョーまたがって大空を飛んだパネェ魔女達の話もありましてぇ……」

そしてこれが義務教育と予備校の明確な相違点。予備校とはお金を払って受験対策を行う専門の施設だ。教え子達の健全な精神を育むとか、詰め込み教育よりも大切なコミュニケーション能力を養うとか、そういう教育者然とした優しい先生など存在しない。

つまり自分の報酬の獲得を邪魔しない限り、ここの講師陣は自分のような部外者を見かけたとしても特に注意したり摘まみ出したりもしない。哀《かな》しいかな、キャラウェイ・Cs予備校の先生達には身を挺《てい》して生徒達をトラブルから守る気概なんてないのだ。

古い本や骨董品《こっとうひん》も扱うためか月光縛札《げっこうばくふだ》の優しい光を使っているウィッチズポット実習室では、ひそひそひそ、という声があった。しれっと混じっている男の方を遠巻きに見て。

「(……『ナビゲートエグザム』)」

「(あの船乗りと『指導契約』できた受講生は必ずマレフィキウムに合格するらしいですが)」

だからやめてほしい。白系セーラーは裸マントの吸血鬼や包帯ゾンビ少女が当たり前に街を歩くこちらの世界に合わせただけで、その変な異名も自分でつけたものではないし。

「(あれが受験に勝たせてくれる白馬の王子様……)」

(待って、王子⁉　確かに白っぽい服は着てるけど王家と馬なんてどこから出てきたし⁉)

戦々恐々としている妙想矢頃《みょうそうやごろ》だったが、

「(……でも実際どうなのかしら。予備校系の合格者名簿に顔も名前もないのだから、少なくとも独学系の人間なんだろうけど)」

「(それ以前にオトコじゃない。魔女になれないなら卒業生な訳ないわ、ブラフよブラフ)」

ようやく、妙想矢頃《みょうそうやごろ》は小さく笑った。

完全な透明人間になってヴィオシアをサポートするのは至難。なのでこの流れで順当、周囲から低く見られるのは良《い》い事だ。受験はスポーツ大会と違って匿名性の高い競争なのだ。推薦や一芸入試でもない限り、基本的に関係者の名が売れても弊害の方が大きくなるだけだし。

何にも気づいてねえ女の子は早くも作業台に突っ伏して唇を尖《とが》らせていた。

「ちえー。欲しいのはこういうややこしい理屈の話じゃないわ。魔女ならもっとこうカンスト魔力を覚醒させて、ばびゅーっと夜空を飛べたら良《い》いのになの」

「ヴィオシア」

こいつは本当に浪人生か？　魔女の受験を一回経験した人間なのだろうか。

ごっこ遊びに夢中な五歳児並みの間違いは早めに正しておこう。

「人間の体に魔力なんて便利な力なんかねえし。あるのは意志だけで、力は適切な叡智《えいち》でもって大きな世界から引きずり出して取り扱うんだ。よくある間違いだから注意しろ」

「ふえっ？」

「特に、魔女は力を借りる存在だぜ。使役したり支配したりとは微妙に性質が違う。どれだけ強大な結果を出そうが、ここを忘れると増長の遠因になっちまうんじゃね？　夜空から墜落してくたばる魔女になりたくなけりゃ胸に刻んどけ」

良《い》い機会だ。家庭教師の金髪少年は、別の作業台にいるゾンビ少女のドロテアと仲良く小さな紙切れを折った手紙のやり取りをしている（こらっ！）ヴィオシアにそっと声をかけた。

「……ヴィオシア、アンタは受験をどう思ってんだ？」

「え？　そりゃまあ、せっかく何かの縁で一緒にお勉強をしているなの。このキャラウェイ・Ｃｓ予備校のみんなで一緒に仲良く合格できたら良《い》いなーって思ってるわ」

「いいや、それじゃダメだ」

ぴしゃりと妙想矢頃《みょうそうやごろ》は断言した。小声だがその口調は強い。

「予備校は義務教育とは事情が違うし。例えば基本のテキストは高い金払ってみんな同じものを一通り購入するけど、横に置く参考書はバラバラ。金がねえとかたくさん本を積んでも読み切れねえとか個々人の都合は考慮されねえし。やらねえヤツが負ける、それが受験だぜ」

「でも、たくさん持っている人だけ優遇されるなんて、なんかそんなの卑怯《ひきょう》だと思うわ……」

「そういうヴィオシアも家庭教師に頼っただろ？　つまり去年はいなかったオレを。これはアンタだけの特別な切り札だぜ。少なくとも、オレは他のヤツの勉強を見てる覚えはねえぞ」

う、とヴィオシアが気まずそうに口ごもった。

だからそれが『悪い』と考えてしまうのがすでに間違っているのだ。ここは早い内に正さないと自分の意識に足をすくわれる。模試の点数に一喜一憂するよりも危険なポイントだ。

「受験の世界じゃ横並びの一直線でみんな一緒に合格はねえ、最下位グループのマラソン大会じゃねえんだ。周りのヤツらと違う事をこっそりやって頭一個飛び抜けた人だけが勝てるし」

まだ納得いっていない、といった少女の顔だった。

美徳だと思う。でもそれだけでは勝てない世界にいる事は知っておいた方が良《い》い。

「この予備校で一番でも足りねえ、街には予備校なんて星の数ほどある。もちろん予備校を使わねえ浪人生だって多いし。現実にはほとんど不可能とは言われちゃいるけど、現役一発合格を狙う受験生だって。ヴィオシア、アンタはその全員と戦って一番を取るくらいの気持ちを作って、保て。魔女を目指してやってくる九九・九九九九％以上が当たり前に脱落する世界。召喚禁域魔法学校マレフィキウムに合格するっていうのはつまりそういう事じゃね？」

そしてそのための勉強だ。フォーミュラブルームで大空を飛ぶ訓練をやる以前に、大型工作器具が並ぶウィッチズポット実習室での内部の整備は欠かせない。ある程度とはいえ、ホウキの内部構造を勉強する必要もあるから予備校としては一石二鳥だ。

受講生達が各々《おのおの》の班で自由に動き始めると、ざわざわとした喧噪《けんそう》の色が濃くなる。

と、広い実習室にびっくり声が響いた。

ていうかうちのポンコツが別の班のやる事に喰《く》いついている。

「えーッ!?　どっドロテアちゃん、フォーミュラブルームがしゃべってるなの!!」

「きゃあっ？　あの、うん。う、うちのフォーミュラブルーム＝リュケイオンは。ええと、み、みんなもそうだと思うけど」

『私が人の言葉を使用。だからテメェ何だって言うんだ疑問、小娘』

ややぶつ切りだが渋い男の声があった。不機嫌なのか、これで素なのか。

両目をまん丸にしたヴィオシアは、それから自分のフォーミュラブルームの柄をこつこつと叩《たた》く。当然ながら返事も反応もない。

「ううう、めふぃすとふぇれすーなの……」

なんか涙目で頬ずりしているが、やっぱり格安いわくつきのホウキが応える様子はない。道具にすがる魔女はろくな目に遭わないというのに。

フォーミュラブルームは異世界の地球にある『魔法の中心地』の名前を冠する事が多い。

より正確には、一時期魔法を失った人々は特殊な光や振動を世界のあちこちに叩《たた》き込《こ》む事で大地を挟んで反対側にある別の地形を読み取った。非破壊検査的なものか。こっちの世界と異世界の地球の距離は単純なメートル法では測れないし、反対側とは何なのかなどの疑問もあるが、曖昧な部分を逆手に取って密着しているものとみなし、膨大な知識を掠《かす》め取《と》った訳だ。

だから魔法知識のベースは地形、異世界の地球にある『魔法の中心地』となる。箱庭を見て作った人の心理を調べるカウンセリングをもっと広大にした感じかもしれない。なので個々の

フォーミュラブルームは魔法の知識だけでなく人々の『想い《おも》』や土地そのものが持つ『空気』なども引きずり出す。とはいえ決して不気味な何かではなく、魔女側としては膨大かつ難解な収録物を気軽に検索して取り扱うガイド役として重宝できる……という考え方が一般的だ。

「いいなあー、なの。ドロテアちゃん」

「あの、ヴィオシアちゃんの方がすごい事してると思うよ？　というか全くコミュニケーション取ってくれないフォーミュラブルームって、きゃあ、逆にどう付き合っていくの？」

ぶーぶー唇を尖《とが》らせながら、ヴィオシアは作業台とセットになった可動式アームのデカいクリップでホウキの先端部分を強く固定したフォーミュラブルームをちょんと指先でつつく。

そして一言。

「封切り、なの」

ばらら!!　と。途端にホウキの太い柄の部分がほどけていった。

まるでそういう本のページか巻物。より正確には三枚羽のスクリューのように、渦を描く円に近い格好で、だ。ページの一枚一枚にあるのは異世界の地球の一エリアを示した地図。さらにびっしりと呪文やシジル、アルファベットを正方形かつ規則的に配置したタブレットなどが各所に付け足されている。魔女が自分の目的を見据えて書き込む巨大かつ複雑な道標。利用するのは地形ではなく地図なので色々書き込んで使いやすくカスタムできるのがポイントだ。

そして、魔女が天空を飛ぶとは『地図上の限界を超える』行為だ。

地図に書かれた地形や国境を飛び越えて自在かつ瞬時に移動する技術。そういう奇跡。

国を支配する王様の頭の上を軽々と通過する不遜となる。

……ちなみにイギリス全体の地図でも、イングランド方面の地図でも、ロンドン市内の地図でも、ブライスロードにある建物の一室の見取り図でも、扱いは一緒だ。参考にする地図のスケールでは魔法の強弱や高低などはつかない。それぞれの地図でできる事は違うし、世界地図を一つ用意すればあらゆる魔法を振りかざせる訳でもないのだ。近所の原っぱへ宝探しに出かけるのに、詳細を省いた世界地図を持ってきても何の役にも立たないと考えれば良い。

(……『飛翔《ひしょう》する巻物』、か)

妙想矢頃《みょうそうやごろ》はそっと思う。さて、どこまで異世界の地球から知識やイメージが流入したのやら。必ずしも本来の意味で展開されるとは限らないのが壁越し伝言ゲームの怖さでもあるが。

「憧憬、太古、邪悪」

金髪褐色のギャル系予備校講師シャンツェはそう続けた。

教卓の前から離れ、各班の作業台をゆっくりと見て回りながら、

「魔女のホウキは三つの相がチョー生み出す見えざる渦、回転する力によってガチ世界へ傷をつけて前に進むヤバい推進力を得るんです。だから魔女のホウキは基本的に、常に前へ動き続

けるわあ。その場でピタリと止まったり垂直に上げ下げするのはマジでムリだから気をつけてくださいねえ」

「(……×引っかけ問題注意。今のは違うんじゃね？　難しいってだけで、必ずしもできねえ訳じゃあねえ×。ここは試験のトラップにも使われるから気をつけろヴィオシア)」

「ふえー？」

それ以前にポンコツには集中力が足りていなかった。

確かに魔女のホウキは紙飛行機のように前に進み続けて安定させるものが圧倒的に多いが、中にはヘリコプターのようにその場でホバリングしたり、地面効果翼機みたいに水面すれすれを得意とする魔女もいる。レアリティが高いというよりは曲芸や珍獣に近い扱いだが。

「ふんふんっ♪　メフィストフェレスは格好良いわ、でも大きなドラゴンとかグリフォンとかも乗り回せたら気持ち良さそうなのー」

「それはムリよお」

答えが返ってくると思っていなかったのだろう。結構本気で飛び上がっているヴィオシアに、あちこちの班を見て回っていたギャル系講師のシャンツェはぱちりと片目を瞑《つぶ》ると、

「今いるクリーチャーはガチ天然じゃなくて大抵マレフィキウムで創ったかその野生化ですけどお、つまり意地でもチョー人に懐《なつ》かず逃げた連中だし。飼い慣らすとかまずムリでーす☆」

と、

「あれえ。えっと、こ、これがこうなって、あれ？　きゃあ」

なんか今にも泣き出しそうな湿っぽい声が妙想矢頃《みようそうやごろ》の耳に届いた。

メガネのゾンビ少女、ドロテア・ロックプールだ。ヴィオシアと違い、彼女のホウキは柄の先の方に船の舵輪《だりん》がついている。フォーミュラブルーム＝リュケイオンの柄はスクリューのように開いているが、そこから先、自前の地図への追加書き込み《チューニング》に進めていない。

「えー、アリストテレスの哲学では世界中の物質をチョー四つの元素とその他諸々《もろもろ》で説明しようってパネェ試みがあってぇ。これが現在の魔女術や錬金術などとガチ結合した事から」

広いウィッチズポット実習室をゆっくりと歩いて回るギャル系講師シャンツェの話し方は滑らかだけど、それだけだ。レコード盤みたいに澱《よど》みのない声は、（興味を持った教え子をつっくくらいはあっても）むしろ逆に受講生一人一人のケアなんてしない。予備校は義務教育ではないのだ。脱落者は当人が集中していないだけ、とみなされるのが受験の世界だ。

妙想矢頃《みようそうやごろ》は家庭教師である。彼が勝手に予備校に潜り込んでいるのは、あくまでもヴィオシアの勉強を見るためだけでしかない。

ただし。

ただし。

ただし、だ。

（ううー。ったく仕方ねえ……）

「リュケイオン、城壁で囲まれたギリシャの庭園。なら浮かび上がるガイド役はアリストテレスじゃね？」

「きゃあっ！　えっえっ？」

「だけど重要なのはそこ『だけ』じゃねえ。道具は道具だぜ、名前やブランドに惑わされるな。ただでさえホウキを使った精神集中には錯乱のリスクもあるんだから。魔女の飛翔《ひしょう》は三つの相を重視し、時間や距離を無視して地形を飛び越えるって言ってるし。他の二つの相はどうなってんだ？　つまり読み物の憧憬と歪《ゆが》められた力を逆手に取る邪悪だ」

「あの、そのう。し、シンデレラと不作の呪い、だけど」

「つまりアリストテレスの四大元素も込みで中心方程式は『変化』か、そして三つの相を繋《つな》ぐ軸になる動物はネズミ。記述を自分で追ってみろ、整備すべき場所が分かるはずじゃね？」

「わあっ」

プレゼントの箱を開くような声があった。

地図の上に適切な記号を書き込んで関連づけ、どうやら問題が解決したらしい。

「あっ、ありがとう。きゃあ、家庭教師の先生さんっ！」

無邪気に頭を下げられて、しかし、内心では妙想《みょうそう》矢頃《やごろ》は微妙だった。

というか両手で頭を抱えたい。

……だから他の受講生の面倒を見てどうするのだ。ライバルの点数が上がるという事は、相

対的にヴィオシアの合格する確率が下がるという話に直結するだけなのに⁉

3

「チョー注目っっっ‼‼‼」

等間隔で照明の護符・陽光縛札《ようこうばくふだ》がぶら下がった木目の美しい体育館が爆発した。

くわん、と受講生の少女達の頭が一斉に揺れる。

すぐにギャル系講師のシャンツェも気づいたようで、片手で作ったメガホンに怪訝《けげん》な目を向け、それから自分の魔法を細かく調整して、

「あれ、マジ声量デカ過ぎた？　あっ、あー。ゼンゼンこんな感じでしょうかあ？」

……現役の魔女をガイドに雇った神殿学都の集団見学ツアーや召喚禁域魔法学校の受験会場で人員整理にも使われるため、これが『人が直接振るう魔法』初体験という少女達も珍しくない。世知辛い受験あるあるであった。

「じゃあ改めてえっ、みんなチョー注目！　特に予備校に入ってからホウキをマジ整備してばっかりだった一浪の皆さんはこの校内ではゼンゼン初めての実習になりますよお‼」

こんっ！　とギャル系講師シャンツェ・ドゥエリングが逆さにした魔女のホウキ、フォーミュラブルームの先端で足元の床を叩《たた》く。見た目だけは木目まで美しい良く磨かれた体育館だ。が、彼女の後ろで床に縦と横に光のラインが走ったと思ったら、ぱたたたたたたた!!　と一辺二メートルほどの正方形のパネルが一斉にめくれていく。光の粒子を散らしてパネルが消え去ると、そこは水深五メートル以上の大きな屋内プールへと景色を変えていた。

ここは魔女達が空飛ぶ訓練を積む屋内練習場ウィッチズチムニー。

ウィッチズポット実習室のある『構造棟』とは建物自体が違う。その隣にある『実践館』と呼ばれる建物だった。外から見ると似たような石造りのビルディングが並んでいるだけだが、実はこっそり中で繋《つな》がっているのだ。建築基準法のない世界はこういう所がアバウトだった。ここだけでかなり広くて高い空間だが、実際には上にも下にも同サイズのフロアがある。

（いつ見ても……）

スマホもエアコンもない世界なんて不便だなとは思うけど、でも、異世界の地球ではできない事を彼女達は当たり前に実行してしまう。

前後に一つずつ、天井辺りから何か降りてきた。可動式のバスケットゴールっぽい動きだが、高さ一〇メートルはある飛び込み台だ。もっとも美しく落下するための設備ではないが。

直線だけで作られる空間。結界と言えば床に描いた円を想像する人も多いかもしれないが、自然から人工的に風景の一角を切り取って隔離する意味では直線も好まれるモチーフだ。

ギャル系講師のシャンツェは受講生達の注目を集めつつ、

「それじゃあ事前準備と内部構造のお勉強がゼンゼン終わったからあ、いよいよ念願のっ、待望のっ、ガチ実習にチョー移りますよお？　まずは先生のお手本から」

高さはざっと一〇メートル、飛び込み台から飛び込み台までの距離は五〇メートル程度か。水深は五メートル。ホウキの操作を誤って真《ま》っ直《す》ぐ落ちても死なない安全設計らしい。

「プールの水は清潔だけど、ドクターフィッシュ系の使い魔《ファミリアー》さんが汚れを食べるらしいなの。徹夜続きで落ちるとたくさん啄《ついば》まれてお肌のケアを怠ってるのもバレちゃうかもだわ」

「それ以前に失敗前提で考えるなヴィオシア、ここはホウキで飛ぶ訓練する場所じゃね？」

……あとこちらの世界の受験生は落ちるとか滑るとか、言葉の縛りは気にしない系なのだろうか？　一度は知識の継承が絶滅したとはいえ、本物の魔法を振るう魔女達の受験なのに。

「フォーミュラブルームは基本的に前へチョー進みます。ゼンゼンその場で停止とか垂直に上げ下げとかはマジムリめ。魔女のホウキが一ヶ所にガチ留まらないのは、『夜空を壊しながらガチ前に出て、痕跡をチョー速やかに修復しながら飛ぶ』乗り物とされてるからでえ……」

一〇メートルとなると三階分くらいある。なので飛び込み台のてっぺんまで向かうにも、階段を何度か踊り場で折り返さないといけない。

その間、お手本役のシャンツェ・ドゥエリングはバトンみたいにくるくると魔女のホウキを回していた。彼女のフォーミュラブルームは良く磨かれた重役さんの机に似た意外とシックな色彩で、オトナな木目を強調したもの。柄には太い革のベルトが取りつけてあった。馬を操る時に使う手綱だ。あと通常モデルと違い、ホウキの先に刃物に似た小さな翼が二つある。

（カナード翼。なのか？）

「フォーミュラブルーム＝レイクパダーン。ガイドを表出、応えてぇーマーリン」

返事がなかった。

なんか気まずい空気が流れるが、本人的にはいつもの事なのだろう。ギャル系講師のシャンツェはあまり気にした風でもなく演技的に唇を尖《とが》らせると、

「ああそう。きちんと正しく呼んできちんと区別しないとチョー答えてくれない系ねえ？」

レーシングカーみたいにピッカピカ、太いホウキの先に軽く口をつけて、そっと囁《ささや》く。

声を増幅させる魔法を使っているので下まで丸聞こえなのだが。

「お・ね・が・い、Myrddin《ミルディン》さあん☆」

ブゥン‼　とホウキの各部にぬめったオレンジの光が走る。浮かぶのは魔法陣やシジル、各種呪文など。おかげでもっとレーシングカーっぽくなった。

フォーミュラブルームが『起動』したのだ。

飛び込み台の縁に危なげなく立って、ギャル系講師は下方プールサイドへこう言った。

「魔女は空を飛ぶ時にチョー『膏薬《こうやく》』の補助を借りられます☆」

説明しつつ、シャンツェはキャップを外した小瓶から白い塗り薬を指ですくった。掌《てのひら》全体

でそれをホウキの柄に塗っていく。フォーミュラブルーム＝レイクパダーンはくすぐったそうに左右に細かく震えていた。

「寒さからチョー身を守るためにカラダに塗っても良《い》いし、あるいは追加燃料としてホウキにすり込んでマジ超加速させるのもゼンゼンあり。ただしい、絵具《えのぐ》や調味料と一緒であれもこれもとチョー全部載せすると台無しになるから、自分の長所はどこで短所は何か、伸ばすのか埋めるのかも含めてゼンゼン自分に合った選択をしてくださいねえ？」

よっと、という掛け声があった。

足を大きく開いてホウキにまたがったシャンツェ・ドゥエリングは、高さ一〇メートルはある飛び込み台の縁を躊躇《ちゅうちょ》なく自分の足で蹴る。

魔女の飛翔《ひしょう》。

とはいえ、爆発的な閃光《せんこう》が吹き荒れたり音速超えの衝撃波が炸裂《さくれつ》したり、といったド派手な超常現象は起こらない。全体的に言えば静かなものだった。

ふわり、というのが正しい。

ぶっちゃけ走って体育館を横断した方が早いくらいだろう。

ただし、だ。

「魔女のホウキは基本的にマジ黙っていてもチョー前へ進む」

危なげなく飛び込み台の縁と同じ高さをゆっくり進みながら、シャンツェはそう続けた。飛びながらついでに話をするだけの余裕があった。

「つまり低速で安定させる方がガチ大変なんです。この屋内練習場ウィッチズチムニーはさほど広くないですし、こう、こうして、チョー高度なバランス感覚を肌で覚えてくださいねえ。マジ低速で安定さえできれば高速で飛ぶのはゼンゼン難しくありませんから。よいしょ」

見た目は適当だが、宙を舞う金髪褐色のシャンツェが手綱を強く引いた途端だった。

ぐんっ!! と。

フォーミュラブルームの先がほとんど真上を向き、さらに減速する。

歩く、よりも遅い。その場に留まるホバリングや垂直離着陸は絶対できないとは言わないまでも、やはり一般的ではないのは事実だ。

ベースはエイランタイにビャクダン。つまり『低速飛行時の安定性増加』という膏薬《こうやく》を追加で併用しているとはいえ、あそこまでやっても失速して落ちない魔女にはどれだけの知識や技術、そして意志が詰まっている事だろう。

その特殊な挙動を見上げて、つい妙想矢頃《みようそうやごろ》は懐《なつ》かしい単語を頭に浮かべてしまう。

（……コブラ？）

五〇メートルの長さをたっぷり一分以上滞空して、そしてシャンツェは向かい側にあったもう一つの飛び込み台の縁へ足を乗せる。独学だろうが何だろうが彼女の実力はやはり本物だ。予備校の講師として、教える側に回るだけの事はある。

ぱちりと片目を瞑《つぶ》って投げキッス、大きく足を開いてホウキから降りたシャンツェは魔法で増幅した声を使ってこう合図を出す。

「注目アザース。それじゃあ皆さん、いよいよチョーお楽しみの実習スタートですよお☆」

わっ!! と。

ハロウィン仮装みたいな魔女の受講生達が一つしかない階段へ殺到していく。あっという間にバーゲンセール直前に似た行列ができてしまう。やはり一番威勢が良《い》いのはキャラウェイ・Cs予備校の実習施設に初めて触れる、一浪連中や他の予備校から移ってきた子達か。

時間の使い方は自由だ。究極的に言えば講師であるシャンツェの言葉を聞く必要すらない。予備校が普通の学校と違うのは全員がテキストをすでに最後まで読み、そして受験で最低一回は失敗している点だ。それぞれ躓《つまず》く場所は違っており、他の部分の説明は重要度が下がる。ただし勝手な取捨選択によって勉強についていけなくなっても自分の責任、成績が下がったところで予備校側は月謝を返したりはしないが。

長い長い階段だ。妙想矢頃《みようそうやごろ》の隣ではヴィオシアもまた待ち時間を使って、唇を尖《とが》らせながら手元の小さな単語帳をめくっていた。暗記科目というとやっぱり憧憬辺りか。

「ATU500は超自然の援助者の名前、ATU1000は怒らない事を競うなの……」

「キリの良《い》い数字だけ覚えようとすんなヴィオシア。いくら何でも大雑把過ぎるし」

「ややこしいなの、だって覚える総数が四ケタ単位とかやりすぎなの！」

「オイ、暗記モノっつっても『使う知識』じゃね？　◎プラス一点。どうせ一つでも多く覚えんなら見出しが作品のタイトルそのものになってる番号の方がイメージと結びつけやすい。例えばATU0328aはジャックと豆の木、ATU0510aはシンデレラだ。文章が独立してるヤツでも歴史の勉強と一緒で、人物の顔や性格まで浮かぶようになりゃ絶対忘れねえ。ATU0124は家を吹き飛ばす、より三匹の子豚をイメージした方が覚えやすいし」

「えーっ？　でも先生これ間違いもあるなの、だってあちこち番号ダブってるわ」

「そこはややこしいトコだな、後ろのアルファベットや＊も古い編纂の名残だし。まあ記録の仕方によって話の流れが変わる事もあるって覚えとけ、ATU0315の不実な妹とATU0315aの人食い妹って感じで」

「ややこしくて怖いわっ‼」

頭を抱え、行列の動きに合わせ階段を一段上がり、そして急にヴィオシアがこっちに叫んだ。

「じゃじゃんなの！　先生ATU0310は⁉」

「塔の中の娘、ラプンツェルって名前を出した方が分かりやすいんじゃね？」

「くそー、覚えている人は秒ですらすら言えるなの……」

「できない人を捜して安心するクセは直せよヴィオシア、それは受験の世界じゃ通じねえ」

農家が畑に蒔《ま》いている種の名前も知りませんじゃ話にならないのと同じく、魔女の世界ではATU番号なんて基礎の土台だ。暗記で何とかなる上に数字の並びにはある程度の規則性もある。すらすら言えたところで胸を張るような話ですらない。

「ぐぬー。憧憬の頂点ってファンシーな読み物ばっかりでなんか子供っぽいなの、私はもっと夜とか闇とかが似合うオトナな魔女になりたいわ！」

「げに愚か者めが……」

「古風に罵倒されたなの⁉」

なんか飛び上がるほど驚いているヴィオシアだが、それどころではない。

そもそも勉強に近道やショートカットはない。数学の問題が面倒だからと言って、いきなり教科書を五〇ページも飛ばすアホがいてたまるか。

「三つの頂点に優劣はねえよ、三相を全部覚えなくちゃ魔女は大空を飛べねえし」

つまり一から教えるしかなかった。何度でも。

分からない人には分かる所まで戻る、だ。

「具体的には太古の頂点が力の発生だぜ、ただしホウキを使った極度の精神集中は錯乱のリスクもあるし。それを読み物のモチーフで抑える憧憬の頂点がコントロールやブレーキだ。じゃあヴィオシア、周囲の偏見や悪意をわざと取り入れた黒ミサ、邪悪の頂点の役割はどれだ？

1・オモリをつけて安定させる。

2・意図した力の暴走による爆発的増幅。

3・特殊なフィルターを通して放出する力の浄化」

「？　？？？」

「正解は2だ」

何故《なぜ》か三択問題に当てずっぽうで挑む事を躊躇《ちゆうちよ》する少女へ妙想矢頃《みようそうやごろ》は指を二本立てて、

「こういう感じで、邪悪の頂点は根も葉もねえ差別や捏造《ねつぞう》から本当に黒ミサの効力を信じて悪魔を拝む人間が出てきちまうくらいややこしいけど、憧憬の頂点は最も構造が簡略化されてて把握が楽ちん、だからいざって時のブレーキに重宝する。読み物を暗記するだけで習得できるから応用や複雑な計算もいらねえ。はっきり言って覚えねえのはバカのする事じゃねね？」

少しずつでも列が前に進むと、階段を上る訳だから高さも上がる。

全部で一〇メートル、ざっと三階分。人によっては足がすくむ高さかもしれないが、

「ひゃー、上がってきた上がってきたなの！　私のテンションも上がってきたわー!!」

「ヴィオシア。分かったからホウキをブンブン振り回すんじゃねえよ、危ねえ」

笑顔が輝いちゃってる女の子をそっと注意する。

高い所を怖がらない。むしろテンションが上がる。

馬鹿馬鹿しいが、あるいはこれも魔女に求められる素質の一つかもしれない。

一番てっぺんまで上る。いよいよヴィオシアやドロテアが初めて予備校の実習設備を使う番がやってきた。

ぇぅぅ、という小さな声があった。

ゾンビ少女のドロテアが飛び込み台を見て小さくなっている。高い所が怖いというより、大勢に注目されるから自分の番になってほしくない、と涙目のメガネ顔に書いてあるようだった。少しでも練習したい予備校生達は私もボクもと殺到するため非常にレアなケースだ。

「ドロテアちゃんっ、じゃーんけーんなの!!」

「きゃあ⁉　えっ、えぅ⁉」

「うわグーで負けたわ。じゃあドロテアちゃんからお先にどうぞなの」

「ええっ？　きゃあ。あっ、あああ後で良《い》いよう」

勝ったのにメガネがずり落ちるくらいキョーシュクしてる少女が順番を譲ってしまった。他人事《ひとごと》だが、これで受験に勝てるんだろうか？

一方のヴィオシアも、どちらも譲り合っているのでは先に進まないと感じたのだろう。自分の方が前に出る。

「それじゃ私から行っくなのー。メフィストフェレスも準備してなの！　お薬ぬりぬり」

「おいヴィオシア、アンタそれ何の膏薬《こうやく》を使ってんだ？」

「何ってえー先生、カリロクとショウガで追加燃料系なの」

（あれ……？　それってつまりアフターバーナー的な超加速じゃね⁉）

「ほら低速では安定しない場合、いっそ速度を出してしまった方が安心して飛べるわ。ヴィオシア・モデストラッキー、そんな訳でぶっ飛ぶわ！」

「ちょお待っ、

ドゴンッッッ!!!!!!　と。

砲弾みたいな炸裂音《さくれつおん》があった。

ぶっ飛んで天井に突き刺さったのだ。

冗談抜きに、五〇メートル以上ある屋内プール全体が縦に小さく震動してしまった。

……そりゃそうだ。最初から空間が壁や天井で全部覆われている屋内練習場ウィッチズチムニーで超加速なんてしたらどうなるか想像できなかったのかポンコツは？

ギャル系講師もゴール側の飛び込み台から天井を見上げて、逆に感心した声を出していた。

「……うわー。下に落ちる事故は想定して深いプールまでチョー用意していたけど、ガチ上にぶつかる展開はゼンゼン予想外ですねえ」

「えうー、なの」

へろへろとヴィオシアは魔女のホウキを掴《つか》んだままはるか下のプールへと落ちていく。残念ながらしてやれる事はない。というか本気で頑丈さだけが取り柄の女の子であった。

そしてあんなあそこまで見事な大失敗を見せつけられたら、ますます内気な包帯ゾンビ少女が萎縮してしまいそうなものだ。

「きゃあ」

（まあこうなるし）

現実にドロテアは両手でフォーミュラブルームを握ったまま、小さくなって石化していた。

妙想矢頃《みょうそうやごろ》は個人的な家庭教師なので他の受験生の面倒を見る必要はない。どころか、他の少女の点数が上がるとヴィオシアにとって不利になる。分かってはいるのだが、これについては流石《さすが》にどうだろう？　ヴィオシア発のトラブル処理くらいはするべきかもしれない。

「あー、えっとじゃね？」

「きゃあっ⁉　えうー、あのう？」

「逆に言えばあれより恥をかく事はねえし、次は何をやっても褒めてもらえる。そう思えば気軽に練習できんじゃね？　何なら冷たい物に触って強制的に緊張を和らげる手もあるけど」

おずおずと従って硬質なホウキの先端を握り直すドロテア。一応試みは成功したらしい。

……邪悪の頂点にある、黒ミサの冷たい悪魔とはいくら触れ合っても絶対に気持ち良くはならずに集中も散っていく、という異世界の地球の知識をベースにしたのは言わぬが華か。

「よ、よいしょ」

集中したいのか、ドロテアがおでこに包帯をハチマキっぽく縛り直している。

それから内気なメガネの包帯少女は小瓶のキャップを外し、ホウキではなく自分の体の方に膏薬を塗っていく。肌を這《は》う指先の動きをじっと見てると叱られそうな感じで。

詳しい成分《レシピ》までは不明だが、鼻を刺激する複数の薬草の香りから察するに、(……ひとまずはっきりしてんのはセイヨウキンミズヒキとセイヨウトネリコか。だとすると自分の体を見かけの上で軽く見せかける膏薬《こうやく》、かな？)

これもまた、空を飛ぶ上では重要な項目だ。

それからドロテアは自分のホウキにまたがって、口の中で何か呟《つぶや》く。祈るように。

「フォーミュラブルーム＝リュケイオン。……お、お願い私に応えてえ、アリストテレス」

ブン‼ とホウキに淡い光の模様が浮かび上がる。赤、黄、青、緑。彼女のホウキにカラフルな色の光が走っていく。

船の舵輪《だりん》に似た丸いグリップを摑《つか》んで前のめり。そのまま向かい側、五〇メートル先にあるもう一つの飛び込み台をそっと睨《にら》みつけるメガネの少女。

体重を前に。

飛び込み台の縁から宙へ体を投げる、始動の三秒前だった。

「？」

妙想矢頃《みようそうやごろ》は視界の端に違和感を覚えた。

振り返ると、魔女の卵の一人、裸マントの吸血鬼がもぞもぞしていた。群衆を盾にしているが、三〇センチくらいの蠟人形《ろうにんぎよう》に油を塗って長い針を刺し込んでいるのが、見えた。

犠牲者に形を似せ、髪や爪などを埋め込み、さらには仮初めの洗礼によって彼我に関連性を持たせて、殺傷力を取得した上で標的を設定し確定でダメージを届ける。

呪いもまた魔女の技術だ。

受験勉強の一環として頭に叩《たた》き込《こ》まなくてはならない膨大な知識の一つではある。

ただし、

(そいつを本当に『使う』バカがいるかっ⁉ 他の受験生の足を引っ張るためだけに‼)

「まずいし。シャンツェ‼」

金髪少年が叫ぶと、全体の場を仕切るシャンツェ・ドゥエリングも気づいたのだろう。向かい側の飛び込み台から、ギャル系とは思えない鋭さで懐《ふところ》から羊皮紙の札を取り出す。

水属性で浄化用途のハーブにして復讐の力も持つヤナギの葉を押したタリスマンを強く握り、魔女の口から力ある言葉が出た。

「チョー返すっ、マイクペブリス‼‼‼」

「がっ」

体をくの字に折り曲げる吸血少女。直前で呪いが追儺《ついな》されて『返った』のであれば、実際にはドロテアに肉体的なダメージは届かなかったはずだ。

だけど、元々気弱な女の子。

不意打ちのアクシデントで飛び立つタイミングを見誤った少女が、そのまま足を滑らせる。

落下する。

「きゃあ!?　わっ」

「ちくしょう!!」

何故《なぜ》、依頼人であるヴィオシア以外のためにここまでしなくてはならないのだろう。そんな事を考える暇もなかった。妙想矢頃《みょうそうやごろ》もまた躊躇《ちゅうちょ》なく飛び込み台を蹴って深いプールに向かう。

一〇メートル下まで一気に落ちる。

自分自身が作る巨大な水柱を眺める事はできなかった。むしろ深く鋭く水中に沈んだ妙想《みょうそう》矢頃《やごろ》は真下から溺れる少女を再度追う形になる。

落下事故を防ぐためとはいえ、水深五メートルもあるプールでは足がつかない。パニックを起こして溺れる少女にとっては文字通り生死を分かつ問題だ。

（くそっ、飛び込む前にコルセットだの紙の鎧《よろい》だのは脱いでおきゃ良かったし！）

『隊』でやった着水訓練を思い出す。開いたパラシュートごと深いプールに蹴り落とされるアレだ。こっちは空飛ぶ兵器に乗って敵と戦う訳じゃないんだからいらないお世話だと思うが。

妙想矢頃《みょうそうやごろ》は着水の衝撃で半分包帯の解けたドロテアの背中側に回り、半ば羽交い絞めにする格好で二人揃《そろ》って水面に顔を出す。

「ぷはっ！　ドロテア、呼吸だ。もう大丈夫だからゆっくりと深呼吸!!」

「がはごほっ、あうう!!　けほっ！」

と、溺れている包帯ゾンビ少女を摑《つか》んで引っ張り上げる過程で妙想矢頃《みょうそうやごろ》は気づいた。

ドロテアは全身に魔女の膏薬《こうやく》を塗っている。扱う薬草は主にセイヨウキンミズヒキやセイヨウトネリコ。『体を軽く見せかけて有利に飛ぶ』ための膏薬《こうやく》らしいのは分かっているが、

（……待てよ？　これは）

体に塗ってフライトスーツのように魔女自身の体を保護したり、ホウキに与えてアフターバーナーのような追加燃料にしても良い。擬似的な軽量化もまた立派な作戦の一つだ。

魔女の膏薬《こうやく》をどこに使うかは各人の自由。絵具《えのぐ》や調味料と一緒で膏薬《こうやく》はあれもこれと全部載せはできないため、長所を伸ばすか短所を潰すかの選択も重要な見極めになる。

でもこれは、一人の魔女が一つ使える膏薬《こうやく》の話だけでは説明がつかない。

先に落ちていた犬かき少女がやってきた。プールの中でロングスカートを無駄に広げて、

「ドロテアちゃーん、メガネ拾ってきたなのー」

「バカ溺れる女の子に正面から近づくな！　死にてえのかヴィオシア!!」

4

最悪であった。

妙想矢頃《みょうそうやごろ》、着替えもないのにびっちょびちょである。こういう時、内側に着込んだ紙の鎧《よろい》がほんとに気持ち悪い。色を抜いてから処理した金髪は水に濡《ぬ》れても平気なのがまあ救いか。

「……、」

「チョー何なのお？」

職員用の休憩スペースに入ると、ギャル系講師シャンツェ・ドゥエリングは最低限の敬語をかなぐり捨てる。まして妙想矢頃《みようそうやごろ》は月謝を払っていない部外者だから当然かもしれない。

魔女の見習いがプールに落下したくらいでは中断とはならないはずだが、今回は未然に防いだとはいえ蝋人形《ろうにんぎよう》の呪いが絡《から》んでいる。そういう訳で残りの時間は自習となってしまった。

ドロテア・ロックプールは保健室で寝かせてある。

多少、気管に水が入ったようだがあの程度なら大丈夫だろう。肉体的には。精神面のトラウマなどになると流石《さすが》に専門外ではあるのだが。

「あの子どうよ？」

「んうー？　ドロテア・ロックプールさんの話？」

わずかに考える素振りをして、『部外者』相手にリップサービスを使う必要はないと判断したのだろう。さん付けすらなく、ギャル系講師はズバッと言った。

「ドロテアはぶっちゃけチョー厳しいでしょうね」

はあ、と妙想矢頃《みようそうやごろ》からも重たいため息が出る。

だと思った。

「成績はゼンゼン悪くない。私生活の一人暮らしもチョー安定してて経済的にもマジ受験に集中できる環境は一通り整えてある。ま、だからバイト掛け持ちからウザい嫉妬の対象になったんでしょうしい。……だけど肉体面、体格の問題だけは努力じゃゼンゼンどうにもなんない」

見かけの上で体重を軽くする膏薬《こうやく》。

つまり、内気なメガネ少女はそこに脅《おび》えて短所を潰す調整をしていたのだ。

「別にマジそこまでピリピリ考える必要はゼンゼンないのよ？　独学なる魔女なら」

言って、シャンツェは肉感的な胸をわざと張ってみせた。

分かりやすく男の目を引くメリハリの利《き》いたボディラインは、皮下脂肪をほどよく配分しているとも言える。つまり女性の前では言えないが、その分重たい。成長は横に広がるだけではないし、全体のバランスを取るように身長も伸びていく。これは、フォーミュラブルームらしきものを持っていた古本屋の店主の銀髪褐色お姉さんも以下略だ。だから妙《みよう》想《そう》矢《や》頃《ごろ》は初めて会った時から店主さんは独学なる魔女だと当たりをつけていた。

ぴしゃりと遮るように、シャンツェ・ドゥエリングは断言した。

「でも、召喚禁域魔法学校マレフィキウムに挑むとなったら話は違う」

「だろうな」

「ゼンゼン単純な事実として、空飛ぶ魔女は軽い方がマジ有利だしい？　マレフィキウムは九九・九九九九％以上を平気な顔で落とすパネェ超難関校よ。一キロどころか一グラムの差すら合否を分かつってマジ考えるべき。もちろん体重だけで合格できるほど甘くないけどお」

「一点でも多く、が受験の基本だし」

そしてその手近な一点を拾えない者から順に、脱落者は容赦なく切られていく。

分かっている。

その上で、

「ただ、それとこれとは話が別じゃね？」

「んえ？」

「ドロテア・ロックプール。誰でも使える膏薬《こうやく》だけじゃねえぞ、他にも何か併用してるし。ああいうのが予備校の中に流入すんのを防ぐのも、アンタ達の仕事じゃねえの？」

「必要なギャラさえもらえれば、ね？」

せんせーい、と遠くから呼びかけてくる声があった。

ぱたぱたと無邪気に寄ってくるのはヴィオシアだ。

この話はいったんここまでか。

シャンツエ・ドゥエリングの方から席を立って、後には家庭教師と教え子だけが残る。

「はい先生、タオル持ってきたわー。ていうかずっと濡《ぬ》れねずみのままなの」

「着替えがねえんだって……」

「そうなの！　ふふっ、じゃあ先生、私がとっておきで覚えたての火の魔法を」

「どうか言葉の矛盾に気づいておくれヴィオシア。さもないとオレが火柱になっちまう」

パッと顔を明るくして放火魔になりかけたヴィオシアに釘《くぎ》を刺す。

魔女だろうが家庭教師だろうがお腹《なか》はすく。今日は色々と出遅れたので学食は使えないだろうから、購買でパンを買うしかない。

「やっぱり不安よね……。このまま浪人が続いたらどうしよう、普通の就職なんて困るし」

「大丈夫だよ、ちゃんと高いお金は払っているんだし。今のままで良《い》いって！　先生達も言ってるじゃん、プロの講師がいるのに予備校を使わない自宅学習組なんて自殺行為だとか」

途中、そんな女の子達のやり取りを耳にして妙想矢頃《みようそうやごろ》はそっと息を吐いた。

就職よりは進学、自宅学習よりは予備校。相変わらずサラリー重視の大人どもは『自分が一番』を少女達にせっせと刷り込んでいるらしい。本当に講師陣の言葉通りなら毎年九九・九九％以上が不合格を突きつけられる事もない。まあ、受験なんて誰を信じてどんな勉強法を選ぶかから戦いは始まっているのだが。人の言う事を鵜呑《うの》みにする『だけ』では危ない。

学食や購買があるのはキャラウェイ・Cs予備校の構造棟側だ。

こっちもこっちでなかなかの騒ぎだが、偶然が味方してくれた。びしょ濡《ぬ》れのままの妙想《みようそう》矢頃《やごろ》を予備校の少女達が避けるので人混みが勝手に左右へ割れていくのだ。

「すごい……。これぞ先生のカリスマ性なの！」

「全然全く嬉《うれ》しくねえし。いつもの女の子は？　ドロテアとかいうの」

「ドロテアちゃんはお弁当なの。毎日自分でご飯作るなんてすごいなの、憧れちゃうわー☆」

（……お弁当。裏を返せば自分で栄養の配分を決められねえ外食を回避したがってる、か）

ついさっき知ってしまった事を妙想矢頃《みょうそうやごろ》は少しだけ考える。

それもまた魔女の受験の悩みとしては定番ではあるが。

「ドロテアちゃんは後で合流すると思うなの」

「そう」

というか、一応ヴィオシアも森の奥にあるおばあちゃん家《ち》から神殿学都へやってきて下宿中のはずなのだが、あの言い分だと一体どんな衣食住をしているのだろう？

「赤は火、黄は風。じゃあ青は？」

「えーと……水なの！」

問題を出しつつ妙想矢頃《みょうそうやごろ》は棚にあった商品を金属のトングで掴《つか》んだ。とはいえここにあるのは惣菜《そうざい》パンではなく合成《インスタント》リストと完成見本のリトグラフをガラス板で挟んで立てた、いわゆる魔女のレシピだ。これだと既製品しか作れないが、ホウキの先を振ればぼわんと出てくる。

「先生はフォーミュラブルーム使えないなのっ、私が合成するわ！　ハッピーハロウィンっ」

「はいはい」

言いながら妙想矢頃《みょうそうやごろ》が取ったのは塩と胡椒《こしょう》で味付けした温野菜を挟んだサンドイッチのレシピだった。……ぶっちゃけ家庭教師は受験に挑まないのだから食事に気を配る必要はないのだが、食事制限をしているヴィオシアの前でバクバク食べたらまあ信頼関係に亀裂の一つも走るだろう、と判断しての事だった。

「わーい！　新商品が出てるわ。ホイップクリームと五つのカットフルーツのスイーツサンドイッチなの、これ食べたいなの!!」

借り物のトングで頭を叩《たた》くと不衛生なので足で蹴った。こう、少女のスネの辺りを。

「いだっ!?　せっ、先生はもしや体罰アリな熱血先生なの？」

おっとまずい、『隊』にお邪魔して体作りしていた時のクセが表に出てしまったか。

彼自身、宇宙を目指していた頃は畑違いだとうんざりしていたのに。

（まあ異世界の地球にある魔女達の伝説でもルール違反者に鉄拳制裁はあったみたいだけど）

「こんなのが教育の現場で許されちまってるこっちの世界の文化風俗にも大きな問題はあるけど、今はそれより直近の話をしようぜヴィオシア。全体的にふざけてんのか？」

「でもだって、頭の運動には糖分が必要なのっ」

「よくある弱者の言い訳だし。塩分も脂質もビタミンもミネラルもみんな必要じゃね？」

「びたみん？　なの？？？」

咳払《せきばら》いした。こっちの世界にはまだない用語だったか、受験生を混乱させてどうする。

「てか頭の運動やってる程度で目に見えて体がガリガリになっていくほど消費する訳ねえだろ。都合の良《い》い女子妄想はその辺にしておけ、現実を見ろよヴィオシア」

「えうう」

「アンタは絶対に太る」

「迷える乙女にド正面からそこまではっきりと⁉　だってだって辛《つら》いお勉強の後には自分へのご褒美《ほうび》が欲しくなるわっ。モチベーションキープには必要な投資なの！」

「その考えが間違ってるんじゃね？　わざわざ高い金を払って特別に予備校へ来てるんだぜ。受験で勝ちてえなら勉強させていただいている時間を思う存分楽しめるようにならねえと」

「先生はお勉強に洗脳なんかを持ち込む派なの？」

ゼンマイ式の蓄音機を使った胡散臭《うさんくさ》い睡眠学習じゃあるまいし、頭の中をゴシゴシ洗って必要な知識を詰め込むだけでマレフィキウムに合格できたら誰も苦労はしない。

「ぶー」

唇を尖《とが》らせ、ヴィオシアが核心に近い何かを抉《えぐ》ってきた。

おそらく五歳児くらいの純粋さで。

「先生の生活には潤いが足りてないわ。魔法が使えるからって何ができるの」

「受験に合格できるんじゃね？」

金物のトングをカチカチ鳴らして妙想矢頃《みょうそうやごろ》はそれだけ答えた。

（……そう。受験に楽な道なんかねえんだよな）

ふとそんな事を思う。

ドロテア・ロックプール。彼女の肌から感じ取った異質な匂いを思い出しながら。

（だからこそ、ああいう近道は本当にまずいし）

5

保健室だった。

この白くて清潔な部屋がドロテア・ロックプールは苦手だった。消毒薬の匂いで満ちている。自然を排除し、人の都合に合わせて攻撃を繰り返した結果生まれた、人工物の塊……。

意味のない妄想だと切り捨てようとした。

できなかった。

「うっ」

ベッドから身を起こしたところで、呻《うめ》く。喉の奥が痛い。プールの水をたくさん飲んだからだろうか？　作り物の使い魔《ファミリアー》まで放ち、適切に消毒した気持ちの悪いプールの水。

（お昼。お、お弁当を持ってえ、早くヴィオシアちゃんの所に行かないと）

メガネはどこだろう、と思って片手をさまよわせて数分。耳に違和感があって、それがメガネのつるの感触だと分かって、元からメガネを掛けたままだったのかとやっと気づいた。

唇を噛《か》む。

ここまでダメなのか、自分は。

模試の判定は悪かった。ギリギリでC判定に踏《ふ》み止《とど》まっているけど、ここからまだまだ伸びる見込みはあるけれど。だけどこんな振れ幅じゃ召喚禁域魔法学校マレフィキウムには全然届かない。普通の学校を目指すのではダメなのだ。だからもっと努力が必要なのだ。一点でも多く、他の子達よりも多く。なのに目の前にあるその一点がどうしても取れない。

体重。

身長。

ガタイの大きさが求められる騎士や格闘家とは正反対の世界だ。

空飛ぶ魔女は、小さくて軽い方が得をする。

掛布団《かけぶとん》の端を両手できゅっと摑《つか》んで、ぽつりと呟《つぶや》く。

「こ、こんなの」

「きゃあ。こんなのどうしろっていうの」

義務教育の頃から、人より成長が早いという自覚はあった。大人っぽいねとクラスのみんなに言われた時はとりあえず控え目に笑うように努力していた。男の人の目が気になる事だってもちろんあった。だけど、義務教育ですくすく育っている時はこんな問題にぶち当たるなんて思っていなかったのだ。人は身体的特徴で差別されてはならない。誰もが当たり前に知っているはずなのに、でも、厳しい競争の中では通用しない。

この一点が取れない者は、最後の最後で落とされる。実際に経験している。

（ヴィオシアちゃんは、やっぱりダメ。あ、あの子に私の苦しみは分かってもらえないよう）

むしろおっぱい大きくて羨ましいとか、罪悪感ゼロで言われそうで怖い。

いつだって明るく笑う友達は悪くない。だけどあの小柄なまま留まる華奢《きゃしゃ》な体は、ドロテアの理想だ。どうやっても届かない側には眩《まぶ》し過ぎて辛《つら》い。あの子に悩みは明かせない。

そうなると、すがる先は一つしかなかった。

「あ、アリストテレス」

相棒はいつでも寄り添ってくれた。

魔女が絶対に手放してはならないホウキは近くの壁に立てかけてあった。

「フォーミュラブルーム＝リュケイオン。わ、私、このままで良《い》いの。きゃあ。マレフィキウムに入れるのかしら？」

返事は期待していなかった。

しゃべると言っても、フォーミュラブルームはブティックの店員さんではないのだ。年端《としは》もいかない少女のために愛想《あいそ》笑《わら》いを振《ふ》り撒《ま》く必要なんかない。

しかし、声はあった。

独りぼっちになった少女に向けて、確かに。

『確率から言えば、とても低いと判断。正直に言って諦めちまった方が賢明』

えっ？　と。

しばし、言われた事の意味が分からなかった。呼吸すら止まっていた。ただただ頭の後ろが痺《しび》れたようになって、視界の両端からじわじわとした砂嵐が迫ってくる。

止まらなかった。少女が淡い期待を寄せたのとは全くの逆。フォーミュラブルームは計算尺より無慈悲かつ正確な答えを垂れ流していく。

『模試の結果を踏まえりゃ明白。今のテメェはC判定。成績の伸び率は平均して〇・〇三％プラス。このまま受験当日まで均等な努力を繰り返しても合格ラインまでは届かねえと結論。そしてテメェの努力はすでに上限。ここから奇跡が起きて上昇率が増す可能性は皆無』

「やめて」

あれはATU番号で、そう、ATU0709だったたか。

白雪姫という異世界の地球の読み物に、魔法の鏡というものがあったはずだ。

だけど。

鏡から伝えられる真実が全て残酷なものなら、それはひたすら持ち主を破滅させていく。そもそもあんな小道具がなければそれなりに美しい継母《ままはは》だって悪の道へ走る事すらなく、魅力的なまま幸せに暮らしていられたはずだったのに。

「も、もうやめてぇ!!!!!!」

『体格の問題を無視して知識を詰め込む場合、通算で五年以上の留年が必要。その間、突出したライバルが登場しなけりゃ合格の見込みはあると報告。だがドロテア、テメェは実家の家族から浪人は一回まで、二浪は許さねぇという条件を承諾。ここを解決しねぇと前提は崩壊』


無理だ。

そもそも魔女になるためこの街に来るだけでも、どれだけ泣いてすがりついた事か。実際、腫れたまぶたは一週間は治らなかった。商店を営む両親は半ば呆《あき》れて許可を出していたはずだ。やるだけやって気が済んだら実家の店を引き継げと。長女の責任でそうしろと。

「きゃあ。う、ああ」

延長戦なんて絶対に無理。

無理、無理、無理、無理。どれだけ考えたって全部無理!!

甘ったれた事を言ったら最後、首に縄をくりつけてでも実家に引き戻されてしまう。

い、い、い、い、
思い描いてきた人生が本当に終わる。

「ああ!! あああああああああああああああああああああ!? うわ

ああ!!!!!!」

『テメェがその体重を減らさねえ限り夢は叶《かな》わねえと結論、召喚禁域魔法学校マレフィキウムへの合格は論理的に言って不可』

ひどい。

　あまりにもひどすぎる。

　これ以上はできない、どうやったって減らない。いくら食事を減らしても勝手に背が伸びていくのにどうすれば良《い》い？　こんなのもう勉強の範囲の話じゃない、理不尽過ぎる!!　頭を抱えて絶叫するドロテアに、しかしフォーミュラブルームは容赦をしない。最先端の魔女術呪器はただ聞かれた事を正確に精密に答えていく。人間ではないが故に。

「なら」

　ボロボロと泣く。仮面が剝がれていく。嚙《か》み締《し》めた唇から血の味がした。

　夢《ゆめ》を叶《かな》えるための努力を怠ったなんて、そんなはずない。毎日毎日勉強して、体重だってできるだけ絞って、自分自身の成長に抗《あらが》ってでも努力を続けてきた。冗談抜きに寿命を削っていると思う。あんな事までやったのに。それでも一点も報われないだなんてありえない!!

だから少女は叫ぶ。

世の理不尽に押し潰され、自分の顔をくしゃくしゃにしながら。

「それなら、わ、わた、私は一体どうしたら良《い》いのよお!!　アリストテレス!!!!!!」

愚かな少女は何度でも同じ間違いをする。

そもそもこんなモノに問いかけてしまった事が全ての発端ではなかったのか。

そして、だから魔女のホウキは答える。

無慈悲に。

『もう、テメェは私に全てを預ければ良いんじゃあ？　と提案』

6

「あれぇー？　今日はドロテアちゃん遅いわ」

「一応保健室にいるし、具合が悪けりゃメシどころじゃねえかもじゃね？」

一日のサイクルは大切だ。精神的に振り回されて肉体的な習慣まで怠るのはまずい。入浴や睡眠でも言えるが、小さな積み重ねが受験勉強全体の組み立てに影響するケースもある。

その時だった。

前触れはなかったと思う。

ガシャン‼　という鈍い音があった。金属の音だった。見ればすぐそこの窓に異変があった。薔薇《ばら》のつるにも似た装飾が絡《から》み合《あ》う太い鉄格子《てつごうし》が、ギロチンのように落ちてきたのだ。

突然の隔離。

ガシャシャシャシャシャシャ‼‼‼　と音の洪水が右から左へ流れていく。この窓一つだけではない。建物の窓という窓が同じように分厚く封鎖されていく。おそらく扉の方もだろう。

警報があった。

校内各所にある花瓶の花は作り物だ。造花の口がぱかりと開き一斉にアナウンスを流す。

『緊急です、当キャラウェイ・Cs予備校の敷地内《しきちない》にて「魔王《フォーラント》」の発生が確認されました』

女性の声はひどく無機質だ。

あらかじめ蠟管《ろうかん》などに録音しておいたものだろうが、それにしたって。

『繰り返しお伝えします、予備校敷地内《しきちない》にて「魔王《フォーラント》」の発生を確認。当校では建物全体を隔離処分し、周辺への被害の拡散を第一に防止します。全職員は対応Bを発動、受講生の皆様は職員の指示に従って速やかに行動してください。これは抜き打ちの訓練ではありません』

「えっ？」

意味が分からない、といった顔だった。

ヴィオシアは休憩室《きゅうけいしつ》の椅子に座っているのにその場で飛び上がって、

「ええ!? あの、先生。魔王《フォーラント》ってなに、うそ? 何が起きているなのよ、これ!?」

「……誰か、魔女がフォーミュラブルームに乗っ取られやがったし」

フォーミュラブルームは便利なだけの道具ではない。心を持って会話ができる事はすでに誰でも知っているはずだ。

だけど、だからこそ、心を持つ者との関係がいつでも良好で揺るぎないとは限らない。特有の問題がついて回る。

「つまりそれが『魔王《フォーラント》』。道具のフォーミュラブルームが持ち主の魔女の体を乗っ取る事で、物理的な自由を手に入れた状況にあるって訳だ」

人間は魔力なんて便利な力は持っていない。

あくまでも意志だけ。それで心を持たない大きな世界から燃料を吸い上げて魔法に使う。

だけど魔王《フォーラント》は人間に吸い上げられる力の限界を軽く超えて莫大《ばくだい》なエネルギーを取り扱う。良い事ばかりではなく、何の準備もなくいきなり尖り過ぎた状況に置かれた人間はそこらにある砂粒や水滴など些細な異物に触発されて常に暴発を繰り返し自分の体を傷つけていくのだ。超音速機がゴミを吸い込んだり着氷したりで墜落するのと同じように。そして代わりに、瞬間的な最大火力だけで言ったら召喚禁域魔法学校のエリート達すら軽く飛び越える。その自滅的な力を前にしたら、こんな予備校にいる半人前の魔女達では束になったところで瞬殺だ。

一瞬で殺される。

比喩ではなく、本当の本当に血の海に沈んでしまう。

『なお安全の確認ができておりませんので、S1実践館一階非公開出口、S2校長室＝立坑直通出口、S3地下スチームライン出口、S4構造棟屋上非常階段等の使用は控えてください』

「ええと、非公開出口？　地下？　なの？？？　聞いた事もないわ」

「……、」

外から見れば似たような石造りの建物が二つ並んでいる程度だが、実際には地下も屋根裏もあっちこっちに秘密の通路や部屋が増殖している訳だ。そこに通う少女達にすら内緒で。キャラウェイ・Cs予備校、腐っても魔女達を育てる教育機関か。

この調子だと予備校の責任者クラスはとっとと秘密の出口から抜け出した上で、あらゆるドアや窓を外から封鎖してしまっているだろう。

「……『美化委員《ベナンダンティ》』が来るまでの勝負じゃね？」

「べなん？」

「美化委員《ベナンダンティ》。こういう時、召喚禁域魔法学校マレフィキウムからホウキに乗って直接派遣される怪物どもだ。ただそれも到着する前にオレ達が『魔王《フォーラント》』と鉢合わせしたらおしまいだぜ」

これではまるで、巨大な迷路に人間と猛獣を同時に放っているようなものだ。

馬鹿デカい弓を持った狩人《かりうど》の手で助けてもらうまでは自力で逃げ回るしかない。もし先に猛獣とぶつかってしまった場合は、運がなかったと諦める他なくなる。

ただそこに立つだけで、あらゆる人の命を布切れ以下にまで暴落させる存在。

それが『魔王《フォーラント》』だ。

フォーミュラブルームを持つ多くの魔女が集まる予備校。しかもみんながみんな受験に失敗した浪人生ばっかりだ。つまり実力的には足りていないのに、危険なフォーミュラブルームを手にした半人前が大勢いる。単純な発生確率だけで言えば、最も『魔王《フォーラント》』のリスクが高いのは予備校なのだ。だから最初から、大抵の予備校では『魔王《フォーラント》』発生時の対策も講じている。内部に半人前の生存者を閉じ込めてでも、『魔王《フォーラント》』による被害を外へは出さないと。

（……屋内の『事故』ならいくらでも示談で揉《も》み消《け》せるけど、外まで洩《も》れた『事件』になっちまったらオオゴトだ、ってか。ったく、サラリー優先の予備校はこれだから‼）

と、見知った背中があった。

これだけの騒ぎの中、仕事もしないで堂々と逃げていくのは金髪褐色のギャル系講師だ。

「シャンツェ、アンタどこ行くんだ？　受講生の避難誘導はッ⁉」

「チョー知らんがな」

ドがつくほど素直な一言がやってきた。

曲がりなりにも先生と呼ばれる存在は、悪びれた様子すらない。

「私は義務教育の高潔でパネェ公務員の先生サマじゃないしぃ？　ギャラもらって定時で帰る予備校講師。『魔王《フォーラント》』と同じ空間にガチ閉じ込められて、ゼンゼン自分の命を張ってまで客の命を守る義理ってなぁに？　ムリでしょ、あったらマジ教えてほしいんですけどー？」

お客様は神様うんぬん理論はこっちの世界では発生していないらしかった。あれは元々経済学に基づくロジックではなく、どこかの芸能人が口にしていた言葉のようだが。

「そんな訳で、マジで割に合わないと判断した時点で私は勝手にチョー消えるわよお？　避難誘導とかゼンゼン知らんし、ていうか窓もドアも全部塞がってるパネェ中に『魔王《フォーラント》』が放たれているのよ。ガチ逃げ場なんてチョーどこにもないわ」

はあ、と妙想矢頃《みょうそうやごろ》は重たい息を吐いた。

それから自分の似合わない金髪頭を片手で雑に掻《か》いて、

「おいおい、じゃあ何で講義中にドラゴンだのグリフォンだのアホな事言ってたヴィオシアの世間話に付き合ってたし？　教え子がチップ弾んでくれる訳でもねえのに」

「ぐっ」

髪を盛りまくったギャル系講師の肩が震えた。

悪になりきれない女だとしたらここで畳みかけてしまえ。

「ドロテアが屋内練習場で蝋人形《ろうにんぎょう》の呪いにやられそうになった時だって、とっさに呪詛《じゅそ》を返して守ろうとしてたし。……あれ、対応をしくじっていたら横から割り込んだアンタまで一緒に

ダメージ喰《く》らう構造の追儺《ついな》系防御魔法だったんじゃね？　それでも躊躇《ちゅうちょ》なく
「〜〜っ」

「確かに独学なる魔女なら仕事は自由に選べる。でも結局アンタにとっても居心地の良《い》い場所だったんだろ、そいつを自分から潰して捨てる気かシャンツェ。今ならまだ拾えるのに」

じっと、ヴィオシアが肌を焼いた金髪ギャルを見つめていた。

結構な涙目で。

目《め》を逸《そ》らしていたシャンツェだったが、変な汗が限界に達したらしい。

「くそおー……！　チョー人のパネェ罪悪感をゼンゼン煽《あお》りまくってんじゃないわよガチこの悪党‼　マジ一人でさっさと逃げてソッコーで自分の安全を確保したいのに、これじゃゼンゼン逃げたくてもマジムリ逃げられないでしょうがッ‼⁉⁇」

「早く仕事しろしシャンツェ、さもないと切ない系のオルゴールでも鳴らしてさらに感情盛るぞ。アンタを教え子の前で顔を覆って泣き出す熱血先生にしてやろうか？」

リアルに地団駄まで踏みながら、でもギリギリでこの場に留まったシャンツェは何だかんだで根っこまで悪い講師ではないのだ。本当の本当に性根の腐った人間ならそもそも後ろ髪なんぞ意識もしない。強く努力しないと冷たくなれない人なら、身近な話を出す事で揺り返しは誘える。ギャルってあっけらかんとして無責任そうなのに絆《きずな》とか情とかは妙にこだわるし。

「『魔王《フォーラント》』と直接戦う必要はねえよ。壁でも床でも良《い》いから、特大の魔法でどこかに風穴を空けて閉じ込められている受講生達を外に逃がすだけで十分。学歴の後ろ盾がない独学なる魔女なら、いざって時の切り札くらい山ほど隠してんじゃね？　人には言えねえレベルのヤツ」

「チョーどっちみちゼンゼン命懸けだけどねッ！」

フォーミュラブルームを両手で抱えてとってもやる気な予備校講師に他の受講生達は任せるとして、こっちはヴィオシアだ。何があっても怪我《けが》を負わせる訳にはいかない。

しかし青い顔した教え子はしきりにあちこちきょろきょろ見ていた。

「あのっ、ドロテアちゃんは？」

「……、」

「講師の人達が点呼はしているみたいなの。でもドロテアちゃんが見当たらないわ、ひょっとしたらまだ保健室に取り残されているんじゃあ……？」

額に手をやった。

それで何となく、『魔王《フォーラント》』の正体が分かってしまった。

「……せんせい……？」

短い沈黙に、ヴィオシアも何かを察したらしい。

こういう時くらいは馬鹿のままであっても良《い》いのに。

「先生、ちょっと待つなの……。まさかそんな事言わないなの⁉　ねえっ⁉」

「……ドロテア・ロックプールだ」

少女の言葉が詰まった。

ヴィオシア側も、ぐっ、と強く沈黙する。本当は分かっていたのだろう。

「だっ、大丈夫なの」

「……、」

「べなんだんてぃ？　とにかく『あの』マレフィキウムから直々に精鋭の特殊部隊がやってきてくれるわ!!　だったらドロテアちゃんだってすぐに助けてもらえるなのっ」

嘘《うそ》をついて笑ってしまうのが一番のはずだ。

余計な不安を膨らませても仕方がないのは分かっている。

だけど、妙想矢頃《みょうそうやごろ》は首を横に振った。

友達を心配する女の子からそういうやり方で信頼を獲得したくないと思ってしまった。

「……美化委員《ベナンダンティ》の連中は、『魔王《フォーラント》』の排除しか考えねえ」

「それって……？」

「つまり乗っ取られた魔女と凶暴化するフォーミュラブルームをひっくるめて、全体を『魔王アリストテレス』と再定義するはずじゃね？　相手は人間じゃねえから、容赦もしねえ。容《い》れ物《もの》がどうなろうが気にする連中じゃねえし、あの怪物どもは」

それ以上はなかった。

バッ!!　とヴィオシアはきびすを返していく。

どうするかは容易に想像できた。

分かっていて、それでも安易な決定は許されない。

「ヴィオシア！」

少年は強めに呼び止めた。

ここは多分、分岐点だ。それもかなり大きな。だから安易な決定は許されない。

彼は家庭教師。なので悪役になってでも教え子に問題を提示しなければならないのだ。

「いいか、お友達を助けたって受験にゃ関係ねえんじゃね？　それどころか、ドロテアが無事に助かって勉強を再開したら、その分だけアンタが合格する確率は下がるかもしれねえし」

「……、」

「召喚禁域魔法学校マレフィキウム。各地から集まる受験生の九九・九九九九％以上を落とすのが当たり前になってる超難関校。それでも合格してえ理由がアンタにはあるんだろ？」

沈黙があった。

小さな音が混じった。ヴィオシアが唇を噛《か》む音だった。

「……そんなの、なの」

か細い声。

ではない。キッと正面から妙想矢頃《みようそうやごろ》を睨《にら》み、彼女はありったけの力を込めて叫んだのだ。

「そんなの問題じゃないなの。先生も助けてくれたわ、ドロテアちゃんが困っている時！」

「っ」

「ウィッチズポット実習室でフォーミュラブルームのお手入れしてる時も、飛び込み台から落ちてドロテアちゃんが溺れた時も。私なんかより、ずっとずっとドロテアちゃんを助けてくれたなの！　なのに今だけ見捨てるなんておかしい。受験に勝ちたければ私がその分勉強すれば良いだけの話なの。ドロテアちゃんがどれだけ幸せになろうが私の実力には関係ないわ!!」

　これがまともな予備校講師や家庭教師なら、額に手をやったかもしれない。

　一点でも多く、一人でも蹴落として、が受験の基本。それ以外の何かに時間や手間を割けば、その分だけ合格が離れていくだけだと。

　だが妙《みょう》想《そう》矢《や》頃《ごろ》は舌打ちするに留まった。

「……った」

　どうして多くの候補の中から彼女を選んだ？

　こういう時、こういう場所、こういう状況で。迷わずこれが言える人だからじゃないのか？

　腰の横にあるものを強く意識する。

　振って伸ばせば七〇センチになる棒切れ。直接殴るくらいにしか使えない警棒だ。

　やると決めたら迷わず抜いた。

　もう笑みを隠す必要もない。

「分かったし。アンタのやり方に乗っかる」

「先生っ!!」

両腕を広げて真正面から飛びついてくる可愛《かわい》い教え子を、見た目だけ鬱陶しそうに振り払う。

自分から危険へ近づくからには半端《はんぱ》な態度ではいられない。

妙想矢頃《みょうそうやごろ》は家庭教師だ。ヴィオシアには受験にだけ集中してもらう。一点でも多くが受験の基本、怪我《けが》で勉強の手が止まるなんてもってのほかだ。

魔王アリストテレスの居場所は、素直に震動に従えば分かる。ずずん!! ずん！という爆音と建物の震えがあった。『魔王《フォーラント》』は一人で暴れない。何かと戦うなり壊すなりしている。

「あっちは……屋内練習場なの？」

神妙な顔をしているヴィオシアのすぐ横で、いきなり建物の外壁が吹き飛ばされた。慌てて体当たりし、妙想矢頃《みょうそうやごろ》は少女を床に押し倒す。彼女の頭よりも大きな瓦礫《がれき》が横殴りの雨のように廊下の反対側の壁をボコボコと歪《ゆが》めていった。

壁の外から鋭い声があった。ここが何階かなんてお構いなしだ。

（……美化委員《ベナンダンティ》かっ）

魔女、というイメージからはかけ離れていた。

思わず相手が人である事を忘れてしまいそうなほど分厚い鎧《よろい》を着込んでいるのは赤毛の二つ

結び、一応一八歳くらいの少女だった。そういう二足歩行の兵器みたいに膨らんだ鎧《よろい》の腰に帯びているのは黒檀《こくたん》の柄の刀剣、ではない。アサイミー、魔女が森を歩いて草木を採取するために使う両刃のナイフだ。かなり大型で分厚くこれだとほとんど山刀っぽいが。腰の太い縄もアレで切って使うのだろう、呪文と連動する魔女の動きを封じて無力化するために。

手にしているのは、一応ホウキ、なのか。先端に巨大な金属塊があるのでまるで鉄槌だ。壁を壊したのもあの特殊を極めたフォーミュラブルームだろう。

鎧《よろい》全体に対してアンバランスな小顔。完全武装の魔女はこちらの警棒を鼻で笑って、

「フォーミュラブルーム＝ニューフォレスト。応えよガードナー、醜き魔女に三倍の業を返すために。善悪よりも、好悪《こうお》よりも、我々魔女はまず美しくなければならない。自分で自分を律する事もできない醜き『魔王《フォーラント》』を討伐するべく、キャラウェイ・Cs予備校はすでに我々の指揮下にある。諸君らは我々の指示に従って自分の身命は自分で守るように‼」

（強要はするくせに従うのはテメェの責任ってか？　相変わらず勝手な言い草を……‼）

次々入り込んでくる分厚い鎧《よろい》の数は一〇以上。全員が全員、全く同じフォーミュラブルーム＝ニューフォレストで統一していた。そして彼女達が屋内に踏み込むと、破片同士が吸いつい て建物の壁がひとりでに修復されていく。魔女は世界を壊しながら前へ進み、同時にホウキでその軌跡を修復する事で夜空を飛ぶ。攻撃的に応用すればこういう事象も起こせる訳だ。

それにしても、やってきたのは戦闘特化の美化委員《ベナンダンティ》だけ。軍医や衛生兵の集まりである保健《ウイッチ》

委員《ドクター》などはいない。やっぱりこいつら、殺す事しか考えていないようだ。

ガシャガシャと音を立てて廊下の奥へ消えていく鎧《よろい》達へ、ヴィオシアは半ば呆然《ぼうぜん》と呟《つぶや》く。

「かっ、壁を壊して直せるなら、それでみんなを外に逃がしてくれれば良いのに……」

「美化委員《ベナンダンティ》はそんな余計な真似《まね》はしねえし。『魔王《フォーラント》』を殺す事しか考えねえんだ。捕縛用の縄なんてお飾りっていうか、非人道的って言われねえための建前に過ぎねえし」

ただしこれは、必ずしも本人の性質が悪という訳でもないが。美化委員《ベナンダンティ》が装着しているのは専用の処刑牢鎧《ヘクセントウルム》だ。あれを着ている間、マレフィキウムの魔女は元々持っている良心や罪悪感を『外付けの』心の檻《おり》に閉じ込めてひたすら目的を達成するための装置と化す。

(美しくあれ……か)

魔女には迫害の時代があった、というのはこちらの世界でも同じだ。

よって、そこから教訓を得た魔女達は身を守るために独自の倫理観を獲得している。

己の『欲』すら身を飾り潤いを与える道具だと考えて積極的に利用するほどの。

(善悪好悪《ぜんあくこうお》よりも何よりも、まず美しくあれ。単純に、老婆の魔女より美人の魔女の方が民衆に受け入れられて生き延びる確率が高かったから。経験に基づく生存策なんだろうけど、こっちの世界じゃ美人の魔女は王様を惑わすっていう考えは発生しなかったのか？)

つまり、マレフィキウムは魔女の中から醜い者が現れる事を許さない。人里離れた山奥でこっそり旅人を貪《むさぼ》り喰《く》っている恐ろしい老婆などという誤解を受けてはならない。魔女全体のブランドを失墜させて再び迫害される側に転げ落ちていくきっかけとなっては困るから。

考え、しかし妙想矢頃《みょうそうやごろ》は首を横に振った。

自分の脅《おび》えを拭い去れず、他人に価値観や言動を強要する行為はそんなに美しいのか？

「それよりドロテアを助けに行くんだろ。なら美化委員《ベナンダンティ》に後れを取ってる訳にゃいかねえし」

はいっ！　という元気な声が聞こえなかった。


ごごんッッッ!!!!!!　と。

建物全体が、これまでなかったほど強く縦に震動したからだ。


「……、」

二人して、廊下の奥に目をやる。

手にした警棒のなんと頼りない事か。

何もない。音がしない。今の一発があって、そこから反撃がない。いや美化委員《ベナンダンティ》は集団で動いていた。戦闘が終わったとしても大勢が動けばざわざわとした人の音は必ず響くと思う。

だとすると？

妙想矢頃《みょうそうやごろ》は慎重に廊下の奥へ向かった。フォーミュラブルームを両手で摑《つか》むヴィオシアもついてきた。その先には午前中にも使った屋内練習場ウィッチズチムニーへの扉が待っている。

物音はしない。

男物のセーラー服を着た男はそっと掌《てのひら》で両開きの扉を押し開けた。

破壊と、敗北。それしかなかった。

あるいは分厚い鎧《よろい》の装甲が弾《はじ》け飛《と》び。

ひしゃげて、壁に刺さって。

飽きて無造作に投げ捨てられたぬいぐるみのように倒れるオモチャ達。自らの良心や罪悪感まで計算して抹消したはずの美化委員《ベナンダンティ》の集団に対し、『魔王《フォーラント》』は遊ぶ余裕すら見せていた。

そう、今やこの場に屹立《きつりつ》している影は一つしかない。『彼女』はほっそりした手で分厚い鎧《よろい》の首の穴をまさぐり、中身をずるずると引きずり出していた。

人間だった。

長い赤毛を二つ結びにした、お堅い委員長っぽい少女。

あれだけ偉そうにしていたマレフィキウムの精鋭は、手も足もだらりと下がったままだ。ひゅうひゅうと息を吐くので精一杯なようだった。その唇の端から赤い液体が垂れていた。

『うはー、はは、あーうー♪』

やっているのは、見知った顔だ。ドロテア・ロックプールのはずだ。

赤。鋭い真紅。

メガネの奥で両目が爛々《らんらん》と輝いていた。瞳に別の意志でも流れ込んだかのようで、瞳孔は蛇に似て縦に細長い。あるいはそれこそが魔王《フォーラント》の証《あかし》なのか。

片手一本で意識のない『美化委員《ベナンダンティ》』の少女を適当に放り捨てると、それは空いた手で握っていた長い棒状の物体を両手で掴《つか》み直《なお》し、そして愛おしげに抱き締めた。

フォーミュラブルーム＝リュケイオン。

頬ずりする少女から得体のしれない官能が匂う。見ているだけで胸焼けするほどに。

ただの爪が怖い、その小顔をちょっと振られただけで猛獣の角でも向けられたように足がすくむし、翼なんてないはずなのに軽く両腕を広げただけで世界ごと闇に覆われて抱き潰されてしまいそうだ。それは愛くるしい少女の体なのに、見えない何かが全く違う。

両目をまん丸に見開いたまま、ヴィオシアが震える声で呟《つぶや》いた。

「……なに……それ、なの……？」

『ナニとは疑問。いっひっは、このガキの望みを叶《かな》えてやったと言及』

返り血か、自分のものか。赤く染まった包帯も気にせず、粗野で下品な声があった。

確かに少女の口から溢《あふ》れているはずなのに、それは明確に太い男の声だ。頬ずりはしているが、明確に分かる。今のは、間近にあるホウキの声ではない。少女の舌と喉を使っている。

ただのフラストレーションじゃない。それではあんな威圧は絶対にありえない。

あれが、魔王《フォーラント》。

魔女の体を乗っ取ってこちらの世界に浮かび上がる、魔王アリストテレス。

『軽いカラダ、小さなカラダ。一グラムでも軽く、一点でも多く取るなんて土台無理‼ だから、もっと別の方法で点を取れるように底上げを実行。ぎゃはは！ 叶《かな》えたぜえと確認？ 私は全部ひっくるめて魔女の望みを達成。つまり私がここにいるのは正しいと判断。ぶっひゃっひゃ、この私が‼ 今となってはこのガキの正解ィいいい‼‼‼』

そうやって、魔王《フォーラント》は居座る。

伸び悩む魔女が持っている価値観より優れた何かを提示し続ける事で、ぐうの音も出さず完璧に黙らせる。そうして元々の魂を深く深く封じ込めて、残ったカラダを自由に扱う。

剝き出しの正論なんか人を傷つける武器でしかない。

家庭教師の男は短く尋ねた。

「テメェ。推奨判定は？」

『B判定よB判定、最低でも。きひ、まあ実際にゃ余裕をもってA判定くらいは要求？』

チッ、と妙想矢頃《みょうそうやごろ》は舌打ちした。

正確に数字を追いかけていた訳ではないが、ドロテアの学力はそこまで高くない。全国一斉模試の結果はC判定辺りまで行けば良いところだろう。つまり、足りていない。

フォーミュラブルーム＝リュケイオン。要求される学力が高いホウキだ。そして学力が届かないほど、魔女が体を乗っ取られるリスクは増していく。

魔女の力は基本的に借り物、なおかつ心を持つフォーミュラブルームは決して便利なだけの道具ではない。一定以上の学力を示せなければたちまち自由を奪われてしまう。

「ドロテアちゃんに、何したなのよ」

『まだ何も、と否定』

蛇に似た赤い瞳はきょとんとしていた。

それからホウキの柄をべろりと舌で舐《な》め、三日月のように口元の笑みを裂いていく。

『ぎゃはは!!　これから実行、ようやく自由に使えるカラダを入手!!　浴びるように溺れるように受け取れるだけの快楽を受け取らなくちゃあもったいねえと言及!?　馬鹿か。酒でもお薬でも○○○でも×××でも全部!!　あっひゃっは、とにかく全身の内臓の色が変わって指一本動かなくなるまで徹底的に使い倒してやると宣言エエエン!!!!!!』

「ふざけないでなの!!　ドロテアちゃんを勝手に使わないで!!」

『そっちこそーと返答。このガキはすがっちまったと言及、魔王《フォーラント》に。この私にッ!!　フォーミュラブルームが道具である事も忘れて、足りない学力に嫌気が差して自分の思考を放棄し、ただ妄信的に拝んで依存!　ぶはっ、あはは!!　つまりテメェの魂を売り渡したと結論!!』

「……そいつはほんとにドロテアの意志か？　どうせ、そうなるように逃げ道を全部封じて一つの方向に追い込んだのはテメェじゃね？　まだ別の可能性もあったかもしれねえのに」

『何言ってんだと疑問、馬鹿か？　いひいひひ。連日の徹夜に無理な食事制限受験のストレスその他諸々《もろもろ》、自分から骨の髄までズタボロにしていったこんなガキより、目一杯遊び尽くしたところで私の方がよっぽどカラダぁ長持ちさせられると結論。私が!!　私が正答！　私の方が満点なんだと結論ッ!!　きひひ、横からとやかく言われる筋合いなんか皆無ぅ!!』

かもしれない。

だけど魔王《フォーラント》は根本的に気づいていない。

人間は叶《かな》わないと思いながらも夢を諦められず、何度も失敗して悩みながら幸せを探していく生き物だ。多かれ少なかれ誰だって。別に時短や効率を極めるために生きてる訳じゃない。

そうでなければ、少女達の足掻《あが》きを支える家庭教師なんて職業が存在するものか。

「こんな……こんなホウキにドロテアちゃんは好きにさせないなのっ!!」

『いっひっひ。だ・か・らあ？　と疑問。まさかフォーミュラブルームを奪ってへし折るなんて雑な推論？　この魔王アリストテレスの手から魔女のホウキを安全に落とせるとでも仮定!?　馬鹿か、ぎゃはは!!　笑える話と判断！　ぎカきひあははは!!!!!!』

「ヴィオシア」

分かりやすい救いは、むしろ泥沼の入口だ。余計な事を考えるほど迷いによって力が分散してしまい、ただでさえ悪夢のように少ない勝率を完全なゼロにまで落としてしまう。だから『美化委員《ベナンダンティ》』は自分の心を封じてでも非情に徹して魔王《フォーラント》を倒す事だけに専念しているのだ。

「ドロテアちゃんを返してなのっ……」

『いはは！　ぎゃはははは!!　馬鹿かこいつが被害者って立場？　なあ知ってるかと確認。受験でストレス溜《た》まったこの根暗女が裏で何やってるか、このガキの迷走ぶりの内容！　ぎゃはは!!　くすぐりダイエットは、縛りダイエットって知ってるかと質問。ぶはっ、これも受験のためだから、って言い訳一つでテメェの欲望丸出しの状況!!　抱き枕みてえな湯たんぽ作ってベッドの中で汗だくになったり馬鹿、ぎゃはは！　乗馬に似た前後に動く椅子なんてものまで自作してたっけえ？　と申告。ひっひっひ!!』

腹を抱えていた。

魔王アリストテレスはホウキを手に持ち、体をくの字に折って大笑いしていた。

人が自分自身ですら目《め》を逸《そ》らしている柔らかいところをずたずたに引き裂きながら。

『挙げ句にせっせと暗がりに通って絶対に痩せる護符なんてものまで手を出して使用。ひっひ。知ってるか、と質問。色んな材料混ぜてぐちゃぐちゃ汚《きた》ねえ羊皮紙の護符を肌に貼りつけるアレだと説明。馬鹿か？　恥ずかしい努力は誰にも見せられないって考えたこいつがどこに隠していたと質問。こんな包帯ぐるぐるで地肌丸出しの女が、体の一体どこにべたべた糊《のり》をつけてと詳細を要求!?　ぶっひゃっひゃっひゃ!!』

「そんな……ドロテアちゃん、なの……」

「よくある失敗だぜ」

妙想矢頃《みょうそうやごろ》は吐き捨てた。

路地裏の犠牲者となるのは、何も不良だけとは限らない。実際、精神的に追い詰められた受験生が標的として狙われる例は後を絶たない。特に、住人の半分以上が一度は挫折を味わっている浪人生だらけの街では。

「集中力が増すキャンディ、眠くならないドリンク、そして絶対に痩せる護符。どれだけ馬鹿馬鹿しくても、弱い方へ転がり落ちりゃ魔女の受験なんてあっという間にアブない魔法のアイテムでずぶずぶになっちまうし。朝、完璧なダイエット本は存在しねえって言ったろ。もし誇大広告を掲げていたらそいつにまともな商品を売る気はねえんじゃね？」

短期間で急激に痩せる、必ず痩せる。

そういう言い方なら美しく聞こえるかもしれないが、ようは重度の呪いだ。それも成長が阻害し体の芯を削られ続けるほどの。雪山での遭難と同じく、命の危機を前にして制御不能な幻覚や震えなどにも悩まされたはず。

同じ護符は重ねがけしてもあまり意味はない。

しかも使っている内に体は慣れてくる。

だからレシピが手元に一つあっても全然足りなくなる。もっと強く、もっと危険な護符を。

そうやって路地裏に通い詰める少女はボロボロにされていく。

『ぷぷっ、家族のためだと暴露』

いきなり出た。

でもそれは、決して話の流れと無関係に脱線していった訳ではない。

『このガキ大家族ってヤツらしくてよ。地元の商店を継いでもカツカツだとかで、そいつら養うために超一流の魔女になって金が欲しいと要求！　ぷっ、ぎゃははは!!　馬鹿か、マジの馬鹿か!?　追い詰められてろくでもねえもんに手を出したメスがお涙頂戴のつもりかと疑問!?　いーひっはあ!!　家族のみんなを支えられる誰かになりたかったでちゅー、失笑!!　絶対に痩せる護符、こんな骨も腹もボロボロの女を見て誰が寄りかかるかマジで疑問！　あっひゃっはっはっは!!!!!!』

「ドロテアちゃん……っ」

ヴィオシアは友達の事を良く知っているはずだ。

例えば家事が得意で日頃から栄養に気を配り、お昼ご飯はいっつもお弁当だった事だって。

それらは元々どこでどうやって培《つちか》われてきた技術だったのか。

家族に。両親に、大勢の兄弟や姉妹に、ただ喜んでもらいたい。

きっかけはそんな話だったのに。

追い詰められた少女の中で、彼ら家族はいつしか夢を断つ存在へと変貌していった。

『馬鹿か？』

魔王アリストテレスが少女の全てを嘲笑《あざわら》う。

『学問の追究でもなければ世界全体への貢献も否定ッ!! 家族だの兄弟だの笑わせんなアと断言!! そもそも魔法はもっと高等で優れた存在と認識。テメェでカラダぶっ壊して自己犠牲のつもりか、馬鹿が軽々しく触って良いものじゃあねえんだよと否定! だからこれは天罰。くひははは、このガキは脱落したと確定!! 故にその身に降りかかるあらゆる破滅は必然!! 私は! 今!! い、い、い、い、とてもとても正答で満点だと結論おおおん!!!!!!』

その時だった。

ぽつりと、声があった。

「……間違ってなんかないわ」

赤点魔女だった。

ヴィオシア・モデストラッキー。

格安いわくつきのフォーミュラブルーム=ヴィッテンベルクなど扱い切れるはずもない。

それでも、彼女は構わなかった。

正面からだった。魔王《フォーラント》と呼ばれる超絶の何かを睨《にら》みつけ、魔女のホウキを両手でぎゅっと握る少女は、確かにこう言い放ったのだ。

「魔王アリストテレスだろうが何だろうが、そんなの知った事じゃないわ」

噛《か》み締《し》めるような言葉だった。

あるいはそれは、目の前の魔王《フォーラント》になんか向けられていないのかもしれない。

彼女は見捨てない。こんな事くらいでは友達を諦めない。

受験という人を切り捨てるのが当たり前の世界に飛び込んでおきながら、絶対に。

「本当に、一生懸命頑張ってたなの……」

ヴィオシアだけが知っている。

魔女の受験は本当に厳しい世界で、友情なんか何の意味もない。散々そう言われても一緒に仲良く勉強してきた、友達と呼べる誰か。だからこそヴィオシアは迷わず言えるのだ。

「ドロテアちゃんは毎日毎日たくさんお勉強をして、食事にも気を配って、誰よりも頑張ってきたわ。それを、その努力と苦しさを、受験の数字やアルファベットごときに笑わせないの。あなたが全てを知る異世界の地球の魔王《フォーラント》だろうが何だろうが、この私が絶対に否定なんかさせないの!!」

顔を上げる。

自らの持つフォーミュラブルーム＝ヴィッテンベルクを両手で強く握り締める。

そして、今はまだ赤点扱いの少女は吼《ほ》える。

天に。

「人の想《おも》いや、合格して夢を叶《かな》えたいっていうドロテアちゃんの祈りは、絶対に誰にも否定なんかさせないわ!!　だから私に戦う力を貸せなのッ！　メフィストフェレス!!!!!!」

ぶぎゅうっ、という変な音があった。

傍《そば》にいた妙想《みょうそう》矢《や》頃《ごろ》がヴィオシアの帽子の鍔を指で摑み顔の下まで強く引っ張ったのだ。

「もがっ、見えないの⁉　えうー……」

「アホかヴィオシア、今はそういう状況じゃねえ。前に言ったはずだぜ、一流の魔女を目指す者が道具の性能にすがるな。それじゃフォーミュラブルーム＝ヴィッテンベルクに体を乗っ取られて二人目の怪物、魔王メフィストフェレスが顔を出すだけだぜ。収拾がつかなくなる」

そして現実に、おそらくフォーミュラブルームはそれを狙っている。

自分を扱うなら最低でも模試でB判定は欲しいと謳《うた》った、魔王アリストテレス。

しかしヴィオシアの持つフォーミュラブルーム＝ヴィッテンベルクはそれどころではない。

初めて見た時は妙想《みょうそう》矢《や》頃《ごろ》でさえ目《め》を剝《む》いたほどだった。

推奨判定にして^{3}S判定。

マレフィキウム想定の全国模試において、合格するだけなら必要のない等級だ。

やけに高級仕様なのに不自然なほどの格安いわくつき。全教科オール一〇〇点なんて、当たり前のてっぺんで満足している程度じゃ全然足りない規格外も規格外の逸品。

そこらの魔女なら一〇〇・〇%喰《く》われる。

実際には魔女狩りのトラップなのではと疑いたくなるほどの、最高難度のゲテモノ。

とてもではないが受験に負けて予備校に通う少女の手では扱い切れない。というか人間と魔女術呪器を結ぶ聖別《コンセクレーション》もまだだ。あるいは『だから』喰《く》われずに済んでいるのかもしれないが、メフィストフェレスが都合良くノーリスクで力を貸してくれるとは考えない方が良《い》い。

少なくとも今はまだ、そんな状況ではない。

「魔王《フォーラント》と魔王《フォーラント》の魔法の応酬じゃドロテア・ロックプールは救えねえ。ヴィオシア、アンタは自分の与《あずか》り知《し》らない所で友達が傷ついて血を流すような結末で満足する気か？……ふざけんなよ、助けたいって言ったのはその口じゃね？　だったら途中で投げるんじゃあねえし」

少女の息が詰まる。

一歩間違えば大切な友達と殺し合いになっていた危険性を、今さらのように実感したのか。

「ならっ、でもなの」

それでも、まだヴィオシアは止まれない。

過酷を極めた魔女の受験期間なのに自分以外の友達が大切だなんて本気で言える甘ちゃんだから、ここでは絶対に立ち止まれない。他に誰もありふれたドロテアの事なんか気にしなくても。

「それじゃ誰がドロテアちゃんを助けてくれるなのよ⁉　予備校のみんなも、講師の人達だってどこかに行っちゃったなの。美化委員《ベナンダンティ》とかいうマレフィキウムの専門家も魔王《フォーラント》を倒す事しか考えてない……っ。ドロテアちゃんを独りぼっちにはさせないなの。誰かがっ、ドロテアちゃんを助けるには誰かが戦わなくちゃいけないわ!!　こんなの、私以外に誰が立ち上g

「オレがやる」

即答だった。

最後までいちいち言わせず、妙想矢頃《みょうそうやごろ》は躊躇《ちゅうちょ》なく断言していた。死地に向かうと。

「教え子は魔女の受験だけ考えていりゃあ良いし。だから勉強のノイズになるトラブル処理は全部、家庭教師のオレが片付けてやるよ」

「え、あ？　なの」

「平たく言えば、ドロテア・ロックプールは何があってもオレが必ず助ける。別にアンタだけじゃあねえ。いい加減に魔王アリストテレスとやらにブチ切れてんのはオレも同じだぜ」

「ううえうあ！　あああああうあう‼」

へえ、と割り込む声があった。

蛇を思わせる赤い瞳を輝かせ、魔王《フォーラント》が受験に負けた平凡な少女の体を借りて嘲笑《あざわら》う。

『面白れえと断定。借り物の魔法を振るうだけのテメェらが、まして魔女ですらないむさ苦しい野郎に何が可能？　ええおい、このガキみてえにありもしねえ奇跡にすがるかと結論⁉』

その家庭教師は無言だった。

ボッ‼　と衝撃波が発生した。七〇センチの警棒の先をくるりと回した瞬間だ。最初に仕掛けたのは、魔王《フォーラント》ではなくむしろ妙想矢頃《みょうそうやごろ》側だった。不可視の打撃は木や石など建材の破片を呑《の》み込《こ》む事で色をつけ、横殴りの雨となって魔王アリストテレスへ襲いかかる。

魔王《フォーラント》は自分の手前の床をホウキで横一直線、世界を区切るように軽く掃いただけだった。

プールの膨大な水がうねり、透明な分厚い壁となって礫《つぶて》の散弾を受け止める。

だがその一手間を外から強いられた事に、魔王《フォーラント》はこめかみを片方不気味に蠕動《ぜんどう》させた。

「ブチ切れてるって言っただろ……？　魔王ごときが受験生の未来を振り回しやがって」

『チッ！　……男が魔法だと、どうせモドキだろうがどんな手品を使用？　テメェ』

「西の方角へ誰にも勘付かれずに火打石を投げられれば嵐が起こる。ただやっぱり単一の秘術じゃこの程度だし。魔女の基本に従って三つの相を作らなくちゃ威力に欠けるか。なら
『ぐちぐちうぜえと断言‼　二発目を許すとでも思ったか愚かな推測ウ⁉』

轟《ごう》‼‼‼　と、オレンジ色の灼熱《しゃくねつ》が酸素を吸い込む不気味な音が響き渡った。

まだまだ使える水の壁すら一瞬で蒸発した。ゾンビ少女の体を操る魔王《フォーラント》は、ただ床に押しつけたフォーミュラブルームを前に払った。下方から鋭く跳ね上げるように。

ホウキの穂先に誘われ鉄をも溶かす灼熱《しゃくねつ》の塊がすでに迫っていた。火の極大化。どこか粘ついた動きを見せるその正体はオレンジ色に輝く溶岩だ。

相手は魔王《フォーラント》。地殻を変動させ、地図を使い物にならなくするくらいはやるか。

「きゃっ」

ヴィオシアを横に突き飛ばし、妙想矢頃《みょうそうやごろ》自身は逆サイドへ跳躍。

中間、空気を焼いた灼熱《しゃくねつ》の魔法の塊がそのまま分厚い壁を溶かして抉《えぐ》る。

超自然な魔法を足で回避するのも妙な話だが、フォーミュラブルームは異世界の地球にある『魔法の中心地』を軸にした技術体系だ。つまり物理的な制約を完全に無視はできない。そもそも本当の本当にただ祈っただけで距離や時間の縛りを無視して正確に呪える方が珍しい。

『火、風、水、土……』

精鋭の美化委員《ベナンダンティ》をまとめて薙《な》ぎ払《はら》ったのもまた、この力か。

『こちとら魔王アリストテレス、世界の成立を論理で説明する哲学者として君臨‼　笑わせんな愚物、テメェに何ができると質問⁉　元素は一つじゃなくて全体を見てこそ真実が浮かび上がる存在。この灼熱《しやくねつ》は溶けた鉄を流す鋳型に使う石膏《せつこう》をも消滅。ぎゃはは！　いつまでも逃げ回れるなんて考えんな、骨まで蒸発させて呪いの欠片《かけら》も残さねえぞオと断言‼‼‼』

叫びに家庭教師は呼応し、左右のどちらへ跳ぶか視線を走らせたが、そこでわずかに動きが止まる。足元が滑った、ここはプールサイドで床が濡《ぬ》れているのだ。

丸呑《まるの》みされた。

溶岩、灼熱《しやくねつ》の光が爆発した。家庭教師の金髪少年は抵抗らしい抵抗すらできなかった。見ている事しかできないヴィオシアの絶叫が炸裂《さくれつ》する。

いいや。

「……テメェに何ができる、ってか？」

『っ⁉』

息《いき》を呑《の》んでいた。

その何の気のない声だけで、魔王《フォーラント》と呼ばれた何かが驚きの目を向けていた。

溶岩は内側から吹き散らされ、白とレモンイエローの少年は己の肩を叩《たた》いて火の粉を払う。

『何よ、絶句？　テメェ、ペテンじゃねえ、と推定？　じゃあ一体何を行使⁉』

「別に特別な奇跡にすがった訳じゃねえし。自分にできる事を自分でやってるだけだ」

傷も火傷《やけど》もなかった。

その少年は警棒を肩で担《かつ》ぎ、ただ片目を瞑《つぶ》って好戦的に笑いかけたのだ。

「オイ魔王、これは魔法だぜ。勉強するだけで答えは出せるはずだぞ？」

妙想矢《みようそうや》頃《ごろ》は家庭教師だ。合格のためにも、教え子の信頼を失う訳にはいかない。

故に、助けると言ったら一〇〇％必ずそうする。五分と五分の戦いなんぞ許さない。

『野郎‼』

包帯少女の体を借りて、蛇に似た赤い瞳を輝かせる魔王アリストテレスはホウキを振るう。

分厚い鉄扉《てつび》を歪《ゆが》めて押し潰す莫大《ばくだい》な高波に、人間をトマトジュースよりも細かく切り刻む真空の刃の竜巻。その一つ一つは掛け値なしに最高級の魔法だったはずだ。実際、大小の暴発によりドロテア・ロックプールの心身を削り多くの美化委員《ベナンダンティ》を一度に叩《たた》き潰《つぶ》した力だ。

だが、届かない。

右に左に細かく動くだけでは回避など追い着かないはずなのに。

家庭教師の脅威は魔王《フォーラント》など軽く超えている。

移動を止めずに妙想矢頃《みょうそうやごろ》が手にした警棒をくるりと回すと、それから複雑に振るう。まるで虚空《こくう》に規則性のある陣でも描くように。襲い来る弾幕の倍以上の勢いで家庭教師の男が魔法を解き放つ。たっぷり力を蓄えた鋼鉄の先端から赤い光が迸《ほとばし》り、黄色の暴風が唸《うな》る。組み立てる途中で魔法を中断され、痛みに借り物の顔をしかめ、そして魔王アリストテレスが呟いた。

『何がどうなった結論……？　その棒切れはフォーミュラブルームじゃあねえと否定、そもそも男が魔女のホウキを持ったって使い物にゃならねえし、それじゃ誤答』

きゅきゅっ、と靴底を鳴らして妙想矢頃《みょうそうやごろ》は動きを止める。

「ああ、これはその辺の鍛冶屋に頭を下げてお金を払えば普通に手に入る鋼の棒切れだぜ」

『鋼、あるいは鉄……ただの杖《つえ》じゃねえ事に意味？　棍棒《こんぼう》は男性的な権威の象徴。あるいは直接威力じゃなくて浄化と破邪の力を持つとされる鉄の……』

「ハズレ」

『っ。重さ、じゃねえ……打楽器の記号、も否定‼　伸縮、直立、いや違うそうじゃねえんだ混乱。じゃあ何よ、ふざけんじゃねえぞテメェさっきから一体何を実行⁉』

「じゃねえじゃねえばっかりだな。答えを当てろよ。単なる否定の連発なら馬鹿でもできんじゃね？　インテリジェンスの証明にゃならねえぞ。あとこれでもオレは家庭教師だし。たとえ自分の担当じゃなくても、こんなずっしり重たい棒切れで受験生の頭を叩《たた》いたりするもんか」

……計算尺では叩《たた》くなの、とヴィオシアの顔にでっかく書いてあったが受け付けない。

それよりも、だ。

『フォーミュラブルームも使わずに、しかもオスのくせに、どうして魔法なんか可能……』

「この世界の魔法はいったん完全に滅びた。後に復元したのは異世界の地球の知識を使った代物で、だから他者から力を借りる女の魔女だけが生き残った。自分一人で魔法を使う男の魔術師は復活できなかった。……とされちゃいるが」

『っ？』

「本当にそうか？　ああ、こいつは別に絶滅した男の魔術を完全復元した訳じゃねえぞ。太古の巫女《みこ》にせよ黒ミサの女にせよ本質的には外部に奉じて力を借りる技術……そんな、ありふれた魔女術じゃね？　ただまあ男でも使えるように我流の変換くらいは施しちゃいるけど」

白とレモンイエローのセーラー服を着た金髪少年は警棒を肩に担《かつ》いで、

「そもそもフォ、フォーミュラブルーム、ム、ムの力を借りずに自分の頭で一つ一つの呪文や魔法陣を理解すりゃあ、人は自力で魔女の魔法を使えるはずだし。ようは地図も磁石も使わずにテメェの頭だけで広い世界を渡り歩けるようになりゃ済むだけの話じゃね？　地図がなくても目印はあるし、磁石がなくても草花の繁茂から方角は分かるもんだぜ」

しばし、魔王《フォーラント》が止まった。

そこまでの存在であっても、次の言葉が出てくるのには三秒以上の時間が必要だった。

『……一体、どれほど膨大な計算が必要になると思ってやがる？　と否定』

「呆《あき》れるし。それじゃ引っかけ問題注意とも呼べねえよ。正解は扱う魔法による、だ」

『おい……魔女の魔法っていうのは、他者の力を借りて使うもんだぜと確認ッ‼』

「だからそうしてんじゃねえか。これはあくまで魔女術、魔力なんて得体の知れねえ力は作っても使ってもねえ。つか学問は誰がやっても平等に同じ結果を出せる再現性が命じゃね？」

『呪文、図形、数字、薬効、人体、精神……。私達が魔女からのリクエストに応じてどれだけ膨大な仕事を片付けてやってると推測⁉　ひっ、ひ。できる訳ねえ、自分の体を管理して外の世界に対応しての「ながら」でそんな膨大な計算なんか可能なできるはずが否定‼』

そうかな、と妙想矢頃《みょうそうやごろ》は口の中で呟《つぶや》いた。

何から何まで規則で雁字搦《がんじがら》め。透明な樹脂の洗浄液の出し方一つで見開き一枚使って、安全な離着陸で一千ページを超える航空マニュアルの必読を要求される異世界の地球と比べたら、こんなもの。こっちの世界の魔導書《グリモワール》は一ページ一ページで多彩な魔法が使えて全然飽きない。

理屈さえ分かればそれだけであらゆる奇跡を操れる。魔法の面白い所はそこだ。

現状、この世界でフォーミュラブルームに頼る事もなく唯一単独で魔法を使える男。

どん、という鈍い音があった。メガネの包帯少女の背が壁に当たったのだ。屋内練習場の角。

妙想矢頃《みょうそうやごろ》は細かく移動し攻防を繰り返し、魔王アリストテレスを位置的に追い詰めていた。
（ただまあ、一般普及もままならない残念な学説を細々《こまごま》と説明するよりも
こっちの方が手っ取り早いか。

「見れば分かる。だろ？」

『ツッツ‼⁉⁇』


緑の閃光《せんこう》。

水平に振るう警棒の先に重たい塊があって、それがスイングの終わりに切り離される感覚で操作する。破壊の形は槌《つち》。暴走する魔女への対抗手段なら鉄槌《てつつい》と相場は決まっている。なので少女の胸の真ん中を占拠する見えない何かを、重い飛び道具でもって正確に打ち抜く。

『ご？』

叩《たた》き出《だ》す、と強く念じる。それは捕らわれた少女の肉体には一切の傷をつけず、ただその中に立てこもっていた邪悪かつ非物質の存在だけを速やかに破壊していく。

『がアアあああああああああああああああああああああ⁉』

……魔法が使えるからって何ができるの。

ふとそんな言葉を思い出した。不貞腐《ふてくさ》れたような教え子の台詞《せりふ》だ、そして魔王アリストテレ

スも同じ事を吼《ほ》えていた。だからつい妙想矢頃《みょうそうやごろ》は小さく笑ってしまう。

魔法を使える家庭教師は、両手を使って己の胸の前で警棒を小さく縮める。

そして断言した。

「本当の本当に困った時、誰か一人の命や人生を救うくらいはできるぜ」

7

全部終わって、保健室だった。ドロテア・ロックプールはすでに目を覚ましていた。ベッドから身を起こして、夕暮れに染まる窓の外へ目をやっている。

皆の憧れ、召喚禁域魔法学校マレフィキウムは下校の時間帯らしい。多くの魔女達がフォーミュラブルームにまたがって中心の湖から菱形《ひしがた》の街へ散らばっていくのが良く見える。

あそこに憧れていた少女。

そのあまり、絶対に痩せる護符にまですがって、体を魔王アリストテレスに乗っ取られ、内側に大きなダメージを負った少女。平均よりも大きな背丈に、メリハリの利《き》いたボディライン。

魔王《フォーラント》が去ってしまえば、ドロテアに残ったのは自分で痛めつけたボロボロの体だけだ。

難しいだろうな、と同じ部屋にいる妙想矢頃《みょうそうやごろ》は静かに思った。

率直に言ってドロテアが過酷な受験を続けてもマレフィキウムに入れる見込みは低い。単純な学力の問題もあるし、体格の話は勉強だけではいかんともしがたい部分でもある。

諦めるならここかもしれない。

中途半端《ちゅうとはんぱ》な望みなんて残していても苦しいだけだろう。

ただし。

ただし、だ。

(……ふざけんなちくしょう、やっぱりオレにゃ無理だ)

「なあドロテア。世の中にゃカラダを軽く見せかける膏薬《こうやく》が存在するし」

「す、すでに使っているよう。きゃあ。それだけじゃ足りなくて」

だと思う。セイヨウキンミズヒキやセイヨウトネリコの膏薬《こうやく》、そんなのは知っている。

その上で、

「でも膏薬は脂と薬品の調合物だぜ。その材料に自分自身の脂肪を提供すれば？」

「えっ？　そ、それって」

少女の驚いた声があった。

家庭教師を舐《な》めてくれるな。これでも魔法の知識で受験生より劣っていては成り立たない仕事をしているのだ。講師陣が集団でテキストを共有する予備校とは違って、たった一人で。

「目標に届かず痩せられねえ自分を『罪人』とみなして魔法的に取り出した脂肪を煮込む、とかな。自分の体を削ってさらに見かけの上では軽くなる膏薬《こうやく》を作れるんだ、相乗効果が働いてもっと軽量化が進むんじゃね？　もちろん自分の体を削るって行為は簡単じゃねえ、健康にも美容にもとことん悪い。絶対に楽な道じゃねえ。ただ、受験を続けてえなら一つの手だろ」

8

予備校の保健室を出て、妙想矢頃《みようそうやごろ》は片手を額にやった。重たい息を吐く。

(……何をやっているんだか)

彼の仕事はヴィオシアの合格だ。ドロテア・ロックプールが成績を持ち直しても意味はない。それどころか悩みを克服してしまえば強大なライバルが増えてしまう。召喚禁域魔法学校マレフィキウムの合格率を考えれば、もはやヴィオシアにとって害になる行為だ。

それでも、できなかった。

保健室のベッドで一人唇を噛《か》んで小さくなっている女の子を見て、どうしてもクレバーに脱落させる選択肢を選べなかった。所詮、自分は最後の最後まで成績を底上げする家庭教師であって一定以下を冷たく切り捨てる試験官や採点者ではないからか。

「先生」

と、声をかけられた。

依頼人の少女、ヴィオシアだった。
成績は悪い。戦闘に勝っても受験ではプラスにならない。今も多くのライバル達は一つでも読み物の魔法的教訓を覚え、薬品を調合する公式の使い方を習得しているはず。挙げ句、家庭教師は彼女の害になる行動まで取った。状況は散々なのに、だけど、彼女は笑っていた。迷いのない笑顔で両腕を広げて、体ごとぶつかってきたのだ。

「ありがとうなの先生!!　ドロテアちゃんを助けてくれて!!!!!!」

……まあ、ここは素直に認めるべきか。
この過酷を極めた魔女の受験の真っ最中に心の底からこんな事が言える女の子だから、妙《みょう》想矢頃《そうやごろ》も彼女を合格させたいと思うのかもしれない。

今日の小テスト1

さて、それじゃ忘れねえ内に今日の復習だ

ふふふ。魔法でずばーん！　魔王《ウォーラント》はうぎゃー!?　ドロテアちゃん助かったわー!!
やっぱり私の最強先生はすごーいなのッッ！　で決着なの!!!!!!

……まあ、それで良いならオレはもう帰って寝ますけど？　疲れたし

えー？　じゃあああの時具体的に何をやっていたなのよ先生？

そのための小テストだ。ヒントは全部予備校の中にあるぜ、ヴィオシア？

問題、人間・妙想矢頃《みょうそうやごろ》はどのようにして魔法的手段で魔王アリストテレスを倒し、ドロテア・ロックプールを救出したのか答えよ。（一問一〇点、合計一〇〇点）

魔女は三つの（　）を重視する。
まず太古の頂点。ただ今回は（　）風水土と赤（　）青緑を対応させたくらいかな。

次に（　）の頂点。ATU（　　　　　）の記述を励起した。

ジャックと豆の木の方が分かりやすいか？

鬼や巨人っていう死の脅威は経路である（　）の木を切断する事で到達を阻《はば》める訳だ。つまり条件次第で魔法は誤作動や不発を起こす、って魔法的教訓じゃね？

ラストは邪悪の頂点。ポピュラーな蠟人形《ろうにんぎょう》の呪いを使わせてもらった。これは標的の体に似せたヒトガタに太い（　）を突き刺す事で遠く離れた相手にダメージを与えるってヤツだ。

つまり魔王（　　　　　）は魔法的殺傷力＝四大元素の働きを不発化された上で、オレから反撃で放った蠟人形《ろうにんぎょう》の攻撃を受けた訳だな。（　）の呪いは距離や空間に関係なく標的を害するから、実体のねえ思考だけの存在でも構わずダメージを与える。当然だがドロテアと魔王《フォーラント》は別物だぜ。（　）を設定してから攻撃を放つ以上、二人は明確に切り分けられる。体は一つでも、それさえできりゃ魔王《フォーラント》本人だけを倒して内側から消し去る事ができるし。

以上だ。ヴィオシア、何か質問は？

エピソード2 予備校の超絶エリートってどうなのよ?

1

JX-401単段式宇宙往還機『ほうきがみ』墜落事故についての報告（第三〇期・最終報告）
＊修正前の原本を閲覧したい場合、希望者は特定秘密に関する規定を全て満たした上で、各部門担当責任者全員から許可のサインをもらい、内閣政治戦略資料室の指示に従う事
＊＊＊＊省
＊＊＊＊省
及び＊＊＊＊＊＊隊特別高高度＊＊＊＊（機密部隊）に宛てる

現実に合衆国が破綻した以上その協力は望むべくもない。次世代代替輸送手段の選定が難航していた。我が国の宇宙科学事業の停滞を打開すべく、インドやブラジルなど海外候補案と並行して実施された純国産企業のみで開発する国内単段式宇宙往還機計画だったが、＊＊＊＊年

＊＊月＊＊日、種子島《たねがしま》での有人最終実証試験の際に＊＊が発生。マッハ＊＊オーバーまでは確認できたものの、機体は＊＊＊を前に空中分解した。事故機は＊＊＊で大破し＊＊＊上に散らばったと思われるが予想範囲の海域から具体的な残骸・破片などは発見されず、回収作業は困難を極めている。（↓詳細は別紙、＊＊庁の海流予測表及び＊＊＊庁の作業報告を参照）
搭乗員・＊＊＊の生死は依然として不明。
本日〇時をもって同搭乗員の捜索は中断、別命があるまで作業タスクから除外する。

（非表示備考・『隊』の外から勝手に招待された宇宙飛行士、飛び級上等のナマイキ天才ガキはお星様になった。それは良《い》い。異世界でも別次元でもどうぞご自由に転生しておくれ。だが『ほうきがみ』は多くの国内企業が持ち寄った純国産の産業機密の塊だ。人命なんぞどうでも良《い》いから、とにかく一つでも多くのガラクタを回収しろ！）

2

がっこ、がっこ、がっこ、どんどんどんッッッ!!
夜だった。道端や屋根の上に置いてある馬鹿デカいカボチャの照明が暖かい光を放つ階段の街、神殿学部に何か鳴り響いていた。ちなみに道路工事ではない。

「……何してるし？」

「あっ、先生なの!!」

一七歳の金髪少年、妙想矢頃《みょうそうやごろ》が声をかけるとご迷惑な騒音が止まった。

大理石の白と黒曜石の黒で組み上げられた街に静かな夜が戻ってくる。

ヴィオシア・モデストラッキー。燃えるような赤いロングの髪に、オレンジに赤や紫のパンプキンタルトっぽいロングワンピース（両サイドにスリット付き）の少女がまたがるのは、フォーミュラブルームではなく二輪の自転車だった。背中にでっかいリュックとか背負っているし。どこまで階段の街と噛《か》み合《あ》わないのだ、サドルで自分の骨盤の工事でもしてんのか？

打たれても全くへこたれない女の子は全力の笑顔だった。

「へへー。これも街の人達のためなの、アルバイト！　こう、伝書鳩《でんしょばと》で指示をもらってお店でアイテムを受け取って、指定の場所まで自転車で荷物を届けるとお金がもらえるなの!!」

「何でまた？」

当たり前だが、ファンタジーな世界に携帯電話やスマホはない（ないってば）。だけどお年頃の少女達はやっぱり情報に餓《う》えている。なのでちょっと頭の上を見れば魔法のイマドキ女子の必需品たるくるっぽーどもが赤く塗り分けられた天秤状《てんびんじょう》の巨大なエレベーター、その横棒にずらりと並んで留まっているのが分かる。人に飼われ過ぎて夜になっても巣に帰らなくなるほど体内時計のぶっ壊れた都会派の伝書鳩《モバイル》どもも、どうやら建物の屋根くらいだとにゃんこにやられるという意識はまだあるらしい。空飛ぶ魔女関係ではバードストライクに要注意だ。

　でもってヴィオシアはあっけらかんと答えた。

「そりゃまあなの、予備校の月謝を払うためには働かないといけないわ」

「ぐ」

　意外と真面目な話がやってきた。

　そういえば、ヴィオシアは森の奥にあるおばあちゃんの家から勝手に神殿学都まで来たのだ。春先に『指導契約』を結んで一月程度の付き合いだが、親の支援をあてにはできないか。

（……うわー、だとすると地味に問題が増えたんじゃね？）

　勉強時間の確保は受験生にとって基本にして最大の問題だ。アルバイトの効率や街の抜け道を覚えるために頭の容量を使ってしまうというのもよろしくない。何しろ（本来ならッ‼）受験以外の事を一ミリも考えてはならない、長い人生でも特に大切な時期なのだから。

「あーあ、予備校も先生みたいに基本無料だったら良いのになの」

「そりゃ無理な相談じゃね？」

　妙想矢頃《みようそうやごろ》には『自分の目的』があるから構わないが、予備校の方は完全にビジネスだ。王国から補助を受けない民営なので受講生の一人一人から月謝をいただかないと潰れてしまう。

「はあ。フィンランドで、純金や塩や食べ物を無尽蔵に生み出す臼と言えば（　　）」

「うえっここでッなの⁉　あうあああええとっ、あのそうだふはは（サムポ）なの！」

とはいえ抜き打ちでも答えた辺り、一応それなりに暗記も頑張ってはいるのか。北欧神話に惑わされる事もなかったし。三択すら答えずに右から左へ流して放置していた頃と比べれば一歩前進。知識の悪用を考えてその辺の臼と向き合って無謀なゴリゴリチャレンジに集中したりもしていないようで何よりだ。

「そんな訳で私はお仕事なの！　先生また後でなのー」

「後でじゃねえしヴィオシア受験勉強は⁉　今週は春季予備校校内試験《ベルテーン》だろうがア‼」

「リュックの中身は止血《キンセンカ》と解毒《アカツメクサ》系の魔女の薬でぎっしりっぽいから、多分火急の用なの。むぐー、液体系は瓶が集まると重たいわっ。遅れると星の数が減るどころか『湖畔』の半地下庭園ダンジョンに潜ってる冒険者パーティが丸ごと全滅しちゃうわー‼」

人の命がかかると微妙に止めにくい、とか受験の世界で情けをかけている場合ではなかった。ちょっとの隙でヴィオシアは自転車を漕《こ》ぎ、がっこがっこと景色の向こうへ消えてしまう。『湖畔』の半地下庭園といえば立派な（？）殺傷区画だ。というか、『湖畔』関係は大体全部踏み込むだけで命が危ないダンジョンとも言う。何気に危ない仕事をしている教え子である。

家庭教師の少年は呆然《ぼうぜん》と呟《つぶや》くしかなかった。

「……せめて大鍋使って薬品を調合する側にゃ回れねえのか、あのガキ？」

3

さっきも言ったが夜である。謎の教え子自転車トラップはあったが、そもそも妙想矢頃《みようそうやごろ》は店じまい直前の割引タイムを狙って買い出しを終え愛《いと》しい我が家へ帰るところだったのだ。

街の中でも地価の安い(つまり色々と生活に不便な)上層。表から出れば大通りに、裏から出ればそのまま入り組んだ不法占拠街に繋《つな》がってしまう大変便利なアパートの方に戻ってみると、銀髪褐色の古本屋店主さんが何か大変そうな仕事をしていた。

いつも上に動物柄のエプロンをつけているから分かりにくいが、ベースの黒いワンピースだけなら結構上質なものなのでは? と妙想矢頃《みようそうやごろ》は考えていた。黒地に金刺繍《きんししゆう》なので、それこそうっすらとブランデーの香るオトナのチョコレートケーキ的な印象がある。

そんなおっとりお姉さんはサンタクロースみたいにでっかい袋からバスタブより大きな鍵付き金属ボックスへざらざらと透明な粒を流し込んでいた。同じブロックの住人達なら誰でも自由に使える、冷蔵庫用の魔法の氷だ。

「よいしょ、よいしょ。ううーん……っ!!」

「うわ大丈夫か。店主さん、オレも手伝おうか」

「ああいえ、こういう日頃の家事や運動の小さな積み重ねが美容と健康には大切でして」

困った笑みを見る限りどうも本気でありがた迷惑らしい。レディファーストで頑張っても裏目に出るから女心はほんとに複雑だ、早く覚えて美人のお姉さんに褒めていただきたい。

ちなみにおっぱい大きなお姉さんの『ううーん』が妙に色っぽかったのは内緒である。

（……それにしても。いつでも満杯だと思ってたけど、わざわざオレ達が見てねぇ時間帯を選んで補充してたのか。別に持ち回りの当番制って訳でもねぇのに地味にすごい店主さんだ）

夜の街は貧富の差や人口密度を如実《にょじつ》に示してくれる。こうして上層から階段の街を見渡す限り、陽光縛札《ようこうばくふだ》を詰めたカボチャ街灯の数はやっぱり下層の繁華街や高級住宅街の方が断然多い。当然だが、闇の多いこっちの上層側より犯罪発生率も穏やかなはずだ。

馬鹿と煙と金持ちは高い所が好きなんじゃないの？　と思う人もいるかもしれないが、そうでもない。ここは階段の街、結局人は暮らしが楽で便利な場所に集まりたがる生き物だ。

つまり、

「あっ、じゃあ店主さん、せめて水汲《みずく》みくらいはオレがやっても。ほら上層だと地上の井戸から水脈までの距離が長いから店主さんも大変じゃn
「矢頃《やごろ》さん」

ぴしゃりと遮られてしまった。自ら運動を求めるお姉さんは美容と健康が絡《から》むと怖い。鋭利な刃に指先で触れたような、背筋が冷えるおっかなさだ。この人は階段の多い大都市でも殊更行き来が面倒臭い上層側に住んでいる事すら天の恵みと思っているのかもしれない。

ともあれことごとくレディファーストを否定されてしまうとやる事がない。妙想矢頃《みょうそうやごろ》は挨拶だけして銀髪褐色たゆんたゆんさんと別れ、アパートの中へ。自分の部屋に入る。

「くそう！……早くも頭がプリンになってやがるし」

鏡を見て呻《うめ》く。本来は黒髪なので、ちょっと手入れを怠ると短めの金髪の根元だけ地毛の色が出ておかしな話になる。このパツキン、見た目のワイルドさに反して洗髪アイテムだの洗い方だの色々大変でとにかくお風呂が息苦しくなるのだ。異世界の地球に溢《あふ》れる不良がこんなに苦労していたとは。まあ見る目は全く変わんないが。艶のある黒髪は貴重なので迂闊《うかつ》に表を歩くと覆面被《かぶ》った無許可の理容師さん達に襲われる、との情報があっても結構笑えない出費だ。

出来合いの惣菜《そうざい》を並べる間も頭にあるのは受験対策だ。小テストを作るのは容易《たやす》いし、ぶっちゃけやらせていただけるなら夜明けまで作り続けても楽しめる自信があるのだが、ヴィオシア側が吸収する状況じゃないと意味がない。あの、受験以外の全方位にアンテナが伸びてるポンコツ娘の興味を勉強一本に向けないといけないのだ。こういう時、食べ物で釣ってはという短絡的なアイデアが常に頭の奥で乱舞するものの、具体的な作戦までは結びつかない。

というか、だ。

「……ヴィオシアのヤツ、夜は勉強してんだろうな？」

受験生、それも崖っぷちにいる手負いの浪人生《ケモノ》にいちいち聞くまでもない事……のはずなのだが、そういえばあまりにも初歩的過ぎて確認を怠っていた。ありえない、と考えたい。でもあの自転車バイトを思い出すとだんだん不安になってくる。冷静に考えると大体いっつも予備校か公園の東屋《あずまや》とかで勉強を見ていたから、ヴィオシアの下宿先も知らない。部屋はどうなっているのだ。騒音や隙間風など、勉強に集中できない環境だったら最悪も最悪だ。

4

そんなこんなで次の日。もう夜だった。

「(……今夜はアンタん家《ち》行くぞヴィオシア)」

「えぇーなの!? いきなり何予言してんのこのすっとこどっこい先生、ま、まさかこれはマクベスに出てくるあのラッキーに見せかけた悲劇の始まり……!?」

「へえー、よく勉強してるんじゃね? オレも嬉《うれ》しいぞー」

妙想矢頃《みょうそうやごろ》は見た目だけ笑顔を作って、

「◎プラス一点。魔女達の言葉は狙った人間に聞かせる事で初めて意味を持つ攻撃だから、一人で孤独に未来の話を受け取っても意味がねえし」

キャラウェイ・Cs予備校の構造棟にある、ハニカム自習室での話だった。

「あと何でオレがアンタの家に行くのが見た目ラッキー扱いになってんの?」

「ぶうぇほガハげほ!? さ、早速転落が始まっている、なの……!!」

　ここでは広くて大きなフロアを薄い仕切りで細かく区切って、その中に机と椅子を詰め込んだブースをずらりと並べていた。みんな五センチくらいのガラス製のホルダーを机の縁につけてホウキを縦に固定しているので、まるで使用中の旗でも立てているようだ（ちなみに異世界の地球だと、ホウキを戸口などに立てるのはむしろ女性の外出のサインなのだが）。『蜂の巣』という名前がつけられているのも小さなブースをまとめているところからだろう。……薔薇《ば ら》十字《じゅうじ》団《だん》関係だとミツバチは叡智《えいち》を求める探究者の暗喩なのだが、多分そこまで行くと深読み。魔女の受験関係で『オレだけは分かってる』は大変危険なので要注意、と。

　今は春季予備校校内試験《べルテーン》に向けてみんなカリカリ自習している。

　もちろん入試本番とは関係ないが、予備校内でのランクが上がると使える設備や閲覧できる魔導書《グリモワール》に差が生まれる。入試ではなく予備校自体が受験の合否を線引きしかねないリスクはあるが、理解度の低い受講生に上級の魔導書《グリモワール》を貸与しても使い物にならないのも事実。無駄な行列を減らす意味だと『一人でも多くの合格者を』の奇麗ごとが通ってしまう。遺憾ながら。

　そういう訳で、合格したければ理解度を上げて自分の権利を拡充させる必要がある。

（……みんな平等とはいかない辺り、やっぱり予備校は義務教育とは違う、か）

　夜の明かりと言えば太陽の陽射《ひざ》しを封じた陽光縛札《ようこうばくふだ》が一般的だが、こちらでは古書を取り扱う関係で天井の照明には月光縛札《げっこうばくふだ》が使われている。優しい光だが若干淡いので、受験を応援する側としては教え子の視力が心配になってくる。

（最低でも施設や設備まわりは平均ライン、『基本教材』の使用権は確保しねぇとな。予備校側の手で使える設備が平均以下まで制限されたらそもそも高い金払って通う意味もねえ）

そして残念な女の子はそれどころではなくなっているようだった。

昼間はあれだけ眠そうにしていたくせに、なんか今日イチでしゃっきりしている。

「だって急に言われても困るわ部屋の中とかお掃除しなくちゃ足の踏み場もないなの!!」

「とりあえずアンタの部屋がまともに勉強できる環境じゃねえのはその一言だけで良く分かったし。これも予備校の『基本教材』のためだぜ、今日は徹底的に行くぞーヴィオシア」

「だからイクとかイカないとか急に言われても困るわッ」

「ていうかナニ優等生ぶってんだアンタ前科アリじゃね？　一月前に出会った頃、人の後を勝手に尾行して自宅のアパート特定してくるとかこいつほんとに……」

「うっ……！　お、おんなのこにもひとにはいえないきょうみというものがあってねなの」

「やってる事は同じで、しかもオレのは正当な業務の範囲内だぜ」

「断固拒否！　ここから先は女の子のプライバシーなの。何でもかんでも奥まで覗《のぞ》き込《こ》もうとしないでってばなの!!」

「心配すんな、アンタが普段お手入れしてねえトコはオレが全部ピカピカにしてやるし。今夜はほんと覚悟しろよ、色々道具も持っていくからな」

「決定？　もう決定なの？　ウソお！　全部ってそんな奥の奥までなの!?」

と、その時だった。

「いっ、いい加減にして!!　ここは予備校って言っても本気で召喚禁域魔法学校への合格を目指す浪人生が集まる学《まな》び舎《や》なのよ。このっ、教え子のカラダを狙うドスケベ家庭教師!!」

いきなり大変困った評価をいただいた。

別のブースから誰かが顔を出している。

……えっちな家庭教師の先生、はどうも美人のお姉さん方向でなければ極めて高度なドリーム感を保てないようだ。俯《うつむ》いて小刻みに震える妙想矢頃《みょうそうやごろ》は無言で唇を噛《か》む。

ちなみに顔を真っ赤にしてよそのブースからぐいぐい来たのはセミロングの銀髪に小麦色の肌の少女だった。ギャル系講師のシャンツェと違って、特に焼いている訳ではないと思う。

歳《とし》はヴィオシアと同じくらい、つまり一浪で一五、六歳だろうか？

へそ出しの黒いジャケットとタイトのミニスカートの組み合わせ。さらには頭の上の大きな帽子。全体の印象は空賊と軍人を足して二で割った感じだ。一応（そこそこ育った）胸元には勲章や部隊章らしきものもついているが、流石《さすが》にどういう意味合いかまでは読み解けない。あちこちにある金糸の刺繍《ししゅう》もあって、色々盛ったチョコパフェみたいに見えてくるが。

「あとそっちの貴殿はぱんつ」

「へっ？　ふにゃあああああああああー⁉」

指摘され、なんか教え子が椅子から飛び上がった。どうやら椅子の背もたれに長いスカートを丸ごと引っかけ、後ろから丸見え状態だった事に今気づいたらしい。両サイドにスリット付きとはいえ足首まであるロングスカートなのにこの打率、いっそミラクルなドジっぷりだ。

と、ヴィオシアは怒られているのになんか嬉《うれ》しそうな顔になった。

「あれ？　わあっ、有名人なの」

「……知り合いなのか？」

「有名人って言ってんだろなの、メレーエ・スパラティブちゃん！　キャラウェイ・Cs予備校最強の魔女で模試もトップクラス、『あの』マレフィキウム相手にA判定ってウワサなの‼」

ふふんっ、と片手で銀の髪をいじって胸を張り、まんざらでもない感じのメレーエ。

ただ、

「いやあの……別にここは光り輝くお嬢様学校とかじゃねえし、そんな自分だけの特別感で攻めてきたってそもそも学問は誰でも使える再現性が命じゃね？　どこの姫だか知らねえがこんな夜遅くまで予備校にしがみついて半分寝床化してるって事は、どっちみち受験に失敗した浪人生だろ。失敗組の中でも最強の存在ってそれどういう称号なんd

言いかけたら広い自習室にいる全員から睨《にら》まれた。強めに。

どうやら地雷で禁句らしい。

褐色少女のメレーエさんはいったん崩しかけた自分のペースを何とか取り戻して、

「わ、ワタシは去年の受験は捨てているの。現役の時にA判定はもらっていたけど、より万全を期して一年浪人すれば確定でマレフィキウムに手が届くって結果は分かっていたから」

なるほど、計画的な浪人か。

周囲よりすこぶる賢いのにわざわざ自分から浪人生になる人もいる。確かにそれなら、普通にマレフィキウムへ挑んで落ちる皆様よりは頭の良《い》い選択かもしれない。

……けどどっちみち一発で現役合格できなかった女の子、という肩書きは特に変わらないのだが。もし自分で気づいていないのならやっぱり残念な枠っぽい。

「大陸氷雪地方で一三の連隊を抱える魔女達の最大カヴン『夜と風の空軍《プライベートストリガ》』、その鍵を握る者よ。平たく言えばワタシについては最大戦力の次期総司令官とでも思ってくれれば結構」

「ああそう」

「というかワタシの話はどうでも良《い》いし!!　今はそっちの素行の話の方が問題だわドスケベ家庭教師！　まったく、こっちは今長い人生でも特別大切な受験の時期を戦っているの。今週は春季予備校校内試験《ベルテーン》でしょ！　それ以外の事で振り回されている暇なんかないんだから」

「ヴィオシア、彼女は今とても真っ当な事を話してるし。やっぱり模試A判定の才女サマは言う事が違うぜ。バカの肝にしっかりと銘じとけよ」

「えうー、なの」

「全部ドスケベに向けて言ってんのよ」

ちょっと呆《あき》れた声があった。

両手をくびれた腰にやって、銀髪褐色の予備校最強魔女（？）はこう言ってきたのだ。

「いい？　色々ザルな予備校の中に潜って家庭教師が何をしてようが知らないけど、ワタシ達の勉強の邪魔をするならほんと叩《たた》き出《だ》すからね‼」

5

先生、私は帰るけどお部屋に招待なんかしないわ。こっそり特定とかもナシなの。ほんとのほんとに後とか尾けてきたらコロすなの‼


「……さて、あそこがヴィオシアの下宿先か」

「秒で無視して女の子を尾行する辺りこいつほんとにドスケベ家庭教師だわ……」

こんなの好きでやっているとでも思うのか、正当な業務だと言っているだろうが。何しろヴィオシア、言葉の端々にぐちゃぐちゃモードの自室が窺《うかが》えるし。予備校だけが受験勉強ではない。家に帰った後も規則正しく学習できる環境を整えるなんていうのは基本も基本だ。

受験に勝たせ召喚禁域魔法学校マレフィキウムに合格させる、そのために必要な事を全てやる。これが妙想矢《みょうそうや》頃《ごろ》とヴィオシアが結んだ『指導契約』の全貌だ。なので容赦はしない。

「ていうかメレーエ、何でアンタまでついてきてるし？」

「ドスケベを夜の街に放つのが心配だったから」

暗がりで同じ物陰に隠れて小さな単語帳をめくっていた。ハーブの名前を闇雲に覚えるのではなく、単語と単語の系統や関連を結びつけた巨大な塊からランダムに抜いて確認中か。模試で順当にA判定の人はいつでもどこでも受験生だ、どこかのバカにも是非見習わせたい。

メレーエなら『基本教材』なんて言わず、最上位の有角神文書《ペーパーズオブホーンドゴッド》まで思う存分使える立場になれるだろう。だからといってヴィオシアの手探りな努力を否定されるいわれはないが。

予備校は予備校だ。

練習や準備期間での評価より、最後に入試本番で勝った者こそ笑うべきなのだから。

「そういえば」

キャラウェイ・Cs予備校で見た限り、メレーエのフォーミュラブルームはゴリゴリにカスタムしてある。Y字の大きく湾曲したハンドルにクッションを詰めたシート、ホウキの後部左右にボックス状の荷物入れまで吊《つ》り下《さ》げていた。陽光縛札《ようこうばくふだ》と月光縛札《げっこうばくふだ》、前方照明は状況に合わせて光の種類を変えられる仕組みだ。自分で一つ一つ使いやすさを追求していったのだろうが、アメリカ製の馬鹿デカいバイクみたいなホウキだった。

「すごいけど……アンタのホウキ、持ち歩くのは大変そうなフォーミュラブルームだったよな。

デカいし重そうじゃね？　今は持ってきてねえの？」

「ふざけた事言ってんじゃないわよドスケベ、女の子の座席でも盗む気なの？　でも残念、普段はテキトーに頭の上で大きく旋回して待機させているから。フォーミュラブルームなんていちいち持ち歩く必要ないし。使う時だけ呼べば良いのよ」

妙想矢頃《みょうそうやごろ》は思わず二度見していた。

単語帳の手を止め、メレーエはむしろキョトンとして『何よ？』と目で促してきた。

「もう『生活空間で飛べる段階』にいるのか、アンタ？　引率もナシで」

「だったら何？　必要な知識さえあればどんな魔女でもできる事でしょ」

「浪人生なのに」

「おいドスケベ、それ面と向かって言うのは禁句だからね？」

褐色少女のじとっという目は厳しめだった。まあメレーエの家庭教師ではないので信頼関係の組み立てについてあまり気にする必要はないだろうが。

意外にもヴィオシアの下宿先は街の下の方だった。つまり地価の高い繁華街である。

「結構良《い》いトコに住んでいるのね」

「まあ、下宿として部屋を借りるだけなら土地の値段って関係ねえんじゃね？」

というか、だ。

なんかあのお店、『サバトパーティ』？　ウサギの耳とかお酒の瓶とか逆三角形の下着とか、色とりどりの夜景広告でカラフルに飾られているんだけど。

呼び込みなのか、出入口から踊り子のお姉さんが出てきた。しかも一人ではなく複数。すけすけで肌の露出は多いしイロイロ大変な事になってる。こう、女性下着の専門店の入口近くでマネキン使ってディスプレイされている『……これ、誰が買うの？』枠とでも言うか。

表でこうなら中はどうなっているんだろう？

隣のメレーエなんかこれだけで垂直に何センチか飛び上がっているくらいだ。

「どっどっ、ドスケベー‼」

「（……なんか、だんだんこいつがむっつりに見えてきたし。今は受験勉強に行動を縛られているけど実はえっちなコトに一番興味がある女の子なんじゃあ？）」

「そそそぶばそそんな訳ないでしょちょっと黙れドスケベ家庭教師‼‼‼」

頭の中が壮大な話になって赤面したまま両手でぐいぐい人の首を絞めてくるメレーエだったが、セーラー服着た家庭教師の金髪少年はあくまで冷静だった。

「すけすけ衣装の踊り子さんのお店。となると、退魔とか厄除《やくよ》けとか、お客さんから悩みを聞いて浄化系ダンスで解決してくれる魔女のお店とかじゃね？　……ただまあ、実際にはお好みのお姉さんと曲を選んでえっちな踊りをガン見する方がメインだろうけど」

本当に魔法の特殊効果を使って悩みを解決するなら、むしろお客さんの話を聞いてハーブ使った魔法のレシピを組み上げる創作即興料理やカクテルとかスムージーとかの方だと思うし。

「こっちはパッと見ただけで詳細を説明できるその人生経験に疑問が湧いてきたわ……」

メレーエは額に手をやってぶつくさ言っていたが、そこで何かに気づいたようだ。

「あっ、でもこんな悪徳と退廃とドスケベの繁華街にも動物がいる……？　定額制のペットショップがあるのね。なんかウサギの夜景広告見ているだけでワタシ癒やされる……」

「ありゃ動物耳のカチューシャつけたハダカのお姉さん達を連れ出す風俗店じゃね？」

「ヴぁああああ‼　あああああアアアああああああアアアあああアアああああア⁉」

褐色の予備校最強エース（？）は体をくの字に折り曲げて、両手で空賊っぽい大きな帽子ごと頭を掻《か》き毟《むし》っていた。信じてすがった分だけ衝撃が大きかったらしい。

何の記念なのか通りのお店の前にはお花や植物も飾ってあるが、街並みが街並みなのでどこか毒々しい。というか南国系のデカい花はともかく、食虫植物は一体……？　人には言えない魔女《まよ》の甘い儀式に使う材料というより、夜の街なりの何かしらのゲン担《かつ》ぎかもしれない。

魔除けなのか、狼《おおかみ》やオオトカゲを模した作り物の使い魔《ファミリアー》を出入口の脇に待機させるお店も多い。暇そうに寝そべっているだけなら普通に可愛《かわ》いので、実は客寄せの可能性もあるが。

もちろんヴィオシアは空き部屋に『下宿』しているだけで、一階店舗は関係ないはず。二階住居部分で古い本に優しい（そして目には悪い）月光縛札《げっこうばくふだ》の淡い光が点《つ》くのが窓から見える。

あのヴィオシアでも、今は必死になって『基本教材』をキープしておきたいはずだ。

入試本番に向かう前から予備校判断で不合格枠に押し込まれるなんてひどすぎるし。

……ただまあ、お店のドンチャン騒ぎは遠く離れたここまではっきり聞こえる。二階部分なんて下からの突き上げで物理的に震動しそうな勢いだ。まともに勉強とかできないのでは？

（せめて勉強を始めて最初の一五分、集中状態に入るまでの時間を静かにできると良《い》いんだけど。人間なんて一度モードが変わればそうそう調子は崩れねえし）

「それにしても、カヴンか」

「なに？」

「いや、『夜と颪の空軍《プライベートストリガ》』だっけ？　プロの魔女達が集まった自前の組織があるなら、それこそ神殿学都でコツコツ受験勉強して入試に挑むより家庭教師軍団でも作ってアンタ一人を囲んじまった方が魔法の習得も早いんじゃねっていうか」

『夜と颪の空軍《プライベートストリガ》』にも独自の癖や特色があるはずだ。就職先が最初から決まっているなら、そこに向けて早い段階から専用のアジャストを施した方が手間だって省けると思うのだが、

「ダメよ、それじゃ」

「やっぱり学ぶならマレフィキウムじゃねえと？」

独学なる魔女でも『ある程度』はフォーミュラブルームを使える。ただし、接触禁止の『芯《コア》』のカスタムなど『ある程度』を超えるには召喚禁域魔法学校に行かなくてはならない。

「確かに『夜と颪の空軍《プライベートストリガ》』はワタシの居場所だけど、だからこそ誰よりも強くなって、先頭に

立って大切なみんなを引っ張るリーダーにならなくちゃ。好きなもの、得意な事だけで固めた温室育ちじゃダメなのよ。究極的に言えばダディとマムを越えるほどの人間にならないと」

「……受験生は色々考えてるし」

でもそれは子供の夢だ。納得して計画的な浪人まで許したご両親の器もすごそうだが。

かさぶたよりデリケートな自尊心を爪で引《ひ》っ掻《か》くと思ったが、メレーエは嬉《うれ》しそうだ。

「ふんっ、当たり前だわ……。最大カヴンを形作る一三分岐樹形図の頂点も頂点に立ち、フォーミュラブルーム＝グリークテアトルを振るうマムは歴代の『夜と風の空軍《プライベートストリガ》』でも最高スコアの魔女なんだから。あの人はすでに個人で一個の軍を体現するとまで言われているのよ？」

「グリークテアトル……」

「そう。そしてワタシのはフォーミュラブルーム＝マウントパルナソスよ、ふふんっ」

い、いや、だとすると、表に出てくるガイド役は母親がディオニュソスで娘の方はザグレウス……いやもっと大きな枠組みだと対応するのはオルフェウスか。何にせよ、繋《つな》がりの深い形で魔女のホウキをカスタムしているのもそれだけお母さんが好きで憧れているからだろう。

思春期的には表には出さないつもりらしいがダダ洩《も》れであった。

ふふんっ、が小さな鼻から出ちゃってるし。

(ふうん。オルフェウスまわりって事は、やっぱり肉食禁止のベジタリアン系なのか？)

ただあれ、そもそも女子の入会を認めていたっけ？　疑問だが、まあこちらの世界で魔法の知識を展開した過程で、伝言ゲームのように別の形へ組み替えられた可能性もあるか。

当然、メレーエの目的はフォーミュラブルームで『今使える魔法』を獲得する事だ。異世界の地球で生まれたオルフェウス教の信者になって死後に満たされたい訳ではない。

「ヴィオシア、だったっけ？　あの子もあの子よ。マレフィキウムは大陸全体から集まる受験生の九九・九九九九％以上をあっさり落とす魔女達の超難関校よ。半端《はんぱ》な気持ちで挑んでもろくな事にならないのは火を見るより明らかなのに」

「ま、特に隠すような話でもねえか」

「？」

「おばあちゃんに元気になってほしいんだってさ」

これだけ騒がしい夜の街で、メレーエだけが黙っていた。

だから妙想矢頃《みようそうやごろ》の言葉が続く。

「……医者はもう歳《とし》だから仕方ないって言ってるし、本人も納得してる。でもどうしてもヴィオシアだけは右から左に流せなかった。森の奥で暮らしているおばあちゃんの病気を治すため、誰も見た事のない特効薬を新たに創る。そのためには魔法を学んで召喚禁域魔法学校マレフィキウムにある最高の環境で作業をしたい。ヴィオシアについては本当に『それだけ』だぜ。魔法もほとんど独学だからあちこち穴だらけ。っていうか、ご両親なんか魔女とは関係ねえ一般人だ。ヴィオシアもできれば魔法から遠ざけたかったらしいし」

「……」

「別に、だからって遠慮する必要はねえぞ。受験は競争だぜ、抱えた事情で合否が決まる訳でもねえんだ。他人の不幸自慢なんかに引きずられても損をするのは自分だけじゃね？」

「……分かってるわよ」

不貞腐《ふてくさ》れたような声があった。

単語帳をめくり、しかし唇を尖《とが》らせてメレーエは尋ねてきた。

「でも、ドスケベはそんなヴィオシアの事情を知って手を貸す事にしたんでしょ？」

「そいつは受験を外から見てる部外者だけの特権だ」

6

色々観察していたら明け方近くになってしまった。

結果分かったのは夜に始まったドンチャン騒ぎはこんな時間まで継続中という事。窓辺の影は一応机に向かっているが、騒音に慣れるか対策を練るかしないと受験勉強にならない。

律儀《りちぎ》に付き合ってるメレーエは眠そうな目をしていた。ただそんな状況でも単語帳で炙《あぶ》り出《だ》した暗記の不備を、あくびという経験と結びつけて重点的に学び直している。素直にすごい。

「アレ、対策できそう？」

「お店は一階部分だけらしい。つまり上に階数を挟めば建物自体が音を遮るクッションになってくれるはずだ。いっそ、屋上まで上がって勉強するだけでもかなり変わるんじゃね？」

「そう。あふぁ……」

元々片付けができない関係で部屋の中も大変な事になっているっぽいし、一石二鳥だろう。雨の日などは別の対策が必要ではあるが。

「大丈夫かメレーエ？　今日は春季予備校校内試験《ベルテーン》なのに。入試本番じゃねえにしろ、しくじったら予備校内で使える施設や設備に制約がついちまうし」

「余計なお世話」

褐色空賊少女はもう一回あくびを嚙《か》み殺《ころ》すと、白み始めた夜空に軽く手を振った。

「ハイ、エレベーター。こっち来てー」

「うわっ⁉」

がごん、と巨人の天秤《てんびん》みたいな赤い鉄骨が唸《うな》りを上げた。旋回式の天秤《てんびん》が整然と並ぶ石造りの建物の頭の上をまたいでこっちに回ってくる。路面の丸い表示に従って、太い鎖で支えられた『かご』が下りてきた。メレーエが乗り込むと、そのまま薄暗い上空へ消えていく。

「……ほんとに乗るヤツいるんだ、あんな一本釣りの絶叫マシン」

と、上からなんか聞こえてきた。

『はっはっは。お嬢ちゃんも毎度の照れ屋さんだな。教え子のために行動できる真面目な家庭教師のお兄さんで一安心だと素直に言えば良《い》いじゃないかメレーエよ、ほれほれー☆』

「全面的におだまりオルフェウス」

どうやらエレベーターでどこかに向かうのではなく、単に高所に上がってフォーミュラブルームと合流し、飛び立つ準備をしたかったらしい。まだゆっくりと旋回している天秤《てんびん》、『かご』の縁からホウキにまたがる魔女が白み始めた夜明けの空へ飛び立っていくのが分かる。

そして妙想矢頃《みょうそうやごろ》も他人事《ひとごと》ではない。家庭教師が寝坊して教え子を待たせるなんて足を引っ張る展開などあってはならない。今からでもアパートに帰って仮眠を取るべきだ。

夜明け前のうっすら輝く藍色の空。カボチャ街灯の光が自動で消え、太陽の光に頼り始める時間帯。早朝特有の冷気は、ただ階段の街を歩くだけで背筋をしゃっきりさせてくれる。

「あれ……?」

と、誰かに声をかけられた。狭い通りから出てきたのは赤毛を二つ結びにした同い年くらいの女の子だ。見た目は可憐でも徹底的に絞った身体に、ロングスカートのメイド服。これが清掃活動で汚れても構わないジャージ代わりの普段着扱いだから剣と魔法の街ってすごい。

「ちょっ、そのセーラーに金髪頭、ひょっとして矢頃《やごろ》……!?」

ぎょっとする美化委員《ベナンダンティ》の精鋭に、妙想矢頃《みょうそうやごろ》が取った行動はシンプルだった。自分の唇に左の人差し指を当てたのだ。子供でも分かるジェスチャーに、うっ、と二つ結びの少女は黙る。

「色々内緒で頼む、ナンシー。オレもアンタの平穏な暮らしをかき乱すつもりはねえし」

「はいはい」

冗談めかして軽く両手を上げるナンシーに、妙想矢頃《みょうそうやごろ》はこう尋ねた。

「そっちは何してんの？　こんな朝っぱらから」

「街の最下層、『湖畔』で目撃されていたグレード7のライオットヒュドラの討伐よ。こんなのは美化委員《ベナンダンティ》本来の仕事ではないが、まあ元はウチの学校から逃げたクリーチャーだし」

おっかない。地方の小さな騎士団が総出で何とかするレベルの怪物相手にこの余裕だ。

逆に言えば魔王《フォーラント》の方がそれだけ異質だった、という事か。

ちなみに道端で美化委員《ベナンダンティ》とすれ違う事自体は珍しい話でもない。当然ながら、召喚禁域魔法学校マレフィキウムの生徒も同じ街で生活しているのだから。ただ偽装や認識操作などの『迷彩』を使って群衆の中に溶け込んでいるから誰も目の前の事実に気づかないだけで。

「その、一応頭は下げておく。矢頃《やごろ》……この前は済まなかった」

訳が分からず少年が首を傾《かし》げると、子供みたいに唇を尖《とが》らせて二つ結びの少女は続けた。

「……だって、私は生徒会《ホワイトマジック》の管理下でこの街を守る美化委員《ベナンダンティ》の一員だぞ？　なのに前の事件ではほとんどあなた達を見殺しにする事になっちゃったし」

「何だそんな話か、ありゃ流石《さすが》に気にしなくて良《い》いんじゃね？　何しろ処刑牢鎧《ヘクセントウルム》を装着している間は、個人の良心や罪悪感は外付けの心の檻《おり》に閉じ込められちまうし」

そうだけど、と尻すぼみな声を出す少女。こいつもこいつで難儀な性格をしているものだと妙想矢頃《みようそうやごろ》はいっそ感心してしまう。

「今年で何回目？　まだこんな事やっているんだ」

「何かしらの結論が出るまで何度でも試すしかねえし。こっち的には」

「ふふっ。あなたの手を借りて合格できた側からすると、嬉《うれ》しいやら悔しいやら、かな。私じゃ結局、あなたの期待には応えられなかった訳だし」

つまりそういう事だった。人の数だけややこしい関係はできる。友情とか愛情とか、全部分かりやすい箱に入れられるとは限らない。

去り際、メイド服の少女はこれだけ忠告してきた。

「……でも、ウルリーケ生徒会長はあなたの勝手な真似《まね》を許さないと思うぞ。絶対に」

空気が一気に冷えた。

彼女には、誰も勝てない。たとえ妙想矢頃《みようそうやごろ》であっても。

化け物揃《ぞろ》いの生徒会《ホワイトマジック》の中でも、持ち得る魔法の全てを破壊力極振りに尖《とが》らせた究極的な魔女。壊す分野においては天井突破の存在さえ完全に討ち滅ぼし、故にどれだけ絶大な力を保有しても誰一人として幸せにできない魔女。その恐ろしさは彼自身が骨身に染《し》みて理解している。

魔女術剣戟《ワイズフェンシング》。

そもそも剣と魔法が全ての世界でそんな語が生まれたのは、両方を極めてなお余裕を持つ生徒会長の立ち位置を説明するための、完全に新しい引き出しが必要とされたからだ。

「世界の果てに触れてはならない、よ。生徒会長さんお決まりの文句だろ？　あなたのやろうとしている事は、私の目から見てもバッティングしている。……だから、こんな昼でも夜でもない隙間の時間帯に一人で外出なんかしないで。生徒会《ホワイトマジック》の玉座を独占する魔女の異常な行動力は矢頃《やごろ》も知ってるでしょ、背中刺されても知らないからな」

どこまで冗談なのか判断が難しい事を言うナンシー。

昔からジョークが苦手な女の子だったので、多分全部本気だろうが。

「それから！　魔導書《グリモワール》とか異世界古地図《ストレンジマップ》とか、借りたものはきちんと返却しておけよ。こいつはまだ内々の話だが、『図書委員《グレンストラ》』があなたに目をつけ始めてる」

「そんな事か、ありゃ司書さん側の返却督促部隊《ハイランダー》が実際に動くまでは大丈夫じゃね？」

悪いクセだ……と呆《あき》れながらナンシーは立ち去っていった。

（……オレも帰るか）

「ふっ、ふっ」

そう思ったのだが、またもや見知った顔を見つけてしまった。

ちなみに返り血対策のエプロンと一撃必殺のアイスピックを装備して表を出歩くタイヘン家庭的な生徒会長サマではない。

「はあっ、はあ。ふうーっ」

「ドロテア？」

向こうから走ってきたのはスタイルの良い体《い》に白い包帯をぐるぐる巻きつけたゾンビ少女、ドロテア・ロックプールだった。走っている割には仕草がおっとりしているので、何かから逃げているとか切迫した事態ではなさそうだ。というか早朝にジョギングする習慣があったのか。インドア系だと思っていたので結構意外だった。しかも伝書鳩《でんしょばと》を使った自転車配達や重たい家具を運ぶ引っ越し業者がすごく嫌がる階段の街で、だ。

走る時は頭の包帯にメガネのつるを挟んでズレないようにしているらしい。芸が細かい。

（……にしても、このスタイルで地肌に包帯だけだから、目のやり場が）

あちこち緩んでほどけそうな女の子は呼びかけると素直に立ち止まってくれた。淡い色のタオルで頬の汗を拭いながら笑顔を向けてくれる。

「あっ、家庭教師の先生さん。お、おはよう」

「おはよう。てかそうか、ちくしょうやっぱりもうそんな時間帯になってるし……」

「？」

ウェーブがかった薄い金髪にレアチーズケーキみたいな包帯少女はキョトンと首を傾《かし》げていた。そんな彼らの横を牛さん使い魔《ファミリアー》が階段の街では車輪より適した四本の脚を動かし、新聞や牛乳瓶をたくさん背中に乗っけたままのんびり通り過ぎる。朝の配達が動く時間帯なのだ。

「まあ受験生は病気に負けねえ体作りも大切だけど、勉強の時間を削っちまって大丈夫か？」

「あは。このタオル、あ、暗記用にハーブの名前とかATU番号とかを刺繍《ししゅう》してあって。きゃあ。気休めかもしれないけどお」

少女は曇ったメガネを拭きながら笑う。ほんとどこぞのポンコツ娘にも見習ってほしいくらいの受験生だ。目下の照準は春季予備校校内試験《ベルテーン》か。そして重要なのはこのタオルに暗記勉強の効果があるか、ではない。自分で考えてちくちく刺繍《ししゅう》をした時点で特別な経験《イベント》として知識の蓄積は済んでいる。ドロテアはこの努力、エピソードという形での記憶は忘れないはず。

「いつもこのコースを？」

「あんまり決めてはいないかしら。い、いきなり長い距離を設定するとくじけちゃうから、どこからでも見えるエレベーターの柱から柱へ短く走って繋《つな》いでいく事にしている感じ」

……小さな子供が苦手な習い事や歯医者へ向かう道で石を蹴って街灯と戦う遊び、的な？

「家庭教師の先生さんのおかげで何とか受験レースにしがみつく事はできたけど、で、でも、脆い自分を何とかしなくちゃって思って。成績とか体格とか、そんなのじゃなくて。多分、もっと私の心が強ければ。きゃあ。路地裏であんなレシピにすがる事もなかったはずだし」

ここで何か口を挟むのは野暮だろう。

机にかじりついてでも勉強するのが受験生だが、彼らが抱える問題はそれだけではない。大なり小なり、みんな将来の不安と戦っている。克服の方法だって人それぞれだ。早朝のジョギングがドロテアの戦略で、勝ちのビジョンを思い描いて選択し、ジョギングを含めて一日の勉強サイクルをきちんと設計しているのであれば、妙想矢頃《みようそうやごろ》に止める資格なんか何もない。

無責任な一言と有識者サマに叱られるかもしれないが、今ドロテアにはこの言葉が一番だ。

「頑張れよ」

「ふふっ。本当に大丈夫？　ヴィオシアちゃんの家庭教師なのにそんなコト言っちゃって」

別れてから、妙想矢頃《みようそうやごろ》も小さく苦笑した。

その通りだった。ただし今さら訂正するつもりも特にないが。

階段の街では何かと不便な上層エリアのアパートまで歩いて戻ると、こちらも朝早くからエプロン姿の店主さんが建物の前で何かしていた。魔法の氷同様に近隣住人の共用資材である大量の薪《まき》を両手で目一杯抱えている。あれも美容と健康のためだ。どうも下手なレディファーストを出して横から仕事を取ると怒る人っぽいので挨拶だけして素通りしようとしたら、

「あらあらダメですねえ矢頃《やごろ》さん。女の子の両手が塞がっているのを見たら、何も言わずに荷物を手に取るくらいの男気は見せてくれなくちゃ☆」

「……、」

銀髪褐色のお姉さんったら笑顔であった。女心は超複雑すぎる。主義や法則ではなく気分を読まなくてはならないのかもしれない。

電気が普及していないこちらの世界では薪《まき》は重要な燃料だ。キッチン、お風呂《ふろ》、ストーブ、何でもこれを使う。陽光縛札《ようこうばくふだ》は明かりだけなのでフライパンを熱する事はできないし、こっち

の世界で電子レンジやエアコンが使える人類は今のところ妙想矢頃《みょうそうやごろ》一人だけだ。

「そういえば不法占拠街の子達が会いたがっていましたよ」

「そっか」

「白と黒の石でできた街の中で薪《まき》が調達できるのは、未開発で比較的緑に侵蝕《しんしょく》されたあの地区だけ。あの子達も良《い》い商売を始めたもん。同じ燃料を街の外から買うのと違って、輸送や商品護衛の手間がかからない分だけ割安になりますから」

……まあ、つい家庭教師としての血が騒いだというか。自分からきつい道を進んでいるとしか思えないアパート裏のご近所さんに、ちょっと（錆《さ》びた刃物を手にした人間不信なガキども相手に多少の殴り合い込みで）助言を与えただけなのだが。

「矢頃《やごろ》さんが来てから丸くなったというか、幸せそうに笑うようになりましたね。あの子達」

「……だと良《い》いけど」

お手伝いを終えるとお姉さんがにこにこしながら提案してきた。

「それじゃ手伝ってくれたお礼に、後で何か持っていきますね？　うふふ、元々今夜は野菜のシチューにするつもりでしたから、ちょっと多めに作る分には手間も変わらないもん」

「うっ」

「矢頃《やごろ》さん？」

年上たゆんお姉さんから結構本気できょとんとされてしまった。

『野菜の』シチュー、つまり牛さんや鶏さんではなくそっちがメイン。美容と健康にうるさいお姉さんはここだけが玉に瑕《きず》だった。一七歳男子のカラダが求めているのは分厚いベーコンとかソーセージとか、もっと即物的で胃袋にズドンと溜《た》まる脂っこい系のご馳走《ちそう》なのだが。

店主さんと別れると、ほど良《よ》い疲れが眠気に変わってきた。シャワーは次に目を覚ましてからで良《い》い。今はこの眠気をすくすく育てようと心に決めてベッドに倒れ込む。

7

「えー？　ヴィオシアちゃん、ど、どうしてこんな空欄だらけなの。きゃあ。春季予備校校内試験《ベルテーン》はとにかく何か書かないと点はもらえないようっ」

「……そういう運を天に任せる系の努力すると、絶対オモシロ珍回答として廊下の掲示板に張り出されるわ。名前のトコだけ黒く塗り潰したプライバシー配慮の上でなの……」

「変なうじうじパワーとか発揮してないで、恥をかきたくないならきちんと勉強しなさいよ。春季予備校校内試験《ベルテーン》なんだから太古の頂点だとひとまずケルヌンノス辺りはマストでしょ。何で貴殿は飛翔《ひしょう》の魔法のそれも超加速分野ばっかり山をかけてるの？」

夜の自習室できゃあきゃあ言い合っているドロテア、ヴィオシア、メレーエの三人。

春季予備校校内試験《ベルテーン》は個々の受講生の理解度チェックと、生徒が自分で自分のテストを評価する自己採点の練習を目的としている。なのでテストが終われば意見交換《おしゃべり》も許される。

ちなみにキャラウェイ・Cs予備校の自習室はいつでも開いているが、受講生は無料枠のチケット制で時間を借りるため永遠に入り浸ってはいられない。丸ごと一日の滞在を許すと本当に床で丸まって机の下を寝床化する受講生が出てくるからだ。

ベストとタイトスカートに豹柄《ひょうがら》の見せブラ。モンブランみたいな印象のあるギャル系講師のシャンツェは少女達を横目で眺めていた。本来この時間はホウキ系実技の彼女の受け持ちではないが、暇なテストの監督係だ、どうも他の講師からお金をもらって密《ひそ》かに交代したっぽい。受講生どころか講師側まで代返が横行するとかほんと大丈夫かこのビジネス予備校。

もちろんギャル系講師の本題は別にあるようだ。男物のセーラー服を着た家庭教師、妙想《みょうそう》矢頃《やごろ》と空いたブースに収まってコソコソ話し合っている。

「チョーきちんと復帰したわねえ、ドロテアさん。ただマジあの子のフォーミュラブルームってゼンゼンどうなっているのかしら」

「アリストテレス？　まだホウキの中にいるし。次オレを怒らせたらフォーミュラブルームの中身をいじくり回して別の中心地の地形読み込みからやり直すって脅してあるけど」

「……なるほど。ガチの怪物矢頃《やごろ》がチョー睨《にら》みを利《き》かせてる間はゼンゼン平穏が続く訳ねえ」

道理で、といったシャンツェの顔。

彼女の視線の向こうでは平和なやり取りが続いていた。

「というかヴィオシア、この空欄の偏り方だと貴殿黒ミサの勉強を怠っているんじゃない？」

「で、でも確かに、邪悪の頂点の範囲っておどろおどろしい説明が多いから苦手意識が出ちゃうよね。きゃあ。い、衣装の一部分を悪魔に捧《ささ》げるとか、血を材料にするとか」

「ううー、私はグロいの苦手なの」

「ざっくり直接的に言ってんじゃねぇわ。て、テキストにあるのはただの知識でしょ。大体邪悪の頂点だって道具を粗末にすると呪いが発生するとかもっと色々あるし。廃墟《はいきょ》になった教会に化け物が棲《す》みつくって話もそういう理屈でしょ」

「じゃ、じゃあ気分転換に憧憬の頂点はどう？　きゃあ、ATU0123はオオカミと子ヤギ達で」

「ぎゃああああなの！　呼びかけに応えてうっかりドア開けたら母親のふりしたケダモノに子ヤギが食べられちゃう話とか普通にグロいわ!!」

「とにかくっ、邪悪の頂点も勉強しないと模試が悲惨になるだけでしょ。ええと、貴殿みたいなのでもマレフィキウムに通いたい理由くらいあるんでしょうし……」

「あれえ？　なんかメレーエちゃんが急に丸くなった気がするなの」

「まっ丸くなってないし牙も抜かれてない!!　泣く子も黙る『夜と凪の空軍《プライベートストリガ》』次期総司令官を

舐《な》めないでよね！」

　何か適当に頷《うなず》いて、金髪褐色のギャル系講師は本題に入った。

「チョーそれからアレ、ドロテアさんから具体的な聞き取りゼンゼン終わったわよお？」

「アレって」

「絶対に痩せる護符。ガチ厳密にはそのパネェ合成レシピね」

　ドロテアまわりではそんな話もあった。

　薬草の調合や合成は魔女の受験勉強の一つだが、危険なレシピについては別。浪人生の多いこの街で誰かの未来と引き換えに楽して荒稼ぎをしようとしている馬鹿者がいる。

　シャンツェ・ドゥエリングはしなやかに脚を組んでこう切り出してきた。

「黄区、X丁目」

「……サッサフラス・Cfa予備校か」

　妙想矢頃《みようそうやごろ》はつい腰の横に手をやった。縮んだ警棒、グリップを指先で撫《な》でて確かめる。

「チョー悪名高き、ってヤツよねえ？」

　ギャル系講師もまた、妖しげにくすりと笑った。

　神殿学部の予備校と言ってもピンキリだ。今いるサラリー最優先のキャラウェイ・Cs予備校だって、見る人が見れば『よっぽど』と判断するかもしれない。

それでも、これだけははっきりと言える。サッサフラス・Ｃｆａ予備校よりはまだマシだと。

「他人の足を引っ張るなんてマジ当たり前。チョー自分で受講生を育てて伸ばすより、マレフィキウムにゼンゼン合格しそうなパネェ受講生を脅して自分トコに転校させる事で合格者数を増やそうとするガチ犯罪ブラック予備校。しかもゼンゼンそこまでやっても毎年の合格率なんか捏造疑惑《ねつぞうぎわく》まであったっけ？　新聞記者と内部告発者は揃《そろ》ってパネェ謎の失踪を遂げてるし。『湖畔』の半地下庭園にでもチョー放り込まれてゼンゼン喰われてるんでしょうけどお」

「……殺傷区画の一つじゃね？　元々放置されてて暴走気味だったダンジョンに、得体のしれない巨大なガーゴイル像とか叫びを聞くと死ぬマンドラゴラとか、面倒見きれなくなったあれこれを夜な夜な捨てに来る魔女達も多いから今じゃすっかり立派な魔窟になって……」

「犬を連れて安全な距離からマンドラゴラ抜かせようとしてる冒険者パーティとかもマジいるみたいだけど。ゼンゼン湖に接した『湖畔』は大体みんなチョーそんな感じよねえ。メートルもキログラムも信用ならないパネェエリアだしい？　セレブな皆様は暮らしにマジ便利な下層エリアを望《のぞ》むけどお、本当の本当に一番下のＹ丁目とかＺ丁目だけは絶対にムリでしょ？」

とにかく、そこまでの連中がドロテアに絡《から》んできていたとしたら、事態はかなり深刻だ。

そもそも被害を受けていたのは彼女一人だけとも限らない。

学校単位での『攻撃』も想定するべきだ。キャラウェイ・Ｃｓ予備校全体ではどれだけ汚染が進んでいるのだろう。絶対に痩せる護符。受験の不安に押し潰されて安易な解決策に走り、身も心もボロボロになった受講生が黒幕の『手先』に化けてしまうケースもありえる。だとすると、放っておけば全く余計な魔の手がヴィオシアにも及ぶ危険だって。

ただし、

「ゼンゼンそれどころじゃないのよねぇ。闘技場ってガチ知ってるう？」

「街の底、『湖畔』に隣接してる公共運動施設じゃね？　あと闘技場は正式名称じゃねぇし」

「そ。つまり予備校の屋内練習場じゃ混み合ってマジ実習できないから、フリーの施設をチョー開放してゼンゼン自由に学べる場を作ろうってハコモノなんだけどお」

「ヤバいのがそこを根城にしてるっていうのか？」

「一番底、Z丁目よお？　そもそも観光地でも繁華街でも、マジ多くの人が集まる場所にゼンゼン湧くもんでしょ、チョーああいうのってえ。でもだとしたら、レシピの売人どもにゼンゼン毒されてるのはキャラウェイ・Cs予備校だけじゃない。マジ体面とかあるから表面化してないだけでえ、チョーいくつもの予備校が同じように汚染されているって見るべきよねえ？」

一対一、学校同士の正面衝突どころではない。

悪名高きサッサフラス・Cfa予備校を中心に街の全予備校が危険にさらされている訳だ。人の人生を捕らえて喰《く》らう蜘蛛《くも》の巣《す》のように。

「……、」

すぐに何か手を打つべき、として、では妙想矢頃《みょうそうやごろ》は『どこ』をゴールに定めるべきか。

ひとまずキャラウェイ・Ｃｓ予備校内にある汚染を取り除くか、闘技場を根城にするレシピの売人を叩《たた》くまでやるか、あるいは悪名高きサッサフラス・Ｃｆａ予備校全体と敵対するか……。彼の目的はあくまでヴィオシアの受験対策。瘦せる護符の件は特大の爆弾だが、余計なノイズを排除するつもりで終わりのない泥沼の戦いに教え子を引きずり込んでは元も子もない。


「ていうか、これでギリギリ『基本教材』の使用権はキープしているのが逆に驚きだわ」

「すごい。山をかけていたところ、きゃあ、ぴったり当たっていたみたいだね」

「……あのドスケベ家庭教師か」

「ふふーんなの。それじゃ復習の前に気合いを入れるため必殺のチョコバーを」

「ぼ、没収」

「うーあー!! ドロテアちゃあーんなの！」

「貴殿、魔女のボディメイクをナメてるの？　あとむしろ糖分取ると眠たくなるでしょ」

「無理なのメレーエちゃん、我慢なんて！　一度でも接触したものはどれだけ離しても互いに効果を及ぼし合うって話があるわ。あと持ち物は粗末にするとばちが当たるなの!!」

「呪術の基本法則をこんな所で立て続けに持ち出すんじゃないわよバカ浪人生」


どうもメレーエはいったん振り上げた拳を器用に下ろせないでもじもじしているようだ。これについてはもちろん一方的にヴィオシアの『事情』を知ってしまったからだろうが。

そんな少女達を遠目に見ながら、妙想矢頃《みようそうやごろ》はそっと息を吐く。

状況をとことんまでシンプルに考えれば、だ。

（……ま、ヴィオシアならこう言う、、、、、、、っていうのはもう分かってんだけどなあ）

8

「はっ、はっ」

走る時は一定のリズムを意識する。菱形《ひしがた》の階段の街を、上層から下層に向けて下っていく形で。速度はいらない。自分の体の芯から悪いものでも吐き出すような感覚で、一歩一歩。

春季予備校校内試験《ベルテーン》を終えたゾンビ少女のドロテア・ロックプールだった。

自己採点は予想以上。完璧とは言い難《がた》いがATU番号の暗記だけはパーフェクト達成で、常にA判定のメレーエより上だったし。ドロテアの根っこが文学少女なのもプラスに働いたか。

一つでも良かった所が見つかれば、次に繋《つな》げる勇気をもらえる。これまでの頑張りは無駄じゃなかったと自分を信じられる。

「ふうっ」

まだ暗い、日の出前の街で走る足を止めて、ずれたメガネを指先で直す。ふと見上げる。

街の中心には大きな湖がある。その『湖畔』と接する形で円形の大きな建物があった。闘技場。いつも行列な予備校の練習設備と違い、誰でも自由に使える魔女達の競技施設だ。前は、フォーミュラブルーム＝リュケイオンを抱えて足繁《あししげ》く通っていた。

最後の方はほとんど別のものにすがるようになって。

「――、」

辛《つら》い記憶、嫌な思い出を振り払うようにドロテアは首を横に振る。即物的で三段飛ばしな裏技や曲芸はいらない。目に見える形でなくても良《い》いから基本から少しずつ強くなりたい。

一歩でも、前に。

今度こそ堂々と。

「よ、ようしっ」

両手で挟むように頰をぱしんと叩《たた》き、ゾンビ少女は闘技場に背を向ける。往路は済ませた。きびすを返し復路に挑む。いきなり遠くの目標でなくて良い。空飛ぶ魔女の衝突防止のためか、赤く塗ったエレベーターの大きな天秤支柱《てんびんしちゅう》を目印にドロテアは次の小さな目標を決める。

そういったちっぽけな積み重ねが、いつか合格まで届く必勝法になると信じて。

「ふうーん……」

そんな背中を見つつ、にやにやと笑う顔があった。

しかも一つではない。闘技場にあるゲートの一角では、実に三人もの少女達がドロテア・ロックプールを楽しげに眺めていたのだ。

「ドロテアさんのヤツ、頑張って受験復帰しようとしているんだ。努力とか、ぷっくく」

「あんなに泣いてすがってぴょんぴょん跳ねて、必死になって私達からレシピを買い取ろうとしていたのに。ねー？　ランパンスちゃんっ」

「やめてあげなさいよ、もったいぶるのは。どうせずぶずぶにしちゃう気満々なんでしょ。アーバミニ、ホリブレも」

赤、青、緑。

各々《おのおの》好みの色を選び、丸く膨らんだミニスカートに白い半袖ブラウスとサスペンダー、それからカラフルなレギンスを組み合わせた少女達。しかし三人はそれぞれ共通のたすきを斜めに掛けていた。黄色と黒、有毒生物が持つ典型的な警戒色だ。

胸元を強調するウェイトレス衣装、が一番近いだろうか？

ただ甘いマカロンみたいなミニスカート自体、単色ではなく水玉。こちらも一見ファンシーなようでいて、毒を持つ生き物が威嚇に使う模様ではある。

『彼女達』は悪名高きサッサフラス・Cfa予備校。三〇〇人以上いる悪女のエース達だ。

自分の成績を伸ばすより他人の足を引っ張る事に特化してしまった、受験の歪《ゆが》みそのもの。

もが、もが、というくぐもった呻《うめ》きがあった。

三人それぞれのホウキの柄には羊皮紙の札が強く貼りつけてあった。

呪符の表面にはドントディスターブ、とある。邪魔するな。アーバミニ、ホリブレ、ランパンスは三人だけで作戦会議をしているのだ。それ以外の余計な声は――フォーミュラブルームからの助言なんて――いらない。

「だってぇランパンス？　キャラウェイ・Ｃｓはガードが堅くてやりにくいのよねぇ。せっかく作った駒だもの、ドロテアさんにはもうちょっとナカから引っかき回してほしいんだけど」

「一度手を染めた人間が自分の都合で抜けられるって考えが甘ちゃんなんだよ。ねー、アーバミニちゃん、ランパンスちゃんも。使える使えない、捨てる時期はこっちで決めんのよ」

「それならさっさとヤッちゃいましょうホリブレ。痩せる護符の力は強烈よ、どれだけストイックを気取っても人は裏技の誘惑から逃げられない。ちょっと与えればすぐに崩れるわ」

護符は効果の重複はないからたくさん持っても利点はない。しかも体は刺激に慣れていく。だから依存者はレシピが一つでは足りず、もっと強い効果の護符のレシピを高額で追い求める羽目になる。『よりもっとさらにますます美味《おい》しくなっちゃいました』はお弁当やお菓子だけではなく、こんな暗がりでも通じる言葉なのだ。

でも実際、三人は大した事はしていない。デフォルトのレシピの細部をちょっといじって使い回しているだけ。体の慣れの反応さえ回避できれば良いのだ。結果、次々と新しい刺激と反応を体に植えつけていく受験生の体がどうなるかなど知らないが。

元から体に悪い事は百も承知なので、あちこち壊れたってこっちを疑ったりはしないし。

「そもそも別にドロテアさんの意志とかどうでも良《い》いし。三人で囲めば手足全部取り押さえてもお釣りが出る。何なら無理矢理羊皮紙の護符でも貼りつけちゃう？　頑丈な糊《のり》でも使って」

「ねー？　きちんと効果が出るまで自分では取り外せないよう貞操帯でも被《かぶ》せてやったら？」

「ふふっ。それじゃ過剰反応が起きても絶対剝がせなくなるじゃない。二人ともひどいんだから。あのドン臭魔女、泡吹いて死んじゃっても知らないわよ？」

何を恥ずかしがっているんだか知らないが、わざわざ人目の少ない夜明けの時間帯を選んで一人きりで外出なんて、どうぞご自由に奇襲してくださいと言わんばかりだし。決まったコースを順番に回るだけの配達関係の使い魔《ファミリアー》さえ気をつければ人でも殺せる隙間だ。

「じゃ、とっとと『お仕事』しましょ」

「ねー？　しましょしましょ。別にアタシら、今年合格しなくちゃならない訳じゃないし」

「召喚禁域魔法学校って言ったって、合格しておしまいじゃないものね。ふふっ。一、二年はわざと浪人して軍資金を稼ぐのに徹して、合格した後のスクールライフも潤沢にしましょ」

赤い三つ編みエビフライのアーバミニ、青いツインテールにメガネのホリブレ、緑のポニーテールのランパンス。ウェイトレス系衣装を着た毒入りマカロン三人組は狙いを定める。

闘技場のゲートから外へ、揃《そろ》って一歩踏み出していく。

いいや、その直前だった。

「……ふざけんじゃないわよ」

それは黒いジャケットと短いスカート、頭に大きな帽子。空賊と軍人を足して二で割ったような少女。勲章や部隊章などでゴテゴテ胸元を盛ったチョコパフェみたいな魔女だった。セミロングの銀髪に褐色の肌。メレーエは真正面から立ち塞がる。

たった一人で、凶暴な悪意を押し返すために。

「すごーい。キャラウェイ・Csのエース様じゃん、予備校の最強魔女だっけ」

「ねー？　ならテキトーにボコってウチのガッコに連れていったらまたご褒美《ほうび》もらえるかなっ。ほらマレフィキウムに合格しそうな子をさらってくるとお金くれるじゃん？」

「さらうだけだと騒がれるわ。携帯式の銀塩は持ってきているわよね。じゃあみんな、今回も人には言えない写真でも撮って黙らせせましょう？　うふふ」

くすくすと。

くすくすくすくすと。

「ちょっとみんな、トラバサミは持ってきてる？　いつもの太い鎖はあー？？？」

「ねー？　一応サービスで頭に袋は被《かぶ》せてあげる、ほんとに破滅すると脅しにならないし。でも地べたに繋《つな》がれて飛べなくなった魔女なんて、顔とか見られたら自殺モノだよねえ？」

「不法占拠街のどぶ川に肩まで浸《つ》からせて繋《つな》いでおきましょ。こいつプライド高そうだし、しばらく放置してから涙と鼻水でぐちゃぐちゃになった顔を一枚撮ればいつも通り、永久に使える『交渉材料』の出来上がりね」

黒いさざなみのように押し寄せる『それ』に、メレーエは表情を動かさないようにするために顔面の筋肉を総動員した。意のままにならないなら、次は思い知らせる。薄氷。あの気弱な少女がどんな脅威と隣り合わせでいたのかを理解したからだ。

「絶対に痩せる護符。そんなものをばら撒《ま》いておいて……」

メレーエにとって受験は目標とする母親に認めてもらい、大好きな『夜と風の空軍《プライベートストリガ》』のみんなを強く引っ張っていくための大事なステップだ。ライバル達が不正をするとその証明行為もおかしな事になってしまう。

実力が足りない者まで庇《かば》うほど、メレーエは博愛主義ではない。

勉強する環境を整える事も含め生活の全てが受験の戦いなのも分かっている。九九・九九九九％以上を当たり前に落とすマレフィキウム、『全員』合格なんて都合の良《い》い夢は絶対ない。

実力が足りなければ冷酷に落とされるのが受験の世界。おばあちゃんを助けるために、というヴィオシアだって特別扱いできない。トラブルがあっても諦めずにもう一回立ち上がったのならドロテアにも何か重たい理由がある。もちろん『それだけ』では勝てないのも事実だ。

だけど、今日の春季予備校校内試験《ベルテーン》ではその力を見せつけられた。全国模試でさえ常にA判定をキープするメレーエだけど、ATU番号の暗記だけはドロテアに追い抜かれたのだ。

　メレーエはその実力を、認める。

　目に見える結果が出てくるまでの血の滲《にじ》むような正しい努力の道のりを、認める。

　そこまで誰もが歯を食いしばって頑張っている『戦争』なのに、努力もせず、点を取る事すら考えず、楽して周りの足を引っ張る行為しか考えていないヤツらがいる。

　受験は自分との戦いであるべきだ。集団に囲まれて足を引っ張られて、持っている実力を出す機会も与えられずに屈辱と敗北にまみれて未来を奪われるなんて、そんなの絶対に間違っている。挙げ句、それが金になるからお得だなんて言い分を認められるか。

　自分のしてきた事は間違っていたと気づいて、ようやく自分の足で立ち上がろうとしている人がいる。おっかなびっくりでも手探りで前へ進み始めている。現実に、努力は実りつつあるのだ。そんな受験生の心をもう一回へし折って嘲笑《あざわら》うなんて話を、許してたまるか。

「……このままタダで終われると思ってんじゃないでしょうね」

　メレーエの低い言葉にも三人は嘲笑《あざわら》うだけだ。馬鹿につける薬は魔女でも作れないのか。

「ナニ言ってんのお？　レシピ書いて売るだけなら何も問題ないしい？　真に受けて勝手に合成したのはあっちの根暗なメガネじゃん」

「ねー？　ほーらー、正義のでっかい拳なら向こう走ってるドロテアさんの頭に落っことしてくれるう？　さっさとやれー☆」

「くすくす。ほらあなた達、可哀想《かわいそう》よ。お嬢ちゃんから正義なんか取り上げたら何も残らなくなっちゃうでしょ。それ以上追い詰めたらこいつ自分から転げ落ちてしまうわよ？」

ガンッ!!　という鈍い音が遮った。

天から地へ突き刺さるようにして、夜明けの空で大きく旋回・待機していたフォーミュラブルームの先端が石畳を強く打った音だった。魔女のホウキがひとりでに傾き始めるより早く、銀髪褐色の少女は垂直に立った長い柄を掴《つか》む。バトンのように、くるりと片手で回す。

真正面から睨《にら》み返《かえ》し、メレーエが宣告する。

「呼応して、フォーミュラブルーム＝マウントパルナソス」

『……もちろん』

「ようく分かるわオルフェウス、手に取るように。だから我慢はいらない。世界のルールよりも自分のセンスが最優先の演奏家だもんね。……お願い、一緒に戦って。貴殿も同じ心を持ってるなら人を食い物にするこいつら見てメチャクチャむかついてんでしょ！」

『いちいち聞くなよお嬢ちゃん、怒りもまた創作の燃料となる事を見せてくれる』

むしろ、だ。

好戦的な笑みを浮かべ、舌舐《したな》めずりを交えて三人の少女達もまた一斉にホウキを掴《つか》み直《なお》す。

「あっは☆　バカが!!　こいつはそっちから売ったケンカだからね。らっきー私達はナニやったって被害者でぇーッす！」

「ねーっ？　三人で囲んでボッコボコって事で良《い》いよねぇ⁉」

「ドロテアなんてのは別にどうでも良《い》いのよ、キャラウェイ・Ｃｓに深く潜れるもっと使える駒が手に入れれば。ずぶずぶにしてあげるわ。自分から現実を忘れる方法を教えてくださいって涙と鼻水まみれですがりつくくらいにねえ？」

アーバミニ、ホリブレ、ランパンス。三つの悪意は同時に吼《ほ》えた。

あるいは真っ黒に笑い合う彼女達は、取り扱うホウキの構造まで統一しているのか。

「「「フォーミュラブルーム＝グラミス‼　応えて三つの人影、大地の泡、その身で大三角を描きマクベスを惑わす魔女達よ‼‼‼」」」

ゴッッッ‼⁉⁇　と、空気を圧縮する低い音が同時に炸裂《さくれつ》した。

一対三。

重力を振り切って、複数の影が空気を鋭く切り裂いていく。魔女達の空中戦が始まった。

9

魔女のホウキ、フォーミュラブルームは基本的に常に前へ進む。つまりその場でピタリと止まるホバリングや、垂直に上下するのは難しい。

高所または空中から一歩踏み出すように飛び立つ『切り離し式』以外だと、地上での順当な離陸には『距離』がいる。現在の魔女は短距離離着陸が主流だが、それでも地上からの滑走だと地面すれすれの低空飛行から始まって安定した離陸までは五〇〇メートル近く必要だ。

よって、向かい合う魔女達はまず地面すれすれの超低空で一気に交差した。

十分に速度を稼いでから双方高度を上げつつ大きくUターン。赤く塗った巨大な天秤状《てんびんじょう》のエレベーターの柱や太い鎖のすぐそこをニアミスしつつ、天高くで再度の交差の準備に入る。

これから激しい攻防が始まる、のではない。

ぴっ、とメレーエの右の頬に小さな傷が走っていた。

（……最初の交差の時、目には見えないワイヤーか何かでトラップでも張っていた？）

向こうにもあちこちの突起や支柱に引っかけてピンと張るほどの時間はなかったはずだ。もしそうならメレーエの首が飛んでいる。となると、元々は馬車の脚や車輪に絡《から》めて転ばせるために上空から地べたに落とすコイル状のワイヤーをいくつかボンボン投げ込んできたのか。洗濯用の桶《おけ》より太いコイルを構成する、湾曲した極細のワイヤーに頬が接触したのだ。

空飛ぶ技術を殺傷力へ置き換える魔女には馴染《なじ》みの武器だった。大きな輪を描くワイヤーは安価で調達できる品であり、アコーディオンのようにコンパクトに畳め、なおかつ天空から屈強な軍馬の脚や馬車の車輪、軍艦の舵《かじ》まで一方的に攻撃できるのだし。

「ふざけんじゃないわよ。……竪琴《たてごと》の祖にして九弦の支配者たるオルフェウスと寄り添うこのワタシの肌に、よりにもよってワイヤーで傷をつけるなんて‼」

赤、青、緑。サッサフラス・Cfa予備校の悪女どもは特殊な乗り方をしていた。通常と違いホウキの掃く方、束ねた穂先を前にして前後逆さにフォーミュラブルームを構えるのだ。一見トリッキーだが実は正当な乗り方の一つでもある。

さらに三人組のホウキは膨らんだ穂先から外側に四本、カマキリに似た金属の鋭利なブレードが伸びていた。ラッパの口のように、大きく外側へ。空中に張った見えない障害物を切り裂いて安全を確保するための追加のワイヤーカッターだ。トラップ対策を特に重視しているのは、三人組こそ『仕掛ける側』として罠《わな》や悪意の恐ろしさを誰よりも知り尽くしているからか。

「ぎゃはあはは‼　ホリブレ、ランパンス。ひっひ、ルールはいつも通りで良《い》い⁉」

「ねー？　優等生の骨一本折るごとに一点、一番多く稼いだ子が一等賞だよねっ！」

「アーバミニ、ホリブレも。あくまで『招待《てんこう》』が目的だから殺さないでね。それ以外なら何やったって構わないけれど。ふふっ、一等獲《と》ったら何を奢《おご》ってもらおうかしら」

当然ながら、基本なくして応用には進めない。あの乗り方ができるという事は相当の技術を持っているはずだ。使い方次第では多くの笑顔を作り、またそれらを守り抜く事だって。

でも、やらない。

人を苦しめて陥《おとしい》れる事にしか魔女として磨いた腕を使えない。

（こいつら、本当に……‼）

「竪琴《たてごと》の演奏家は冥府への道すら音楽で自在に切り開く。かの者の決定は死神も曲げられず」

メレーエは激しい怒りを感じながらも、口の中では正確に呪文を紡《つむ》ぎ、空いた左手の指先は笛のような隙間を次々と作って切り替える。信頼を置いてコントロール下にある限り、フォーミュラブルームはやりたい事を伝えればそれを実現するための知識を探して魔女の全身をガイドしてくれるのだ。自分の指先からいったん道具を挟んで飛ぶ技術。彼女は知らないが、異世界の地球の住人ならこんな言葉を思い浮かべただろう。フライバイライトと。

「故にその血肉が八つに裂かれて捨てられようとも歩みは変わらず。水、川、海。流された道の全てを操れ、オルフェウス‼」

ブゥン‼　とフォーミュラブルーム＝マウントパルナソスの柄が唸《うな》りと共に輝いた。

一本の連結した塊だった。

はるか下方、地上の石畳を割って飛び出した大量の水が重力を無視して、激しくうねりながらメレーエに追従する。それは極大の槍《やり》となって真正面から来る三人組に狙いを定める。

闘技場上空で激突する。

しかしその直前だった。赤い三つ編みエビフライ、アーバミニが吼《ほ》えた。

楽しそうに笑いながら。

「あっはっは！　さあ門よ、扉よ、鉄格子《てつごうし》よ‼　ぜぇーんぶ閉じて生《い》け贄《にえ》を丸呑《まるの》みして‼」

「チッ⁉」

ギャリンっ‼　という刃物で空間を切り取るような音があった。

実際その通りになった。闘技場上空の空間が奇麗な球体状の結界で隔離されたのだ。

大量の水も結界に切断されるが、それでもバスタブ以上の体積が巨大な球体となってメレーエに従い続ける。

結界そのもののサイズは直径一〇〇メートル、その中心点があるのは上空二〇〇メートル辺り。つまり球状の結界の一番下でも高度一五〇メートルはある。

見えざる壁への正面衝突だけは避けたい。すぐさま『ルール』を理解したメレーエはホウキの矛先を微調整し、球形の結界の壁そのものへなぞるように靴底から浅く接触する。

ソリのように滑る。

瞬《まばた》き一回の間に、メレーエと三人の魔女は双方ともに最低でも五周は回っただろう。

すでにそういう速度の中で生きている。音をはるかに超える世界で。

（……フォーミュラブルームとは違う？　今の結界は闘技場そのものにある機能かっ）

ホウキに乗ったまま片手を耳にやって集音してみると、地上ではこちらを見上げて囃《はや》し立《た》てるような男達の声があった。

『また始まったぜ！　勝負だ、魔女達のケンカ!!』

『さあさあ皆さんどっちに賭ける!?　これがなくちゃあ闘技場じゃあねえッ!!』

『一対三だろ、あれじゃただの私刑じゃねえか。賭けになるのかよ!?』

こういう『空気』すら悪女達は己のモノとして利用してきたのか。

初めてでもないのだろう。翼を折られて密《ひそ》かに唇を噛《か》んだ受験生だっていたはずだ。

美化委員《ベナンダンティ》への通報なんて期待はしない方が良さそうだ。

（……博打《ばくち》好きと酒呑みどもめ。まあこの状況で不用意に通報用の伝書鳩《でんしょばと》なんて放たれたら、それはそれでバードストライクが怖いけど！）

何度目かの交差の瞬間だった。

いきなり耳元に来た。

「（準備完了。ねー？　じゃあバッキバキに全身砕いてアゲルからマジ覚悟してよね）」

「っ」

「（ねー？　きひひ、マクベスを惑わす魔女達は空気にまじないをかけて音楽を奏《かな》でるのよ）」

交差は一瞬以下。なのに圧縮された音の塊が、込められた言語が、息でも吹きかけるようにメレーエの耳をいつまでもくすぐる。

空いた左手で鍋を混ぜるような動きをして、直後に三人からきた。

「「「よくぞ戻った。のろまさん、のろまさん。亀にも劣るのろまな人間さん」」」

がくんっ!! と。いきなりつんのめってメレーエの呼吸が詰まった。フォーミュラブルームの速度が急激に落ちたのだと気づくまで、数秒の時間が必要だった。音を超える速度の中ではすでに致命的な事態になっていてもおかしくない。

なのに、死なない。

今の一言だけで、そんなにもメレーエの速度が削られている。変わらず最高速度を叩《たた》き出《だ》す三人の魔女は、もはや赤青緑の流線形に溶けているようだった。

超音速でひずんだ三つの声がさらに飛ぶ。

(音の槍《やり》!? しかもただの衝撃波じゃない、より重要なのは魔女の言葉。何か呪いの情報を相乗りさせている!?)

「「「よくぞ戻った。おでぶさん、おでぶさん。鉄より重いおでぶさん」」」

さらに速度が落ちた。

『……大丈夫だ、お嬢……ちゃ。焦《あせ》っ……制御を手放、なよ……‼』

「オルフェウス⁉」

フォーミュラブルーム＝マウントパルナソスが不気味に震動する。命を預けるホウキが大きな球体の内側をぐるぐる回るだけの遠心力を確保するのも難しくなっていた。高さ、という死因が足の先から胸の真ん中へ這《は》う。魔女のホウキをこっそり開け、砂や砂糖でもドバドバ流し込むような誤作動だ。

「ひははっ‼　あと一回、あと一回‼」

「ねー？　三人組のマクベスを惑わす魔女達は三回呼びかけて呪いを成就《じょうじゅ》させる。現在から三つの点を線で結んで一つの流れを決定づけるの。もう逃げらんねえぞクソガキがあ‼」

「はあ、仕方がないわね。死んだらウチの講師には頭を下げておきましょう。優等生の招待は特別ボーナスであって、必ず手に入れなくちゃならない訳でもないし」

あと一回。

メレーエは一人、ごくりと喉を鳴らす。あれを喰《く》らったら飛行状態は保てない。この高さから投げ出され、向こうが支配している球体状の結界も解除されて、地上へ叩《たた》きつけられたら本当に死んでしまうかもしれない……。

（一人一人が憧憬、太古、邪悪の三相をきちんと全部揃えている訳じゃない）

首を横に振って、弱気な自分を追い出す。

術中にはまってたまるか。

恐怖に頭を支配されても事態は好転しない。魔女を目指す者なら人の知識でもって体の震えを止め、危難を前にしてより一層の分析に励まなくては。

(……やけに魔法の組み立てが早いと思ったら、三人で大きな魔法の構造を形作っているの？アーバミニ、ホリブレ、ランパンス。あの子達は各々《おのおの》一つの相だけ集中的に背負っているんだ!!)

赤、青、緑。

もはや肉眼で追いかけるのも難しい流線形が互いに編み込みながらこちらへ迫る。空中戦のセオリー通り、後ろからこちらへ追いすがる格好で。

呪いを帯びた音の槍《やり》が一斉に迫る。

「「「よくぞ戻った！　まぬけさん、まぬけさん。天より落ちろまぬけさ、ッ!!!??」」」

最後まで続かなかった。

いきなり途切れたのは、三人の魔女が標的を見失ったからだろう。

とはいえメレーエは透明人間になる魔法や瞬時に空間を渡る魔法を使える訳ではない。そんなものに比べたらちっぽけな現象しか起こせなかったかもしれない。

とにかくこうしたのだ。

ぶわりっ!!　と。

直径一〇〇メートルの球体の内側。湾曲する結界の流れを無視して、いきなりメレーエのフォーミュラブルームが真上に上昇した。

音速を超えて高速移動を続けるアーバミニ、ホリブレ、ランパンスの三人は、でもだからこそ目で追って景色を眺めるだけではとてもじゃないけど情報処理が追い着かない。実際、頭の中の予測も大きく働いていたはずだ。つまり予想外の動きを一つ出すだけで彼女達は致命的な見逃しをしてしまう。

具体的にはたった三メートル分の上昇。

三色の光が一気にメレーエの真下の空間を貫き、追い抜いていく。

「すいちょくっ、離着陸!?」

「絶対できない、い、い、、とまでは言わない、はず、よね？」

メレーエ・スパラティブが特に磨いているのがこの垂直離着陸だった。自分一人ならすでにできるけど、『夜と風の空軍《プライベートストリガ》』のみんなに教えられるほど理解は進んでいない。今は感覚で操っているところを言語化して正しく伝える術まで作れれば、カヴン全体の力を大きく底上げできるはず。

(学問は再現性が命か。あのドスケベ家庭教師め、無神経にざっくり人の心を抉《えぐ》ってくれるじ

やない)

　だからこれは、いつか『夜と風の空軍《プライベートストリガ》』のみんなが自分達のものとして使う、未来のプライドの結晶。悪い事になど利用している暇はない。

　弱きを救え、と一三の倍数、その一つに位置する空軍兵たるメレーエは念じる。

　自分の手で人生をやり直そうとする者にまた泥を塗って喜ぶ悪女達を絶対に許すなと。

(……二度目はない。このチャンスできっちり逆転する‼)

　ぎゅっと、メレーエはフォーミュラブルームを強く摑《つか》み直《なお》す。

　迂闊《うかつ》に追い抜いた三色の魔女達。今度はメレーエが後ろから仕掛ける番だ。

「そして三人で作る大三角は確かに凶悪だけど、逆に言えば三人の一角を崩すだけでアンタ達三人はまとめて総崩れする！　魔女は三つの相を使わないとまともに魔法を使えないはずなんだから‼」

　魔女のホウキにまたがったまま、メレーエは掌《てのひら》をかざす。結界に切断されたが、切り取られて内側に残った水もまだ五〇〇リットル以上残っている。こちらで操って形を整えれば水の槍《やり》は使える。

　狙《ね》いは一点、誰でも良い。とにかく赤のアーバミニの背中を照準する。

「チッ‼」

「アーバミニ‼」

青と緑が合流した。激しく光が乱舞する。逆さの紙コップにボールを入れてシャッフルする遊びのように。

構わず水の槍《やり》を解き放った。

赤を貫いた途端、三色全部が虚空《こくう》に消えた。

メレーエは目を見開いて、

(三つの内のどれか、じゃないっ)

「三、い、い、全部デコイ⁉」

「ひは！　マクベスを惑わす魔女達は三人で踊った直後に消えるのよ、前触れもなく‼」

ぐるんっ、とカラフルな光が大きく回っていた。直径一〇〇メートル。逆サイド、メレーエの主観だと巨大な遠心力を使ってドーム状の天井に逆さでカラフルな悪意が張りついていた。巨大な虹でも描くようにして、立て直しに成功した三人の魔女が再び褐色少女に迫る。

今度の今度こそ、三つ目の呪いがやってくる。

「「「よくぞ戻った！　まぬけさん、まぬけさん。天より落ちろ、まぬけさん‼‼‼」」」

ふっ、と。力が抜けた。

フォーミュラブルーム＝マウントパルナソスが機能停止した。

メレーエは背骨を凍える手で鷲掴《わしづか》みにされたようだった。正体は死の恐怖だった。

そのまま少女の体が一五〇メートル以上の高さから空中へ投げ出される。

地上へ落ちるまでもない。

分厚い結界に叩《たた》きつけられただけで即死だ。

10

死の寸前だった。

「ふー、にゃー」

変な音が聞こえた。

いいや、その正体は人の声だ。

「アアああアアアッなの!!!!!!」

破壊があった。

何がと言われたら、闘技場上空を隔離する球体状の結界そのものだった。

パァン!!と、シャボン玉みたいに巨大な結界そのものが一点の穴から一気に砕け散っていく。下からの鋭い突き上げ。地上から放たれた何かが分厚い結界を容赦なくぶち破り、そして重力を思い出して落下を始めるメレーエの上着を引っかけた。

ヴィオシアだった。

そのまま二人して空中でぐるぐる回り、ヴィオシア側のフォーミュラブルームがどうにかして安定を取り戻す。メレーエ側のホウキは完全に沈黙していて動かない。

「はー、自由な大空って気持ち良いわっ。こんな事がなければ最高なのにーなの」

なにあれ？　という間の抜けた反応などなかった。

まず三人組の一角、赤のアーバミニが大声で叫んだ。

「なっ⁉　今は安全とはいえ、元々一線の魔女とマレフィキウム製の大型クリーチャーが戦った非公式の闘技場よ。その結界をまとめてぶち抜くとかどういう出力してんのあの小娘⁉」

そして抱き着いているメレーエまで目《め》を剝《む》いていた。

信じられないものを見る顔、とはこういう表情を指すのだろう。

春季予備校校内試験《ベルテーン》で部分的にメレーエを抜いたのはドロテアだけではない。飛翔系《ひしょうけい》、超加速の一点。徹底的に山をかけたヴィオシアは模試A判定の才女の上を行ったのだ。

「その突き抜けた超加速……。貴殿、まさか空気のない『超高高度の壁』をとっくに超えていて、星空の向こう側にまで片足突っ込んでいるっていう訳⁉」

「なにがーなの？」

当の本人が世界で一番きょとんとしていた。

メレーエは目を白黒させて、

「(こいつ自身もそうだけど、この子を育てている家庭教師は一体……？)」

？　とヴィオシアは首を傾《かし》げてから、

「そんな事よりメレーエちゃん、もう大丈夫なの。ちゃんと助けに来たわ！」

「ねー？　助けるとかナメてんの出力バカ。アンタなんかただの追加ボーナスだし？　何もできずに全身バキボキに折られて落ちちゃえよお!!」

「誰も」

即答だった。

メレーエを支えたまま魔女のホウキを操るヴィオシアはこう返したのだ。

「私だけなんて言っていないわ。そっちこそ、私の先生をバカにしないでなの!!」

ゴッッッ!!!!!!　と。

「!?」

輝くのは銀。

空気中の微粒子がなければ気づく事もできずに打ちのめされていただろう。それは建物を壊す巨大な鉄球にも似た、塊のような暴風だ。

慌てて体を振って回避し、ホウキの柄を強く握り直しながらアーバミニは周囲に目をやる。

まだ残像が目に焼きついていた。

「なに⁉」

「魔法……‼　ねー？　また来るよ。アーバミニちゃん避けてぇ‼」

11

くるんっ、と七〇センチ大の警棒を軽く回し、肩に乗せて。

妙想矢頃《みょうそうやごろ》は静かに呟《つぶや》いた。

「……マクベスを惑わす魔女達は船乗りの地図とは逆さに風を起こして船を止める、か。風の他に水属性、今のが直撃してりゃあ粘度の高い打撃で確実に意識も奪えたはずなんだけど」

まあ、音速を超える魔女達をあんな当てずっぽうで落とせるはずもないか、と妙想矢頃《みょうそうやごろ》は短く息を吐いた。そもそもきちんと三相の構造も作っていない、即席も即席なのだから。

「でも、それで構わねえ」

ド肝を抜かれた三人組は、数秒も経《た》てば強烈な屈辱と怒りに燃え上がる。こっちに殺到すれば十分に勝ちだ。今一番怖いのは彼女達が冷静にメレーエの狩りを継続してしまう事。

（……ったくヴィオシアのヤツ、人の台詞《せりふ》を取らないでほしいんじゃねー？　オレだって一応余計なお世話で自分の命まで危険にさらしてんだぜ）

とはいえメレーエがノーヒントで闘技場へ突っ込むのも変だ。妙想矢頃《みょうそうやごろ》とシャンツェの話を聞かれたのだろう。そうなると面倒を見る理由が発生する、とみなして構わないか。

そして家庭教師の少年もようやく魔女達と同じ高さまでやってきた。とはいえ彼はフォーミュラブルームに乗って音速以上の速度で空気を切り裂いたりはしない。

街の各所にある巨大な赤い天秤《てんびん》。建物の上を大きくまたいで旋回する最新式のエレベーターだ。つまり今回は宙吊《ちゅうづ》りにされた狭《い》い天秤状《てんびんじょう》のかごの上。細かく移動したり回避したりは難しい。固定の砲台としての利点を活かし、音速で飛ぶ魔女達を圧倒しないといけない。

「……上等だぜ」

伸縮式の警棒を軽く振りつつ、妙想矢頃《みょうそうやごろ》は頭の中で戦術を組み立てていく。

複数の光が同時に解けた。球体状の結界が弾《はじ》け飛《と》んだ事で敵味方共に魔女達が自由な大空へ解き放たれたのだ。そして赤、青、緑の光は合流すると、夜明けの天空を舞う巨大なドラゴンやグリフォンを器用に避けつつ、互いに交差して編み込みながら妙想矢頃《みょうそうやごろ》を中心点にして、ぐるりと大きな円を描いていく。半径はざっと二〇〇メートル以下。

あの速度や距離だと、呪文と連動する指先の動きを止めて魔法を潰すのはまず無理か。

「ハッ。地べたに留まっていればまだ建物や地形を盾にできたものを、わざわざ何もない大空にまで上がってくるとか……」

実際に声を放ったのはおそらく緑の光。三人の魔女の一人、ランパンスだ。

「なぁに、ウワサの家庭教師？　『ナビゲートエグザム』、確かに時折話は聞くけど、知っているわよ。あちこちの予備校系の合格者名簿にはあなたの顔も名前もない。つまり召喚禁域魔法学校マレフィキウムには何ら関係ない！　ハッタリだけのオトコが偉そうに!!」

「……球体状の結界、感覚の天球って言葉がいびつに展開されたものか？　いや、そこまで考える必要もねえか。外から破れる、って単純な事実さえ分かれば戦闘状況は変わらねえし」

聞いていなかった。似合わない金髪の少年の思考はよそにある。

（推定速度はマッハ一から三くらい、ってトコか）

単純な速度勝負の話でもない。この速度で自転車やバイク並みの小回りを利《き》かせるのが魔女の最大の怖さだ。懐《なつ》かしい知識を基に妙想矢《みょうそうや》頃《ごろ》はざっとスペックを思い浮かべる。おそらく純粋なドッグファイトだけならラムジェットエンジン搭載の最新機より魔女達の方が上だ。

とはいえこれは僥倖《ぎょうこう》。魔女達が真《ま》っ直《す》ぐ突っ込んできたらあっという間に距離は詰められただろうが、ヤツらの魔法は声を使う。結界で囲んだり超音速で逃げ回る相手を追いながらならともかく、固定目標相手だと声の槍《やり》を叩《たた》き込《こ》む前に追い越してしまうので十分な効果を発揮できないのだろう。基本的に魔女は常に前へ進む、だ。ホバリングや垂直離着陸を可能とするメレーエのような例外でもない限り。だから三人は大きく円を描くしかないのだ。

それならば。

長袖セーラーの男のぞんざいな扱いにプライドを傷つけられたのか。三つの光が合流し、予言の矛先を巨大な円の中心へと差し向けてくる。

「「「八つに裂いてブチ殺すッッッ!!!!!!」」」

「できねえだろ⁉」

一言だった。

それだけで天空一面が凍りつくようであった。

「マクベスを惑わす魔女達の呪いは確かに強大だ。何しろ架空の立場や役職を語りかけただけでそうなる運命を背負わせるっていう破格の効果を持つからな！」

領主様、と話しかけられたら本当にそうなってしまう訳だ。本人の意志に関係なく。

「だけどそいつは、言葉の呪いだ。聞く者がいねえと作用しない力じゃね⁉　だから鎖一本断ち切れば即座に落下するこのエレベーターに、アンタ達は傷をつける手段なんか持たねえ!!」

「っ⁉」

「他に残ってるとすりゃ、オレ自身に声を届けてエレベーターを誤作動させるくらいじゃね？　だからさっきから涙ぐましい努力をして『声』が届くかどうか確かめてるらしいし」

あ、とメレーエが思わずといった調子で口を開けていた。

音速以上。音の速度を超える世界で戦っていたのだ。相手の声が正しく届く方がむしろおかしかったのである。だからアーバミニ、ホリブレ、ランパンスの三人は常に挑発的な物言いで声のやり取りをして、相手の顔色をチェックしていた。音の塊にでも圧縮して乗せた自分の声がひずまずにきちんと相手へ届いているかどうかを、リアルタイムで。

巨大な天秤《てんびん》に乗ったまま、長袖セーラーを着た家庭教師の金髪少年が吼《ほ》える。

「でもそれも、極めてシンプルな方法で遮断できるし！」

「「「よくぞ戻った。まぬけさん、まぬけさん、酔っ払いよりふらつくまぬけな人間さん！」」」

「効かねえよ！　力のゴリ押しが通用するほど魔法の世界は甘くねえんだ‼」

何も起きなかった。

赤、青、緑。三色の光の動揺だけが妙想矢頃《みょうそうやごろ》の元まで伝播《でんぱ》してくる。

「テメェらが何をしゃべっても関係ねえ！　どんな方法であれ、オレがアンタ達と同じ高さまで来た時点で全部終わってる。これからオレが確定で、アンタ達を地上へ叩《たた》き落《お》とすッ‼」

「「「よくぞ戻った！　かかしさん、かかしさん。綱渡りよりもふらふらなかかしさん‼」」」

「瞬殺で良《い》いな⁉　テメェらに回避する術はねえ‼」

無視して男は逆の手で警棒の先端を差し向けた。

十分以上の距離はあった。それでも三つの流線形が明確に焦《あせ》りを見せた。

「「「よくぞ戻った‼　にんぎょうさん、にんぎょうさん、天より落ち……ッ⁉」」」

「ゴリ押しならうんざりだ。これは魔法だぜ、勉強するだけで答えは出せるはずだぞ‼」

断ち切るような言葉は放つが、実は誰よりもアーバミニ達の動向には気を配っていた。

三人の魔法は口で放った側ではなく、耳で受け取った側に起きる現象だ。

一つの音響に大量の言語情報を圧縮して上乗せするにしても、音は音。

大きな円を描く三人との距離は二〇〇メートル以内、音速は秒速で約三三一メートル。つまり音が届くまでのラグは〇・六秒強。流線形のブレを見てから動くならギリギリか。

つまり声の塊がこちらの耳に届きさえしなければ良い。声で悪魔に命令したり、鍵穴から口笛を吹いて以下略と一緒で、思うだけでは伝わらないのだ。そして封殺と言っても逆位相ほど厳密な必要もない。例えばマスキング効果。低音と高音が同時に放たれると高音側がかき消える現象だ。空中給油やアクロバット飛行の時、密着しているはずの味方機のエンジン音が不意に消えたように誤認する事でパイロットの感覚が乱される原因にもなるのだが。

向こうの声は聞こえないが、妙想矢頃《しょうじょ》の声《おと》はきちんと届く。この関係が大切なのだ。

（……屋外で肉声が届く距離は大体二〇〇メートル以内。こんな条件でもなけりゃ、わざわざ窮屈な天秤《てんびん》のエレベーターなんか使わねえし）

「泣いて謝るなら今の内だぜ、ランパンス!!」

「ふざけないでちょうだ、ガッ!?」

「ランパンス!?」

いつでも三つ揃《そろ》っていた流線形の一つが、いびつにほどけた。スピンして急激に速度を失ったのは緑の光、ポニーテールのランパンスだ。意識がなかった。黙っていれば冗談抜きにいずれ地上へ叩《たた》きつけられる悪女の一角を、青の光、ホリブレが空中でかろうじて拾い上げる。

「おいおい他人の心配なんてしてる場合か、ホリブレ!?」

「他人なんかじゃ、ッ？ぎぃあぁ!!!???」

びくんっ!!　とホリブレの体が跳ねた。心臓が感電でもしたような顔だった。ここまでくれば魔法に明るくない者でも分かるはずだ。何か不可視の力が働いている。明確に三人の魔女を攻撃する『何か』が天空を切り裂いて幼さの残る体を貫いたのだ、と。

すでにダウンしたランパンスを摑《つか》んだまま、青のホリブレまで失速した。地上へ一直線ではなくとも、いずれ墜落する。しかし残った最後の一人、真紅のアーバミニは回収に向かわなかった。ひょっとしたら『接触』を起点に呪いが伝染するリスクを考えたのかもしれない。

「だとすりゃハズレじゃね、アーバミニ!?」

応じなかった。

ぎゅん!!　と赤の光が墜落していく二人から急激に遠ざかるが、見捨てた訳ではない。口の中で何かを呟《つぶや》いているのがこの距離からでも何とか分かる。

　つまり肉眼で簡単に追えるほどアーバミニの速度が落ちている。魔女の扱う憧憬、太古、邪悪の三相を三人で一つずつ担当していたのだ。一角が崩れれば全体の魔法も瓦解《がかい》する。

　しかしそれは逆に言えば、だ。

「まだ終わってない……。魔法的に言えば私もホリブレもランパンスも繋《つな》がっているんだ。見えないラインから『意志』を通して強く刺激すれば二人とも目を覚ますはず、そうすれば二人とも墜落前に自力でフォーミュラブルームを立て直せる‼」

「間に合うかーアーバミニ？　できなきゃお友達二人は石畳に叩《たた》きつけられちまうし！」

（反応ナシ、か。ならこっちも方針転換しねえと）

　初めて、だ。若干の焦《あせ》りを家庭教師は自覚した。

　鎖一本で巨大な天秤《てんびん》から吊《つ》り下《さ》げられたまま、少年は片足を上げた。靴底から何かをべりべりと剝がしていく。ただの紙くずではない、きちんとした意味を持つお札の一種だった。

「呪いの品っていうのは別に特別である必要はねえ。食べ物とか祭具とか、ありふれた物品はわざと粗末にする事でも呪いを発生させちまうからな。本来なら神聖なはずの寺院や教会が、廃墟《はいきょ》になると魑魅魍魎《ちみもうりょう》の巣窟《そうくつ》へ変化しちまうように」

　元々こっちも込みで一つの魔法だった。

　ひらりと、金髪少年は指先で呪符を摘んだまま腕全体を水平に広げる。

呪いは微弱であっても構わない。攻撃を正確に届けるための照準用発信機になれば。

「取れ‼　カウント一八〇、そいつをアーバミニに押しつければ決着をつけられる‼」

真後ろから何かが妙想矢頃《みょうそうやごろ》を鋭く追い抜いていった。

手を離した瞬間、穢《けが》れた羊皮紙を正確にキャッチしたヴィオシアだった。

12

ヴィオシアとメレーエは一本のホウキにすがる格好で飛んでいた。普通に考えたらこんなお荷物を抱えて空中戦などできるはずもない。にも拘《かかわ》らず、ヴィオシアは構わず魔女のホウキをぶん回し、ありえない出力で赤の光のアーバミニへ追いすがっていく。

勝てる、とメレーエには予感があった。

単純な速度ならこちらが上。そして逃げる敵が細かく軌道を変えたところで、『追い抜き』も起こさない。アーバミニ一人では妨害の魔法も使えない。後はもう、遅かれ早かれの世界だ。

同じホウキに寄り添って、メレーエがもう一人の少女へ囁《ささや》いた。

「出力バカはそれで良《い》いわ、細かい舵取《かじと》り方法はワタシが教えるから。右に左に、ワタシの重心を意識して体を振るのよ。貴殿はとにかく逃げるアーバミニに追い着く事だけ考えて！」

「……、」

「どうしたのよ？」

何か様子がおかしい。

気づいてメレーエは慌てて声をかけた。

「フォーミュラブルーム＝ヴィッテンベルクだっけ？　この子は貴殿のホウキでしょ⁉　あのゲテモノ加速がないとアーバミニのヤツに追い着けない‼」

「でっ、でも、なの」

声は震えていた。何か躊躇《ためら》うようなヴィオシアの言葉があった。

「呪符をあの人に押しつけたら本当に先生の呪いが当たっちゃうわ！　三人組の魔女の、最後の一人なの。あの人まで意識をなくしたら三人みんな地面に叩《たた》きつけられちゃうわ‼」

「っ」

「先生の言う事はいつも正しいの。だから先生がやるって決めたら本当にやるわ！」

メレーエは本気で目を剝《む》いていた。

カウント一八〇、とあの男は言っていた。

時間がない。何をやっているのか知らないが、もたもたしていたら『ナビゲートエグザム』の放つ必殺の呪いは羊皮紙のお札に導かれ、こちらに向かって飛んでくる。威力については保証済みだ、現実にホリブレとランパンスは一発でダウンさせられている。

「カウント三〇」

呟《つぶや》いて、メレーエは歯嚙《はが》みする。

ヴィオシアは動く気配を見せない。メレーエはその手から強引に呪符を奪い取る。

「カウント一〇‼　もう呪いが来るわよ‼」

逃げるアーバミニ側も本気だ。これまでの人を小馬鹿にするような空気は消し飛んでいた。

そして剝《む》き出《だ》しの魔女を見ると改めてヴィオシアは思う。彼女は強大な魔女だ。自分のためでなく、先に打ちのめされた二人の魔女を拾い上げるため怒りより分析を優先し迷わず逃げる選択肢を選べるような。

そしてカウントが終わった。


ゴッッッ‼‼‼　と。

何か巨大なものがヴィオシアとメレーエの視界を大きく塞いだ。

妙想矢頃《みょうそうやごろ》の呪い……とは違う。

ヴィオシア達とアーバミニの間に割って入ったのは巨大な柱だった。巨大な壁だった。巨大な窓だった。総じて言えば石造りの校舎だった。ねじれ、よじれて、完全に元の形は失っているけど。地上からこの高さまで斜めに勢い良く突き出てきたものの正体は、確かに学校の校舎と呼べる一〇キロ単位の何かだった。大空を舞うドラゴンさえ慌てて身をよじっている。先を行くアーバミニは壁の向こうに消えていた。

これ以上は追跡できない。

魔女のホウキ、フォーミュラブルームは何もしなければ基本的に前へ進む。

あんなものと正面衝突したらこちらの命がない。

同じホウキでメレーエが後ろから抱き着くようにして、とっさに強く柄を握り直した。

「っと!!」

がくんっ!! とヴィオシアとメレーエの二人が急激に止まる。垂直離着陸。強引な推力変更でフォーミュラブルームがその場に留まった。白い石の壁までもう五メートルもない。

逃がした、という認識は家庭教師の方にもあったらしい。呪符はまだメレーエの手元にあるが、遠方からの呪いが着弾する様子もない。

めきめきみりみり、という鈍い音がいくつも重なり合った。

「わっ!!」

慌ててメレーエがホウキを真上に吹っ飛ばす。

一直線、に留まらない。校舎は左右にも大きく広がっていく。上から眺めると、まるで網目状の膨大な扇だ。無秩序に広がり、互いにぶつかって削り取り、複雑に絡《から》み合《あ》っていく。

そしてヴィオシアはなんか唇を尖《とが》らせていた。

「ううう、メフィストフェレスーなの。私にはそっぽ向いてばっかりなのに、どうしてメレーエちゃんの言う事はきちんと聞くのか説明してほしいわー」

「聞いてくれなきゃ二人揃《そろ》って壁にぶつかってたわ。……ていうかとっさにやっちゃったけど、何で聖別《コンセクレーション》もしてない部外者に使えるのよこのホウキ？　超危なっかしい……」

「すごーいなの。流石《さすが》は予備校エース、³S判定のホウキをあっさり操るなんてー☆」

「はばッはへ⁉　はっ早く言いなさいよナニその推奨判定ワタシ《ワタシ》を殺す気かあ‼」

「あとアーバミニちゃんだっけなの、あの子も大丈夫だと良《い》いけどなの」

「……ほんと頭痛い。まあ大丈夫なんじゃない？　先にいたアーバミニからすれば、自分の後ろに校舎が突き出ただけだから激突の心配はないし。それにほら」

メレーエが指差すと、はるか下方、ミニチュアみたいな街並みに沿って二つの光が流れていくところだった。青と緑の光。おそらく向かった先で三人組は再び合流するだろう。

今日はここまでらしい。

垂直離着陸の魔法を使ってその場に留まりながら、メレーエは眉をひそめる。

「それにしても、校舎？」

ねじくれた大質量の塊は、斜めに突き出ていた。

そして闘技場は街の中心、湖に面した危険な『湖畔』に建てられている。

つまり。ヴィオシアもまた、メレーエが見ているものを目で追いかけていた。

出処は一つしかなかった。

「湖から……。じゃああれ、召喚禁域魔法学校マレフィキウムの校舎なの」

13

一人、赤く塗り分けた巨大な天秤状《てんびんじよう》のエレベーターに乗る妙想矢頃《みようそうやごろ》もまた、遠くを見ながらそっと息を吐いていた。

意識を失ったホリブレ達に関しては、彼にもこのアクシデントは予測できなかった。

今度は一つの予備校の中で行われる校内テストどころではない。湖に向かって突っ込む分には空中のダイヤモンドダストで減速・着水させられるだけだったのだが、そういう結末にはならなかった。

「……『会場』が出てきたって事は、そろそろじゃね？」

斜めに飛び出し、無秩序に広がっていくいびつな校舎を眺めて。

「召喚禁域魔法学校マレフィキウムに的を絞った、全国一斉模試」

今日の小テスト２

あのう先生、軽くパニック中なの。今こんな事してる場合じゃないと思うわ

やかましい。受験は世界の全部に勝る、それくらいの気概がねえとマレフィキウムには入れねえし。それじゃ小テストだ！　ヒントは全部予備校の中にあるぜ？

……ワタシいるんだけど、これ聞いちゃって大丈夫……？

問題、人間・妙想《みょうそう》矢《や》頃《ごろ》はどのようにして魔法的手段でサッサフラス・Ｃｆａ予備校のエース、アーバミニ、ホリブレ、ランパンスの三人を撃退したか答えよ。（一問一〇点、合計一〇〇点）

状況は対サッサフラス・Ｃｆａ予備校の三人組に絞る。切り分けて考えろ。

太古の頂点はマンドラゴラ。引き抜く時の（　　）を耳にすると死んじまうが、ロープで繋《つな》いだ犬に抜かせれば安全を保てる。つまり（　　）を取れば回避できる。とはいえオレは固定の位置から動けねえから、別の方法で短い距離でも音や声が聞こえなくなるよう工夫する必要があったけど。低音の大声で叫ぶ事でアーバミニ達の高音の声をかき消すとかじゃね？

マンドラゴラは攻撃にも使えるぜ。叫びを聞いたら（　　）って記号を使わねえと損だ。

（　　）の頂点は、ATU（　　　）、つまりオオカミと子ヤギ達だ。これも（　　）のふりをした狼《おおかみ》の呼びかけに応じてドアを開けると（　　）が食べられちまう、っていう話だったな。
つまり、オレから呼んで相手が答えたら問答無用でダウンを取る、って魔法ができるし。
ヴィオシア、アンタ達を呼ぶ時名前は使わなかったぜ。オレは『取れ』としか言ってねえ。
終盤でアーバミニが呼びかけを無視したのは焦《あせ》ったけど。三人の命が欲しい訳じゃねえし。

邪悪の頂点は、わざと道具を（　　）にする事で呪いを作ってみた。これは黒ミサ系の基本でもあるぜ。また単純に『一度でも（　　）したもの同士は再び離れても影響を及ぼし合う』っていう（　　）的な法則に従う事で、照準の支援に使った。

以上だ。ヴィオシア、それからついでにメレーエも。何か質問は？

エピソード3　召喚禁域学全国一斉模試、開始

1

バラバラに吹っ飛んだのは二回目だった。

最初から無理だと破壊力極振りの生徒会長ウルリーケは呆《あき》れていた。転生か跳躍かは知らないけど、こちらで拾った命は大切にしたらどうか、と。街中に配下の氷売りを走らせて巨万の富を荒稼ぎしている氷と冷気を支配する魔女も同じだった。そんな事はできないと。

その通りになった。

だけど本当は、失敗を望んでいたのかもしれないけど。

何しろ自分は成功し過ぎた。昔から人にはできない事ができたかもしれないが、人から恨まれる機会も少なくなかった。あの時も単独で宇宙に出れば済んだ話なのに、何かの軸がズレて世界の境をまたぐ羽目になった。なら派手に失敗してこそまともな活路が見えるのでは。

臨死体験の途中で誰かと顔を合わせた。金髪碧眼《きんぱつへきがん》、女性神官風だがギリシャ神話でもケルト

系でもなさそうだった。もっと絵本的な存在だが、あれだけ魔女について勉強したのにいまいち正体が見えてこない。自由を弄ぶ束縛なき女神。何となくそんな印象はあるけれど。

円形の泉の真ん中から現れ、そいつは呆《あき》れて言った。……『旅』のコーディネートをしたのはわらわなんだから、あなたにはそっちの世界で幸せになってもらわないと困る。わらわの決定を覆《くつがえ》して人間の行動で勝手に満足されると、神の正しさが否定されかねないのだし、と。

ATU0729、金の斧《おの》と銀の斧《おの》が出てくる話を思い出した。正直者は鉄の斧《おの》だけあれば十分だったのに、気を良くした女神だか精霊だかは金の斧《おの》や銀の斧《おの》まで与えた。それがなければ隣近所からいらない嫉妬も浴びなかった。無欲で素朴に生きる男にとって、本当に幸せな話だったのだろうか？　何が幸せかを決めるのは、与える側ではなく受け取る側のはずなのに。

魔法なんてほどほどで良くない？　とも妖しくて隙だらけな女神は言った。なくても幸せになれるよ、もう気づいているでしょ、そっちの世界を本当に動かしている王侯貴族は魔法が使えない老人ばっかり。召喚禁域魔法学校マレフィキウムが躍起になって独自性を保ちたがっているのだって……の手が入って――が進むの止める……よ、……。…………――。

目を覚まして、ズタボロの体を見て、自分がどちらの世界に倒れているのかを知って。妙《みょう》想矢頃《そうやごろ》は瀕死《ひんし》のまま血まみれの拳を握り締め、青空を掴んだ。ゆっくりと、ゆっくりと。

この方法ではダメだ。

もっと根本的に考えを変える必要がある。

2

状況は意味不明だが、とにかくいったん地上に下りよう、とヴィオシアとメレーエは二人で決めた。そもそも一本のフォーミュラブルームに二人の魔女がすがりついている事自体が普通ではない。不意にバランスを失って墜落でも始めたら最悪だ。垂直離着陸ができるので、制御はメレーエの方が預かる。ふんわりと街へ下りていく。

「……ばっかみたい」

と、（^{3}S判定と聞いておっかなびっくり）降下しつつ不貞腐《ふてくさ》れた顔でメレーエが呟《つぶや》いた。チョコパフェみたいな印象の空賊少女は唇を尖《とが》らせて、

「受験は競争よ。情けをかけたヤツから順番に落ちていく世界なの。それなのに、予備校の中で友達ごっこなんかやっちゃってさ」

自分が助けた相手から馬鹿にされているのに、ヴィオシアはにこにこしていた。

「へへー☆　なの」

「何よ？」

「そんな事言って、メレーエちゃんだって私を助けてくれたわ。こう、壁にぶつかる土壇場《どたんば》で急ブレーキをかけてなの」

「あっ、あれは手を貸さないとワタシも一緒に壁の染《し》みになるってだけで……!!」

「ドロテアちゃんのために怒ってくれて、たった一人で三人の魔女にケンカを売ったなの」

「〜〜〜っっっ!?」

ヴィオシアちゃあーん、という声があった。

地上にいるのはメガネをかけた包帯ゾンビ少女のドロテア・ロックプールだ。

「……絶対秘密よ」

「えー、なの。何でーメレーエちゃん?」

「お願いだからっ、あの子には何も言わないで！　はっ恥ずかしい!!」

二人の魔女が地上に下りると早朝なのに早くも街がざわついていた。住人の半分以上が浪人生という受験の街だ、召喚禁域魔法学校側で大きな動きがあれば自然と活気が出る。

そんな人混みの中あちこちほどけそうな包帯少女がこちらに走ってきた。

「はあ、ふうっ。す、すごいね、ヴィオシアちゃんあれ見た？　きゃあ。何でも全国一斉模試の会場じゃないかしらって話らしいけどお」

「ぜんこくもし!?　なの!!!???」

「『元凶校舎』。マレフィキウムの中でも、今はもう使っていない廃校舎って時折暴走して勝手に迷路状に広がっていくんだって。カードの占い師の人達が張り切っていたよ、きゃあ。今回大きな模試はあの中でやるかもって。ぬ、抜き打ちのイベントってびっくりするよね」

ううう、とヴィオシアが両手でホウキを握ったまま急に小さくなった。

さっきまで友達を助けると息巻いて分厚い結界を力業でぶち抜いていたのが嘘《うそ》のようだ。

「……圧倒されている場合？」

ふんと鼻で息を吐いたのはメレーエ・スパラティブだった。

「えと、貴殿には貴殿で、何があっても召喚禁域魔法学校に行かなきゃいけない理由があるんでしょ。『元凶校舎』？　だったらこんな模試くらいでビビっている場合じゃないわ。逆に利用してやるくらいの気持ちで挑まなきゃ成績なんか伸びないよ」

「あれー、なの。あっはは。そっかメレーエちゃん、先生から話を聞いちゃったかーなの」

ぐっ、と褐色少女は言葉に詰まった。ドロテアはきょとん。そしてヴィオシアの方は秘密を洩《も》らされてもあまり気にしないようで、あははと笑ってくすぐったそうにしていた。

「でも優しいわ。メレーエちゃん、おばあちゃんと会った事ないのに心配してくれるなの」

「そんなの……。でもだって、難しいご病気なんでしょ？」

「うん。お医者様は今の技術じゃまず治らないって言っているなの」

あっさり爆弾発言にメレーエどころかドロテアまでメガネの奥で目をまん丸にした。そこに禁忌を感じないのは、自分こそ絶対に治す、という固い決意がヴィオシアの中にあるからか。

というだけではないようで、

「でもほんと困っちゃうわー、ぎっ、くり腰って」

「ぎっ⁉」

「今の技術じゃすぐには治らないらしいなの」

　はあ、とヴィオシアは苦笑いしながらため息。

「お医者様の話では『魔女の一撃《ヘキセンシュス》』とかって呼ばれる本当に厄介な病気なの。風邪とか水虫とかと一緒で、一発で完全に治して再発もさせないお薬を作れたら歴史に名前を残せるって。どこにもないなら頑張って作るしかないわ！　私がおばあちゃんを元気にしないとなの‼」

　改めて両手でフォーミュラブルームを握り直してやる気なヴィオシア。

　と、なんかそれとは別に、俯《うつむ》いてぷるぷる震えている女の子がいた。傍《そば》で白いレアチーズケーキ風の包帯ゾンビ少女ドロテアがあわわと虚空《こくう》に両手をさまよわせている。

（あ）

3

（あ、あ、あ）

　銀髪褐色の予備校最強魔女の頭に浮かぶのはあっけらかんとしたヴィオシアではない。

「あの男ーッッッ‼‼‼」

かなり強めに、指まで差して怒鳴りつけられ、妙想矢頃《みょうそうやごろ》は困った顔になった。こちらはやっと赤く塗り分けた巨大な天秤状《てんびんじょう》のエレベーターから地上に下りたのに、今度は一体何だ？

「おいメレーエ。サッサフラス・Cfa予備校相手にエキサイトし過ぎて忘れてるかもしれねえけど、今新聞配ってるような時間帯じゃね？　あんまり騒ぐなご近所迷惑だよ」

「ふざけんじゃないわよ最低保証で一発くらいぶん殴らせなさいよ！　医者は歳《とし》だからもう仕方がないって言ってる？　正体はただのぎっくり腰とか詐欺じゃないのよ詐欺いー!!」

……いや真面目な話、深刻な腰痛《ようつう》は一発お見舞いされたら生きる気力がなくなるくらいヤバい痛みに襲われるらしいのだが。まあ、まだ一五歳の女の子には経験した事のない痛みを労《いた》わって思いやるのは難しいか。

と、

「あら？　矢頃《やごろ》さん、こんな早くに表を歩いているなんて珍しいですね。まあまあ、そういえば昨日も見かけましたし、夜型人間を卒業して健康的な習慣にでも目覚めたのかな」

「店主さん」

名前を呼ばれて金髪少年が振り返ると、魔女のワンピースの上から動物柄のエプロンをつけた銀髪褐色のお姉さんがにこにこしていた。普段からお世話になっている古本屋の店主さんだ。毎度毎度思うのだが、豊かすぎる胸元ですっかり不細工になったウサギフェイスを見るたびに次はエプロンに生まれ変わりたくなる。

「うふふ、三日坊主《みっかぼうず》にならないと良《い》いんですけど」

「ああいや、むしろ毎朝これは流石《さすが》に嫌じゃね？　健康から一番離れてるし」

「？」

子供みたいにきょとんとする年上お姉さん。ぶっちゃけアンバランスでかわゆい。

そして何故《なぜ》かメレーエ・スパラティブが置いてきぼりだった。いや、口をあんぐり開けたまま石化してる。何だ？　妙想矢頃《みょうそうやごろ》が銀髪褐色の少女の顔の前で手を振っても反応がない。

「ま」

そこで長袖セーラーの少年は気づいた。

銀髪褐色。あれ、全く同じ特徴を持つ謎のお姉さんがすぐ傍《そば》でにこにこしているような？

「マム⁉」

「はいお久しぶり。やれやれ、おてんば娘に育ったわねえ。メレーエ？」

予想の斜め上だった。あ、これおっとりお姉ちゃんとかじゃねえんだ。規格外ぶりに妙想《みょうそう》矢頃《やごろ》は遠い目になる。おそらく魔女の中でも天井突破に片足くらいは突っ込んでるはず。

ただまあ、エプロンに印象を持っていかれてしまうが、魔女のワンピース自体はシックな黒系だ。メレーエと同系統で、さらにオトナっぽい。メレーエが派手派手なチョコパフェなら、店主さんの帽子やワンピースはお酒や金箔《きんぱく》で飾った高級チョコレートケーキ的な。

　青い顔で震えたまま、なんかすがりつくようにしてメレーエは母親を問い詰めている。

「何でっ？　ななな何でマムが神殿学都にいるの⁉」

「えーと、まだ一五歳の娘が一人暮らしを始めるなんて超心配だったからよ？」

「一体どこから見てたのっ⁉　具体的にワタシの何を知ってる訳‼」

「んーう？　ぶっちゃけお母さん、あなたがこの街にやってくるより早く、何年も前から行き来して巣作りして待ち構えていたもん。だからメレーエがこの街に初めて来て、羊皮紙の地図の読み方が分からずに涙目でぐるぐる回している辺りから大体全部かな？」

「あああああ‼　うわァああん‼‼‼」

　乙女のプライドとプライバシーが粉々になっていた。二つに折るなんて生易しいものではない、粉である。恥とショックに耐えられなくなったのか、普段あれだけ自信満々だったエリート少女が両手で空賊っぽい大きな帽子ごと頭を抱えてその場でうずくまっているし。

と、なんかそのまま震える声がこちらへ忍び寄ってきた。

「……ドスケベもいつまで他人事《ひとごと》でいるつもり？　もう巻き込まれてんのよそっちだって。ようやく合点《がてん》がいったわその長袖セーラー、マムに用意できるとしたらアレしかないし」

家庭教師の背筋に冷たいものが伝った。

いや、まさかそんな、いくら何でもそこまで恐ろしい事はしないはｚ
「あらあらまああ、やっぱり単独で氷の海を制覇したあの人の若い頃みたい☆　うふふ、自慢の船で挙げた結婚式を思い出してしまいます」

「ぐォあああ‼　まさかのお古……？　知らねえおじさんの汗まみれエッ‼⁉⁇」

妙想矢頃《みようそうやごろ》までその場で崩れ落ちた。この人妻、ちょっと破壊力が大きすぎる。

しかし、となるとやっぱり店主さんが持っているのは魔女のホウキで間違いないようだ。

（まだちょっとぐらぐらしてる）妙想矢頃《みようそうやごろ》が目を向けると、渋い壮年の男の声が出てくる。

『妙想矢頃《みようそうやごろ》様、日頃から奥様がお世話になっておりますが改めて。私はフォーミュラブルーム＝グリークテアトルでございます。ディオニュソス密儀で知りたい事があれば何なりと』

似合わない金髪の少年は密《ひそ》かに感動していた。

そうかこの人リアルに奥様が魔女もやっちゃっているのか、と。

「一応きちんと短所は全部潰す格好で丸くなるように教育しているつもりなんだけど、困った事に酒癖が悪いのだけはどうしても治らないもん、うちのディオニュソスは。ついうっかり消毒用のエタノールやブランデーで柄を磨いたりすると大変な事になりますし」

『(……酒癖の悪さで言ったらあなたの方がヒドいでしょ、それもケタ外れに。この街に来てからだけでも、つい酔った勢いで「トラキアの八つ裂き巫女《マイナデス》達」の力をぶん回したり浪人生向けの悪徳金融を秒でぶっ潰したり……)』

「ディオニュソスさん☆」

　黙らせた。しかも笑顔の一言で。……優れた魔女は自分の『欲』を否定せずコントロールして目標に向かう強烈な起爆剤とする、だったか。

　店主さんはおっとり満点でほっぺたに片手を当ててため息をつくと、

「それにしてもメレーエ、まだまだ器用貧乏の道を突っ走っているのね。何でもできるはどこにも尖《とが》っていない証拠って教えなかった？」

「ぐっ……。ど、どんなぶんやでもこまらないいじまんのむすめにむかってそのいいぐさとか」

「そのフォーミュラブルームのゴテゴテカスタム癖、尖《とが》った何かが一点欲しいっていう心の叫びが色んな方向に寄り道したんでしょう？　自分で気づいているかどうかはさておいて」

　粉になっても許さない人らしい。むしろ理不尽に拳で鼻っ柱を一発殴られた方がマシだ。

　店主さんは店主さんで、視線を上にやっていた。街の一角へ覆《おお》い被《かぶ》さるようにして現れた、中心の湖から扇状に広がるイレギュラーな建造物を。

「今年も始まりましたねえ、全国一斉模試」

「……問題、覚えていられるのか?」

「あら。今でこそ自由に食べて運動して理想のスタイルを自分で作っていますけど、二〇年くらい前は私もグラム単位で体重削ってあそこに通っていましたから☆」

4

キャラウェイ・Cs予備校はそれこそてんてこ舞いになっていた。

サラリー重視の予備校にしては珍しくやる気だが、これは入試本番ほどではないものの、模試の有力判定もまた良《い》い宣伝材料になるからか。実際、すでにA判定のメレーエ辺りは職員側からすれば客寄せパンダに近い扱いだ。

誰もいない谷の時間帯の学食で妙想矢頃《みようそうやごろ》はひとまず抜き打ちで質問をぶつけてみた。オレンジに赤や紫のパンプキンタルトっぽいロングワンピースと帽子の小さな魔女に向け、

「三つの相を作るためにも勉強だ。ヴィオシア、ATU0709は?」

「ううーっ……白雪姫! ヤバいリンゴが出てくるヤツなの!!」

「良《い》いぞ正解だ。◎プラス一点、継母《ままはは》と娘はどっちも美しいけど、本来なら目には見えねえ内面の醜さが人の人生を左右させちまうっていう魔法的教訓だぜ。鏡に限らず自分への占いは錯乱や自滅のリスクもあるので要注意、こっくりさんや自動書記なんかと一緒だ。ま、これに限

らず魔女の魔法は扱う手段じゃなくてどんな目的で使うか、使用者の胸の内で善悪や因果が決まるもんだし。心が醜いほどひどい目に遭う訳だから日頃の行いって大切だな」

キリの良《い》い番号だけ覚えていた頃と比べればちょっとは成長しているか。

「模試の詳細が分かってきたし」

「……それにしたって何でこんな谷の時間帯、誰もいない学食で作戦会議なのよ先生？　毎月お金払っている予備校生なんだから受講室を使わせてもらえば良《い》いのになの」

他の予備校生に聞かせても得する事は何もないからだ。

「まず会場について」

「『元凶校舎』。でっかいドラゴンも怖くて近づかないらしいなの……。何でも生徒が居残り勉強し過ぎて過労で死んじゃった所で、今も怨念が学校を迷路に作り替えてるって、ひゃあー」

「何で今日初めて見る舞台の裏事情にそこまで詳しい自分に一個も疑問を持たねえんだ」

そもそも厳密に言えばアレは校舎ではない。妙想矢頃《みょうそうやごろ》はそっと息を吐いて、

「今回のは旧給食センター。アンタ達が『元凶校舎』って勝手に呼んでいるモノの正体だ、今は廃棄されて使われなくなってるけど。模試の会場はそこじゃね？」

「きゅーしょく？　おおお義務教育の時にあったわ！」

「自由にお店を開ける学食制へ移った時に、一極集中の給食センターは潰れちまったし」

「ホッ。なぁーんだ、死の校舎じゃなかったなの。伝説がそもそも嘘《うそ》だったら怖くは……」

「(まあ潰れる間際《まぎわ》に事故って職員が煮えたぎる巨大な鍋に落ちたってウワサはあるけど)」

「うぎゃああ!? 出てくるいわくがおっかなすぎるのッッッ!!!!!!」

歴史やウワサの話はまあ良《い》いとして。

「ご想像の通り、建物は勝手に増殖して迷路状態になってるぜ。母体はとにかく大規模なキッチン関係だから、包丁とか鍋とかオーブンとか、まあ普通の校舎から変貌するより危険度は高いと思った方が良《い》い。実際、何が『化けて』出るかは入ってみるまで予測できねえし」

「う、ううぇえ。そんなトコで何をするなのよ」

「それだ」

妙想矢頃《みようそうやごろ》はぐぐっと顔を近づけてヴィオシアに内緒話を打ち明けた。

「(マレフィキウムは『召喚』禁域魔法学校だ。つまり求められる力もそこに集中する)」

「ふぇっ? せ、先生? なのっ」

「(でもって迷路状態になった物騒な学校が舞台な時点で、今回は異世界の地球の雑学クイズって方向じゃなさそうじゃね? 出現パターンを調べろとか道具の変化が起きないように予防しろとか、何にせよ怪物関係の設問になるはず。ここに山をかけるのが正解だと思う)」

「だっだめなのそんな急に。ここは受験合格を目指す神聖な予備校であって……ハッ! そして気がつけば辺りには誰もいないわ!? ぜ、ぜんぶせんせいのさくせんなの?」

「(不自然に現れた旧給食センターはあまり長い間その存在を持続させせねえ。具体的な期日は不明だけど、おそらく三日以内に全国一斉模試が始まるはずじゃね？）」

「そ、それとも初めてなんて案外こんなものなのかも？　おばあちゃん、私は神殿学都でオトナになっちゃうなの！　そ、そ、それじゃあっ、んーぅ」

　教え子の帽子の鍔を指で摑んで上からぎゅうぎゅうに被せると、何故《なぜ》か緊張気味に両目を閉じてちょっと顎を上げていたヴィオシアが現実に帰ってきた。

「あうっもがーなの⁉　あれ、せんせー？」

「……死ぬほど話が嚙《か》み合《あ》わねえ事にオレも今ようやく気づいたし。相互理解を深めるために、何の話をしてんのか教え子サイドの説明をしてくれねえか？」

　顔を真っ赤にしたヴィオシアが両手をわたわたさせた挙げ句、最終的に顔の前でクロスしてでっかいバッテンを作った。何でも言う事聞くからそれだけは許してくださいのポーズだ。

　何でもというのなら、家庭教師からの要求はこれだけだ。

「この全国一斉模試をモノにする」

「えうー？　なの」

「具体的には、アルファベットの判定を一個上げる。いきなり合格ラインに立つ必要はねえし。一年かけて着実に上っていく方がはるかに現実的で、重要。その最初の一歩目だ。ここで伸ばせればチャンスは順当に増えていくはずじゃね？」

5

「ケルト神話の魔法は様々な人身供儀、つまり生け贄の儀式でも知られているな。じゃあその中の一つ、ウィッカーマンについての説明になっていない項目はどれだし。

1・巨大な人形に人を詰める。

2・炎を使う。

3・大勢の人を殺す。

4・人を殺してから燃やす」

「あー、うー……。1234」

「人としての思考を捨てちまったのかヴィオシア。正解は4だ」

「生け贄とか殺すとか、また怖い話なのお……」

「×引っかけ問題注意、でも罪人が一番嫌がる刑は自分を生け贄に使ってくれない、でもあるんだぜ×」

家庭教師が勉強の話をしているのに何故《なぜ》か両手で耳を塞いでしまうお客様のヴィオシアと一緒にキャラウェイ・Cs予備校を出る。もちろん、どこから見ても街の異変は明らかだった。

「放置され、生徒のみんなから棄《す》てられるだけで建物が丸ごと迷路状態に、なの」

ヴィオシアは真上を見上げて不思議そうな声を出していた。

「……年中いつでも出ている白いダイヤモンドダストの向こうにあって、でも見る人によってその影は形を変えるわ。召喚禁域魔法学校マレフィキウムって何なのよ？」

「……、」

「ぶじゃべ‼」

ちょっと神妙な事言ったヴィオシアが何もない所で勝手に前に突っ伏して転んでいた。どうやらロングスカートの裾を自分で踏んづけたらしい。そして見事に全部めくれていた。何だろうこれ、と妙想矢頃《みようそうやごろ》は遠い目になった。似合わないコト言った天罰でも作動したのか？

「オイぱんつ」

「うわあー！　先生にオトナっぽいの見られたわ⁉」

黙れカボチャ柄のお尻。

何しろ事は全国一斉模試だ。神殿学都だけでも予備校なんて星の数ほどあるし、予備校を使わない浪人生もいる。そして街の外にもマレフィキウムに憧れる少女達はいくらでもいる。

ヴィオシアは二足歩行の子犬使い魔《ファミリアー》から出処の怪しい号外を受け取りながら、

「すごーい、風船のヨーヨーとか金魚すくいとか屋台がたくさん出てるわ。なんかもうお祭りみたいなのっ、ドロテアちゃん！」

「え、ええと、きゃあ。人がいっぱいいると怖いよ？」

包帯ゾンビ少女のドロテアは小さくなっていた。元から大都会だけど、たった一日で三倍くらいに人口密度が増えているし、まだまだ頭打ちの気配も見えない。宿も軒並みパンク状態らしく、街の勝手が分からない遠方からの挑戦者達は風俗店に片足突っ込んだような場末のホテルまで借りているようだ。野宿か否《いな》かの瀬戸際《せとぎわ》なのだからみんな必死だ。

(なるほど、ヴィオシアが繁華街に下宿してんのも混雑シーズンにここへ来たからか？)

不動産にも山の時期と谷の時期は必ずある。遠方から受験に来て、入試に落ちて、『そこから』慌てて浪人生の巣作りを始めるとそういう目に遭うのかもしれない。似たような灰色の境遇で新生活を始めるみんなが一斉に部屋を探す事になるのだから。

と、雑踏の中で汚れたシャツを着た一〇歳程度の少年を見かけた。スリの狙いをつけてるようなので、不法占拠街の住人にこっそり近づき(レシピがあればハッピーハロウィンの呪文で何でも作れる魔女向け以外の)屋台で買ったまかないっぽいサンドイッチを持たせてやる。

先を行くヴィオシア達にも気づかせない。プロ(?)なら今の隙は致命的と分かるはず。

「(……やめろレイノルド、メシならオレが食わせてやるから)」

「(げっ兄ちゃん⁉　で、でも腹減ってる訳じゃねーし。悪人の財布しか狙わねーよ、あの野郎胡散臭《うさんくさ》い指人形を合格祈願のお守りとかって高値で売り捌《さば》いてるトコ見たんだ！)」

まだ不満そうにほっぺたを膨らませている悪ガキの頭を軽く撫《な》でてそのまま別れる。言っている事は正しいかもしれないが、『善なる犯罪』ほど依存性の高い遊びもない。要注意だ。まったくご近所付き合いも色々大変である。

と、表も裏も誰とも会話に交ざらない人がいた。金髪少年の隣を歩くメレーエだ。

「何だよ？」

「……マムとの話を思い出して、ちょっと引っかかる事があったのよ」

探るような視線があった。

いつでも優位にいたはずの妙想矢頃《みようそうやごろ》の背筋で、電気に似た緊張が縦に走る。

「『ナビゲートエグザム』。あちこちの予備校を勝手に出入りしては、自分がパートナーに選んだ少女を必ずマレフィキウムに合格させる、半ば伝説化した正体不明の家庭教師」

まずい、と妙想矢頃《みようそうやごろ》は考える。

状況の『傾斜』が自分でも分かってしまう。もう無傷ではいられない。一体どこまで掘り下げられてしまうか、重要なのはそこだ。この思考は顔に出すのもまずすぎる。

「つまり、召喚禁域魔法学校マレフィキウムの合格者なんじゃないの？」

時間が、止まる。

少し前で楽しそうに話すヴィオシアとドロテアが透明な分厚い壁の先へ隔離されていく。

「……模試の会場になるっていう校舎を見上げた時、マムと話が噛《か》み合《あ》うはずはないのよ」

メレーエはそう続けた。一つ一つ、箱の中を調べていくように。

「マレフィキウムの入試問題は、合格者以外は忘れてしまう。昨日の夢をいつまでも覚えていられないように。マムが召喚禁域魔法学校の卒業生っていうのも驚きだったけど、ただそっちはまだ説明がつくの。今年も始まりましたねえ、って。でもドスケベは違う」

「だから？　会話が嚙《か》み合《あ》わねえって言うほどの事じゃねえだろ。あの人は基本的にオレ達に目の高さを合わせて全部説明してくれてるし」

「いえ、さっきこう返したわよね？『……問題、覚えていられるのか？』って。これ、そもそも頭の中でAとBを見比べられないと思いつかない疑問よ。普通なら、目の前のAしか知らないなら、一体何の話をしてんの？　ってリアクションになる。実際ワタシもそうだったし」

ジト、とメレーエは妙《みよう》想《そう》矢《や》頃《ごろ》を睨《にら》んで、

「……シャンツェさんとの会話、聞こえていなかったと思う？　あの時、アリストテレスが反省しなかったらホウキの中をいじって別の中心地の地形読み込みからやり直す、って言ったのよ。けどそれって『芯《コア》』に触れるって事でしょ。マ、レ、フ、ィ、キ、ウ、ム、の、人、間、以、外、に、で、き、っ、こ、な、い」

「そんなに気になるなら、星の数ほどある予備校の合格者名簿でも見てみれば良いんじゃね？　どこにもオレの顔も名前も載ってねえぞ」

「だから」

躊躇《ちゆうちよ》なく、来た。

すでに確信を持っている者の声で。

「前人未到、誰にもできないっていう現役一発合格を自宅学習だけで成し遂げた天才なんじゃないの？」

重要な意味を持つ言葉だった。合格者以外は入試内容を忘れてしまう以上、どんなに有名な予備校でも過去問の蓄積はできない。だから予備校の格は『合格者数』で決定するのだ。ただしマレフィキウム関係者が味方についた場合は例外。この家庭教師だけは知識の蓄積ができる。つまり過去の膨大な傾向から山をかける範囲だって決めやすくなるのだ。

「魔女になれない男がマレフィキウムに通って何をするのかって話はあるけど、でも、それなら一応この状況に説明がつく。ドスケベがフォーミュラブルームも持たずに世界の常識を無視して魔法を使うのはサッサフラス・Cfa予備校の三人組と戦った時に見せてもらったし」

妙想矢頃《みょうそうやごろ》は小さく沈黙した。そして結論づける。

大丈夫。

その程度ならまだ浅い。下に、もっと別の底があるところまでは気づかれていない。

「……たまにこういうミラクルが呑気《のんき》に表を歩いているのよね、神殿学都って」

「アンタのお母さんは？　店主さんなんかマレフィキウムの卒業生らしいし」

ひらひらと手を振られた。そこを頼って勉強してしまうと『夜と風の空軍《プライベートストリガ》』の跡を継ぐ関係で周囲へ示しがつかなくなるのかもしれない。

ちなみに彼らが予備校を出て街を歩くのは、ヴィオシアの下宿先に立ち寄るためだった。

「前はあんなに自分の部屋を見せるの嫌がってたくせに……」

「先生が勝手に尾行とかするからなの。もうバレているなら別に良《い》いかなーっていうかなの」

ポンコツ娘をきちんと送り届けないと屋台とか大道芸とかのお祭りムードに吸い込まれそうで怖かったから、というのは内緒だ。

「ひゃっ。わあー」

あと、そういえばこの中ではドロテアだけ事前情報がなかったか。まだ稼働《かどう》していないお昼の時間帯だが、妖しげなお店を見上げてちょっと圧倒されているっぽかった。

「こ、ここに下宿しているの、きゃあ、ヴィオシアちゃん？」

「そうなの！　さあ、せっかく来たんだから入って入ってなのー」

ぐいぐいドロテアの手を摑《つか》んで中に入っていくヴィオシア。

お店の中は、お昼の方がかえって薄暗いようだった。そしてちょっと驚いた感じで踊り子のお姉さんが目を丸くしていた。いつでもすけすけひらひら全開な訳ではないようで、上からカーディガンを肩に引っかけてハタキを手にしていると、意外と家庭的な香りが漂ってくる。

「おやまあ、こんなお店に若い娘さんがたくさんやってくるなんて。あなた達、特に女の子は正面から入ってきちゃダメよ。変な誤解を受けたくないでしょう？」

「あはは、『サバトパーティ』はこんなんかじゃないわ」

ヴィオシアが笑顔で遮った。

「ここは暗い顔で来たお客さんみんなが笑顔で帰っていく、明るい魔女達のお店なの。オリビアお姉ちゃんは暗記の語呂合わせを一緒に考えてくれるし、用心棒のストレーナ姐《ねえ》さんはお休みの日にフリマの参考書探しに付き合って値切りも交渉してくれるし、ケビンおじさんのまかない夜食は絶品なの。先生、みんなすごいなの。私にできない事がいっぱいできるわ！」

「そっか。だろうな」

「へっへーなの☆　この私が言うんだから間違いないわっ」

ハタキを手にした踊り子のお姉さんは小さく苦笑していた。そういう褒められ方は慣れていないのか。どういう経緯でこのお店にやってきたのだろう、控え目にお姉さんは囁《ささや》いた。

「ねえヴィオシア。お友達を呼ぶのは良《い》いけど、あの部屋をそのまま見せてしまうの？」

「うげっ⁉　そうなのオリビアお姉ちゃん、お片付け忘れてたなのーっ‼」

バタバタバタ‼　と慌てて急な階段を二階へ駆け上がっていく足音。天井から鳴り響くどったんばったんを聞くだけで分かる、ああこれは長引きそうだと。

そしてヴィオシアの目がなくなると、新たな動きがあった。

「あっ、あの」

おずおずとメレーエが片手を上げていた。あの自信の塊が小動物みたいになっている。

「えと、謝るわ。ワタシ、何も知らずに偏見で見たりして。ど、ドスケベとか叫んだし」

むしろ、踊り子のオリビアはきょとんとしていた。それから軽く腰をひねるとほとんど透けてる短いスカートがふわりと舞う。

「あらスケベはスケベよ？」

「あわーっっっ!!!?!??」

水着みたいなハロウィン衣装くらいは当たり前の世界で一体何を見たのか。顔を真っ赤にしてそのまま後ろに倒れそうになったメレーエを、背中側からドロテアが慌てて支えていた。口に手を当ててくすくす笑っていたオリビアさんは、妙想矢頃《みようそうやごろ》と目が合うと改めて、という感じで頭を下げてきた。それはそれは深々と。意外なほど折り目正しく上品な挙措だ。

「話はいつもあの子から。どうか、ヴィオシアの事をよろしくお願いいたします、先生」

「まあ、そいつが家庭教師の職務じゃね？」

真面目に答えたのに褐色少女からしれっとスネを蹴られた。もっとロマンやムードが欲しかったらしい。ただ下宿先の大家さんがどうしてヴィオシアのためにここまでするのだろう？

「……私達は独学なる魔女なんです」

ぽつりとオリビアは言った。

「この街ではどんな意味を持つか、受験にお詳しい先生はお分かりでは。何度も繰り返す浪人生活に挫折し、でも街から去る事もできない者の集まり。それが『サバトパーティ』です」

ヴィオシアを受け入れたのもそういう流れか。春先、受験に落ちた女の子達が一斉に部屋を探す事とか、自宅から予備校までの距離はこれくらいが限界とか、浪人生の不安や苦労は全部知っていたから放っておけなかった。

世の中には、自分がなくしてしまったものを持っている人を見て、恨みや妬みに近い感情を向ける者だっている。あるいは足を引っ張ってほくそ笑む人間だって。ついこの間も悪名高いサッサフラス・Cfa予備校の暴威にさらされたばかりだ。

だけどオリビアは、このお店にいるみんなはそうじゃなかった。教え子の言う通りだと思う、ここにいるのは素直にすごい人達だ。

「あの子もまた浪人生の街で暮らす魔女の一人。すでに同じ挫折の味は知っているはず」

「ああ……」

「ですがそこから先まで知る必要はありません。どうか先生、あの子をよろしくお願いいたします。私達は叶《かな》えられなかった夢に挑み、その先にある光の中で笑うあの子を見てみたい」

「必ず。さっきも言ったけど、そいつが家庭教師の職務じゃね？」

6

「みんなどうぞ入ってなの―」

ヴィオシアの部屋は狭い。ベッドと机とクローゼットを置くと空間が半分埋まるほどだ。ただそんな中でも女子力を確保している。例えば窓辺の机は三面鏡を置いて化粧台も兼ねているし、端の方に分厚い布を貼ってまな板より大きなスペースを作り炭火式のアイロンを乗せている。お店のお下がりもあるのかもしれない。ここの踊り子お姉さん達は世話焼きっぽいし。

ほんのり甘い匂いがするのは普段お菓子を食べながら勉強しているからか。

部屋全体は狭いなりに清潔感に溢《あふ》れ、すっきりした印象はあるものの、

「ヴィオシアちゃん。きゃあ、く、クローゼットがなんか内側からめりめり膨らんでぇ」

「そこそれ触るのは禁止、ははは！。っ、今開いたら爆発するからほんとやめてなの!!」

馬鹿の言うお片付けなんてそんなものか。

外出着、部屋着、寝間着が何着かあれば満足な家庭教師と違って、クローゼット一つで年頃の少女の衣類が全部収まるとは思えない。ベッドの下に小さな木箱が何個かあるようだ。

「……そ、そっちは下着だから先生あんまり注目しないでなの。めっ」

「ドスケベ家庭教師」

全くいらない所で地雷を踏んだようだ。女の子の部屋って怖い。

メレーエやドロテアがいるため本格的に勉強を見る時間はなさそうだが、せっかく初めて部屋に入ったのだ。勉強できる部屋作りの助言くらいしとくか、と家庭教師の少年は考えた。

お店の騒音があるから夜、部屋で長時間勉強するのは難しい。でもできる事はある。

「ヴィオシア、ベッドの横に単語帳を置け。朝起きたら一個覚える癖をつけちまうんだ」

「ええー？　先生そんなのでほんとに効果があったら今までの私の努力は……」

「一日一個覚えれば一年で三〇〇個以上頭に入るし」

「うっ、そう言われちゃうと……」

「つまり単語帳丸々一冊分以上だ。今はまだ五月前、どうせ始めるなら早い方が得するだろ。受験は勉強時間の外で苦もなくプラスできるかどうかで差がつくし。他に暗記だと、アイロンや水差しなんかのよく使う道具に小さな紙切れを貼るのもあり。知識と思い出がセットになって、単語をエピソードとして保存できる。ただしサイズは付箋……はダメか（書物が高いこっちの世界にゃまだねえし）。親指程度にする事。長々としたハーブや黒ミサの一覧は早見表として作られてるから必ずしも一度に全部覚える暗記に向いてるとは限らねえし、敢《あ》えて書き込めるスペースを小さくする事によって短くまとめる工夫も込みで経験として頭に叩《たた》き込《こ》むんだ」

「うーんなの。ならオリビアお姉ちゃんに頼んで古いリボンをもらって、短く切るとか？」

普通にアリだ。踊り子さん達が働く夜のお店ならロール単位でいくらでもあるだろうし、何より人に言われて丸暗記ではなく自分の頭で考えて解決策を練るのが良《い》い。まあこの勉強法は自分だけの書物を一冊完成させて頭の中身を整理整頓するガードナーよりも、書物の知識と実際の経験を直接結びつけて体で覚えるクロウリー寄りの考え方だけど。

極論を言えばカンニンググッズだって作る『だけ』なら経験という名の勉強になる。ただ周囲のいらない誤解や自分自身の誘惑と戦わないといけなくなるので全然オススメしないが。

「暗記以外の計算問題だと……時間のかかるリラックス系の行動と関連づける、例えば風呂《ふろ》に入りながら鏡に指先で手相や天候操作の計算式を書いて一問解くのも有効じゃね？」

魔女の受験に大仰な伝説の武器なんかいらない。これは身近にあるホウキを好んでモチーフに選ぶところからも明白だ。受験のためなら生活の全部を使う、が勝つための基本である。

「ただ、ハーブならハーブ、読み物なら読み物、まじないならまじない、調合なら調合……。一つの勉強法は一つの分類に統一しておく事。こうすりゃ自分の経験と勉強のジャンルが丸ごと同じ記憶の引き出しに入るから、頭の中でごちゃごちゃになる心配もねえし」

「そういうものなの、先生？」

「実際にやってみりゃ三日で分かるんじゃね？　あと覚える教科が多すぎるとかでどうしても同じ方法使って暗記をしなくちゃならねえ時は、使うリボンの色だけでもジャンルごとに統一しな。これは次点だけど、一応同じ引き出しの中に小さな箱をいくつか入れて文房具や小物を整理する感覚で知識の仕分けはしておけるぜ。妥協にしても効果はきちんと出さねえとな」

と、なんかメレーエが額に手をやっていた。

「……貴殿ワタシ達の前でしゃべっちゃってどうすんの？　それじゃ差がつかないわよ」

「あっ」

へえーそういうものなんだあー、と自分の体に巻いた包帯を指先でいじくりながらメガネのドロテアが無邪気に呟《つぶや》いていた。

7

予想よりも早かった。

真夜中、日付が変わった瞬間だ。爆音が大都市の全域を埋め尽くす。街で暮らす誰もが窓から夜空を見上げると、そこには覆《おお》い被《かぶ》さるようなマレフィキウムの旧給食センターがある。前にキャラウェイ・Cs予備校に魔王アリストテレスが出てきた時とは違って、建物一つではなく街中で同時に鳴り響く。マレフィキウム側の放送部《ジョングルール》が制御する広域一斉サイレンだ。

(いよいよか)

召喚禁域魔法学校マレフィキウム想定・全国一斉模試。

とにかく雑に顔を洗って髪を整え、後は自販機くらいでっかい四角い水槽、HEAハウスに羊皮紙の取説を投げて中の土を羽根ペン大の電動歯ブラシに整えてもらい、おざなりに歯磨きするくらいしか時間はなかった。妙想矢頃《みようそうやごろ》がいつもの長袖セーラーに着替えてキャラウェイ・Cs予備校まで向かうと、すでに多くの受講生が集まっていた。何だかんだ言って、予備校の構造棟より専門的にフォーミュラブルームの調整ができる施設はないのだから当然だ。

誰も彼もがピリピリしていた。

楽観はない。ここに集まっている少女達は、いずれも不合格を突きつけられた浪人生なのだから。予備校生活の一年間、最初の全国一斉模試。結果次第でその後の流れが大きく変わる。人生とは過酷だ。少しでも努力が足りなければ望んでもいない方向へ無慈悲に流されていく事を、全員がすでに身をもって理解させられているのだ。

「あうー。せんせい、おあようごらいみゃす、なの……」

「何で一秒でも長く勉強が基本の受験生がこの時間帯にがっつり寝起きボイスなのかものすごく気になるところだけど、ヴィオシア、とにかくオレ達も最終調整だ。そのフォーミュラブルーム、今回は二人で『開ける』ぞ？」

「うす！　封切りなの!!」

包帯ゾンビ少女のドロテアや空賊少女のメレーエも別の作業台で慌ただしくメンテナンスを進めていた。ホウキの柄を三枚羽のスクリューのように『開いて』中の記述の確認や、時にはこんな土壇場《どたんば》のタイミングで異世界の地球の自分だけの地図に追加書き込みまで行っている。

魔女とフォーミュラブルームは対話しながら最終調整《チューニング》を進めていく。

『ふふう。そこはもっとこう、攻撃的に前のめりな姿勢が望ましいね。半テンポほど気分を上げるとでも言うか、溢《あふ》れるこの気持ちを分かってくれるだろうメレーエ？』

「一個も理解できてないわよセンス馬鹿。まったく音楽家はこれだから……」

一方、だ。

『……、』

えっと、あう、きゃあ、そのう、という困ったような声はドロテアか。

自分の教え子ではない。が、見かねて妙想矢頃《みようそうやごろ》が口を挟んだ。

「何かあるなら遠慮なく言ってくれードロテア。オレが力とコブシを貸すから」

『もっ問題ねえよ仕事は確約!! 何よテメェ二度とこっち近づくな、頼むと要求!!』

ちなみになだめてもすかしても返事がないのがヴィオシアのフォーミュラブルームだ。少女は唇を尖《とが》らせているが、これぱっかりは仕方がない。

別々の作業台のはずなのに、少女達はなんか仲良く話し合っている。

「ええと、煙突じゃなくて窓から飛び立つのかしら、きゃあ」

「イエス!! 黒ミサだと煙突から屋根に出ると家族に見つかる『危険』を避けられるけどなの。それから膏薬《こうやく》はっと……よし決めたわっ、やっぱり安全対策！　ゲンノショウコとセイヨウウツボグサをベースにして高速時の安定性増加なの!!」

「えう。きゃあ」

嬉々《きき》としてホウキのケアをするヴィオシアの陰に隠れてこそこそ自分の体に膏薬《こうやく》を塗っているドロテアは涙目だ。やっぱり見かけの重量を軽減させる膏薬《こうやく》にプライドを削られているらしいが、気づいているだろうか。少しずつだけど、セイヨウキンミズヒキやセイヨウトネリコ、それから自分自身の脂肪まで削って使っている膏薬《こうやく》の量が減ってきている事実に。例のジョギング、地味ではあっても少しずつ効果は出ているらしい。

「メレーエ、アンタの膏薬《こうやく》はアキウコンとクコ……瞬発力増加？」

「垂直離着陸は便利だけど、浮かび上がってから加速をつけるまでが不安定なのよ」

「アンタのホウキは三人組の手で不調にさせられたんだっけ。きちんと間に合わせたのか？」

「ええまあ」

　こちらを見ず、銀髪褐色の少女はカラスの羽根で作ったペンを手の中でくるくる回して、

「フォーミュラブルーム＝マウントパルナソスはその名の通りオルフェウスを中心に据えた魔女術呪器だけど、その最大の特徴は多彩なオプションパーツによる柔軟性にあるの。ハンドル、メーター、可変照明、座席、荷物入れ、その他全部に死後の旅で使う純金板の分散・並列式ダメージサスペンションを仕込んであるわ。つまり傷は三相構造まで達していない。間のクッションの構造の全体バランスを取り戻せば本来通りのスペックなんてすぐに復帰させ……」

（やべ、これ本格的にうるせえーヤツじゃね？）

やたらと追加パーツをゴテゴテ取りつけたホウキを見た時点で気づくべきだった。メレーエはカスタム馬鹿で、しかもしゃべりたがりだ。異世界の地球のデコトラ運転手的な。

　ぱんぱん!!　と正面の教卓でギャル系講師のシャンツェ・ドゥエリングが手を叩《たた》いて全員の注目を集めた。日焼け肌に盛りまくった金髪、ディーラーっぽいベストとタイトスカートに豹《ひょう》

柄《がら》の見せブラや手首のシュシュと、なんかモンブランみたいになってるシャンツェは言う。

「はいみんなチョー聞いて‼　たった今、マレフィキウム側からゼンゼン公式発表がありました。本日二度目の合図と共にパネェ全国一斉模試がマジ始まります。内容は、すでにガチ展開されている旧給食センターへ自力で侵入し、徘徊《はいかい》するリスクを回避しつつランダムに各所へチョー配置された四つの数字をゼンゼン集める事。ガチこれだけでーす☆」

(……リスク、ね。ようは夜の廃墟《はいきょ》で『肝試し』仕様か。怪物絡《かいぶつがら》みとは睨《にら》んでたけど、こりゃ予想よりヤバい話じゃね？　質も量も、自力で倒せるレベルにゃ合わせてくれねえだろうし)

予備校は義務教育ではない。だから真面目に拝聴する少女もいれば作業の手を止めない少女もいたし、金髪褐色のシャンツェ側も何度も同じ事を説明したりはしない。受講生はある意味で不謹慎だけど、義務教育の退屈な授業と違って他を出し抜いて勝つ事に対しては貪欲だ。

「マジ建物の中はゼンゼン迷路状態が進行している上、内部の何が『化けて』人にチョー襲いかかってくるか読めない状況です。また受験生同士で流言や誤情報がガチ飛び交う可能性もあります。楽して数字をチョー聞き出すのはマジ自由ですがあ、しくじってゼンゼン間違ったナンバーを信じた場合、自分の人生丸ごと棒に振るほどバカを見るのはチョー自分だっていうのはマジ忘れずに。正直に探索、いくつか集めて空欄を推測、楽して友達ネットワークに頼る。ゼンゼンここから先はガチ全部含めてあなた達の選択です。みんながんばってぇ‼」

同じ予備校の中でさえ、基本的に受講生はみんなライバルだ。

まして今回は全国一斉模試。予備校や出身地方に関係なく、多くの少女達が一斉に舞台となる旧給食センターへ飛び込んでしのぎを削る事になる。テキトーなデマを流すだけ流して互いの足を引っ張りこそすれ、情報面で協力し合って答えを出す展開はまず期待できない。

メンテナンスも永遠には続かない。

必要もないのに何度も何度も繰り返すのも、それはそれで摩耗や動作不良の原因になる。

「ううー、何でも良《い》いから手を動かした方がマシなのー」

「ヴィオシア。……今回は模試だけど旧給食センターの中に安全基準はねえ。徘徊《はいかい》してるモノはガチで命を獲《と》りに来るし。全部が全部倒せる訳じゃねえし低空高速での飛翔《ひしょう》で振り切る形になる事も多い。壁に衝突も以下略、いつもやってる事を思い出して細心の注意で挑むんだ」

「いつもって、居眠りしたりラクガキしたりなの？」

こいつと受験の常識を共有しようとしたのがそもそもの間違いだったのかもしれない。やる事がなくなってしまうと、自然とフォーミュラブルームを手に魔女の卵達は窓辺に寄った。あるいは銀髪褐色のメレーエは魔女のホウキをぎゅっと握り、あるいは包帯ゾンビ少女のドロテアは集中のためかハチマキっぽくおでこの白い包帯を縛り直している。

みんな次の爆音、サイレンを待っていた。

実際、ヴィオシアではないが間隔が長いのと短いのは、どちらが楽だっただろう？

その時が来た。

大理石と黒曜石の街全体を揺さぶるような人工の轟音《ごうおん》。サイレン。

窓という窓が一斉に開く。

このキャラウェイ・Cs予備校だけの話じゃない。神殿学都の全部の予備校で同時に、だ。中心の湖から扇状に広がり、街に覆《おお》い被《かぶ》さるようにキロ単位で斜めに飛び出している旧給食センターは、普通に歩いて行ける場所ではない。

ホウキにまたがる魔女達が窓の外へと飛び出していく。勝ち気なメレーエはもちろん、いつでもびくびくしていたドロテアまで自分の眼前にある目的だけを見据えて夜空を舞う。

もう、家庭教師にはこれくらいしかしてやれなかった。

「ヴィオシア‼」

「うん、なの！　先生、行ってくるわ‼」

8

どれくらい経《た》っただろう？

妙想矢頃《みようそうやごろ》はキャラウェイ・Cs予備校、構造棟の窓辺から夜空を見上げていた。

扇状で斜めにそびえる巨大な構造物、旧給食センターの窓からは時折光が瞬《またた》いていた。おそらく内部を探索する魔女達が魔法を使っているのだ。

「いつまでチョー窓辺にいるつもりい？　今夜はガチ長くなるわよ。ていうか四つの数字を集めるって、いくら音速以上でゼンゼン飛べるからって、むしろ迷路があんなマジ広いのにたった四つしかないとか地獄じゃなあい？　余裕で一〇キロ単位のチョー潮干狩りモードとか」

「シャンツェ、珍しいんじゃね？　アンタが担当してる受講生の帰りを待ってるだなんて」

「アホ。マジ予備校講師はゼンゼンいざという時のチョー救護要員なの」

つまりギャラの出る仕事の範囲内か。それでもお金が発生すればどんなに危険な状況であっても約束をきっちり守る辺りはシャンツェらしくもあるが。

「今回はゼンゼン模試。マレフィキウムのガチ受験本番はこんなものじゃないんでしょ？」

「そうだけど」

中は今頃どうなっているのやら。元々廃棄された建物の中を徘徊《はいかい》するモノも少なくないはずだし、受験生同士の足の引っ張り合いもありえる。四つの数字を集める。根も葉もないデマが飛び交う事もあれば、それっぽい数字を壁に書き殴る少女も出てくるかもしれない。

命にかかわる場面なのだ。

本人的には些細《ささい》な妨害行為であっても、大きな怪我《けが》に繋《つな》がる展開もないとは言えない。

「ついに始まったのう……」

いつの間にか禿頭《とくとう》で白いひげを山盛りにしたじいさんがいた。

妙想矢頃《みょうそうやごろ》でも気づけなかった。

こちらの世界では知識階級の象徴みたいになってる厚手のローブを纏《まと》ってはいるものの、そもそも男性。魔女達の学校の校長が男というのも不思議な話だが、まあここは予備校だ。まず必要なのは魔法の知識でも優れた技術でもなく、経営力という事か。

そっちよりも、まずは窓の外。

「……代われるものならオレが代わっちまいたいくらいだぜ」

「チョー追加のギャラくれるならね☆」

9

妙想矢頃《みょうそうやごろ》の希望は意外な形で叶《かな》えられる事になる。

もちろん本人はこんな風になっても喜んだりはしないが。

ゴガッッッ!!!!!! と。

いきなり旧給食センターの一角が内側から爆発し、大量の瓦礫《がれき》と炎を炸裂《さくれつ》させたのだ。

元々、街全体へ覆《おお》い被《かぶ》さるようにして、斜めに突き出ていたのだ。そこで大きな爆発があった。人の頭より大きな石の瓦礫《がれき》や鋭いガラスの破片が雨のように街へと降り注ぐ。

地上のあちこちで悲鳴は聞こえたが、切迫した響きはなかった。多分人々は建物の中から見上げていたのだろう。こちら側は夜も稼働《かどう》している繁華街方面ではない。

何かあった。

いくらマレフィキウムでも普通の街並みに被害を及ぼすような事態は良しとしない。明らかにイレギュラーな『事故』だ。思わず窓枠を掴《つか》む金髪少年の両手に力がこもるが、爆発が起きたのははるか上方。歩いて行けるような場所ではない。そうなると、

「シャンツェ!!」

「はいはい、ギャラもらっているんだからゼンゼン中の様子はチョー見てくるわよお」

ギャル系講師は窓辺でフォーミュラブルームにまたがった。

妙想矢頃《みょうそうやごろ》はその後ろに座った。

ギャル系なのに意外なくらい分かりやすく顔を真っ赤にするシャンツェ。

「ちょぶばナニ人様の腰ゼンゼン抱いてんのお⁉」

「早く」

「……マジでムリだわふざけんじゃないわ振り落とすわよガチこの私を抱き寄せて耳元で何かチョー命令するならゼンゼンきちんとギャラ払ってもらえるう?」

「この盛り盛りの髪邪魔だな、どうやっても顔にぶつかる……。何でも良《い》いけど早く動かないと模試関係の偉い人から叱られるのはアンタじゃね、シャンツェ。これ全国規模の模試だからしくじったらキャラウェイ・Cs予備校の校長くらいじゃ穏便に片付けられないだろうし。ほら見ろよ、もうじいさんビビってどこかに消えてるし。役立たず」

「〜〜っっっ⁉　ヴぁーあああああああああああああああああああああ‼‼‼」

窓辺から飛ぶ。

独学なる魔女という事は権威や学歴ではなく腕一本で社会と戦っているという意味でもある。色々言ってるシャンツェだが、飛翔《ひしょう》そのものは危なげなかった。

『わし、男は後ろに乗せたくないんじゃけどなー？』

マーリンだかミルディンだかが駄々をこねていた。シャンツェは呆《あき》れたように、

「こいつゲンとかジンクスとかガチ気にするのよねえ、チョー予言ができるからかも？」

言いながらもシャンツェは基本に従い、斜めにそびえた旧給食センターの屋根を目指す。屋上の広いスペースを滑走路のようにして、十分な減速距離を確保して着陸していった。

二人で足をつけると、妙想矢頃《みょうそうやごろ》は腰の横から警棒を抜いて七〇センチほどに振って伸ばし、

「模試ってどうなってるし？」

「中止の伝書鳩《でんしょばと》はゼンゼン飛んでないしチョーそのままじゃ？　ただ、戦意喪失でへたり込んでる子がいたら回収しないとガチ徘徊《はいかい》してるバケモノに好き放題喰《く》われるばかりだけど」

だとすると美化委員《ベナンダンテイ》や保健委員《ウイツチドクター》も動かない。元々、召喚禁域魔法学校マレフィキウム側は会場を貸しているだけだ。本試験の前に人をふるいにかける訳にもいかないので、下手に介入すると全国一斉模試自体が無効になる。不利益を被《こうむ》るのは多くの受験生側と判断したのか。

高度はすり鉢状の街の一番底、湖から数えて、軽く見積もって三〇〇メートル以上。つまりざっと一〇〇階分程度か。

そんな事実を忘れてしまうほどだった。ここはそれほどまでに揺るぎない。

そして窓から滑り込むようにして廊下へ入ると、もう異変があった。

迷路状態、とは言葉の通りだった。構造がおかしい。壁や天井から銀色の調理台がせり出していたり、二重扉まで使って清潔さを保っているはずの水場と魔女っぽいハーブの花壇や運搬用の馬車を待たせる屋外駐車場がそのまま同居していたり。壁にある階段の表示は文字化けしていた。考えなしに上ったら二階でも三階でもない変な時空にでも飛ばされかねない。

異質な景色に圧倒されるけど、それよりも、だ。

「清掃用具ロッカーじゃね？」

「ゼンゼンりょーかい」

シャンツェはロッカーのドアではなく、その場で屈《かが》んで床に黒檀《こくたん》の柄を持つ魔女のナイフ、アサイミーを突き立てた。月明かりが生み出す刃物の影が不自然に揺らぐ。ギャル系講師はそこを軸に、何種類か乾燥した薬草の葉を撒《ま》いて影を追い立て、収束し、一つに戻していく。

ロッカーを囲んでいた見えない歪《ゆが》みが消えた。

中では誰かがうずくまっていた。見覚えのない女の子だった。薄っぺらな扉を開けてもぶつぶつ呟《つぶや》くだけで反応がない。全身の強張《こわば》りは、外から見ているだけで伝わるほどだった。

「……フォミュ、＝ザ・スカンジナビ……。──────、たすけ……アンテケソール……」

からからと、軽くて硬い音があった。転がるのはドリームキャッチャーに口封じのボトル。いずれも悪い夢やウワサなど目に見えない悪意や呪いを事前に捕まえ、持ち主に届かないよう遮断する護符だ。ただ邪神や妖術師など悪意をばら撒《ま》く脅威自体までは退けられないはず。

（これでシェルターのつもりか。使い方を間違えてる、って自覚くらいはあったんだろうな……。それでもなりふり構っていられなかった。火や水で浄化するか、追儺《ついな》の香《インセンス》でも焚《た》いた方がまだ効果はあったんじゃね？）

「こんなに歯を食いしばって、チョー頑張ったのねえ……」

ギャル系講師は気付け薬の栓を親指で押し上げる。もちろん小瓶の中身は魔女術的な薬なので呪いの眠りや憑依《ひょうい》にも対応済みだ。

「だけど何重にもゼンゼン重ね過ぎよお、これじゃ封印をチョー保つだけで自分の意志がマジ削り取られちゃうわあ」

「……つまり、過剰展開してぶっ倒れちまうほど恐ろしい何かが徘徊《はいかい》している訳だ」

旧給食センター。つまり劇場より大きな業務用キッチンだ。そして調べてみると、清掃用具ロッカーだけではなかった。更衣室、シャワーブース、果ては魔法の氷を詰めて使う銀色の大きな冷蔵庫の中にまで受験生が隠れていた。

誰も彼も、反応らしい反応がなかった。

月明かりのせいで、余計に血の気が失《う》せているように見える。

虚《うつ》ろな瞳でうずくまる魔女の受験生達を見て、独学なる魔女として気ままに人生を謳歌《おうか》するシャンツェ・ドゥエリングは半ば呆《あき》れたような顔で、腰へ片手をやって息を吐いていた。

「こんなここまでガチで怖い目に遭ったら、窓の外にチョー飛び出すって選択肢もゼンゼンあったんじゃあ。マジそれともフォーミュラブルームを誤作動させる『何か』があるとか？」

「単純に、それでも模試を途中で捨てられなかったんじゃね？」

受験は魔女を目指す少女達の中で、特殊な価値観や精神状態が発生しうる環境だ。魔王アリストテレスにサッサフラス・Cfa予備校の三人組。今までだって色々見てきたし。

ガチガチに強張《こわば》っている少女達は、それでもまだ生きている。彼らは遅れてやってきた他の予備校講師達に任せて、妙想矢頃《みょうそうやごろ》は暗闇の奥へ目をやる。

異変のきっかけ、大爆発はどこで起きたのだろう？　そしてそもそも一体何が？

（封印使って隠れても『ここまで』なんだ。表で逃げ遅れていい、いる子がいねえと良《い》いけど……）

ずずん!!　という低い震動があった。息を呑《の》む間にもう一度。

ただの事故ではない。おそらく何かが戦っている。徘徊《はいかい》するモノ同士の共食い程度ならまだしも、魔女の見習いが絡《から》んでいるとなると放置はできない。

「ちょっとガチこれじゃゼンゼン街にもバラバラ降り注ぐわよ、ガラスとか瓦礫《がれき》とかあ」

元々一千人分以上の調理を担当した給食センターだから広いは広い。壁際《かべぎわ》に並ぶ大鍋とかそのままお風呂《ふろ》にできそうなくらいだ。しかも内部は迷路状態で、無秩序に延びている。

それでも圧迫感があった。

不意に感じたのは、透明な分厚い壁でゆっくり押し潰されていくような威圧。

「ひゃっ？」

シャンツェの細い手を摑《つか》み、妙想矢頃《みょうそうやごろ》は近くの調理台の下に潜った。

ずんっ!!　という震動と共に、大理石と黒曜石の硬くて冷たい床が数センチ沈んだ。

足。

何かとてつもなく重たいモノがすぐそこを踏み締め、通り過ぎたのだ。ガリガリという削るような音は床や壁からではない。頭を天井に擦《こす》っているらしい。

四メートル以上の巨体だった。いびつな三つの足で体を左右に振って歩く何かがいた。砕けた窓から入り込む月明かりを照り返しているのは、銀系の鈍い金属光沢だ。

「（チョーなに……あれ？）」

「（しっ）」

金髪少年はシャンツェのアサイミーを借りて調理台の下からそっと差し出し、刃の部分を手鏡のようにして怪物の様子を窺《うかが》う。

　ずんぐり膨らんだ金属の塊。側面いっぱいだった。分厚い唇や歯のついた、いやに生物的な口が開閉していた。ぶしゅバシュと関節から音を立てて噴き出すのは、白い蒸気か。

（にしても、三本足？　歪《ゆが》むにしてもモチーフは一体何なんだ……？？？　五本ならブエル、いっそ腰から下が一本の蛇や魚ならエキドナなりマーメイドなり色々あるんだけどよ。あるいは二本の足に尾も入れて三本扱いなら、それはそれでメジャーな悪魔って言えるかも……）

　じっと過ぎ去るのを待つべきなのに、似合わない金髪の少年に寄り添って分析に入ってしまうのはシャンツェも魔女だからかもしれない。

「（トースター、オーブン……じゃない。ゼンゼンそうよ、マジあれって蒸気の力でチョーお皿を洗ってくれる食器洗浄機なのお？）」

　台所用品。

　魔女狩りの拷問器具はハシゴや歯車、鍛冶の竈《かまど》など工具系の印象が強いが、処刑や生け贄《にえ》だとまた別だ。例えば異世界の地球、日本ではかつて罪人を茹《ゆ》でて殺す刑罰があった。他にもより苦しめるため炎ではなく鉄鍋で焼いたり、死体を塩漬けにしたり。調理器具の逆振りとしては、ヨーロッパには犠牲者が餓えて死ぬまで高所に放置する吊り籠などもあった。

　調理台の裏に見取り図が貼ってあった。いびつな風景だからこそか。もちろん迷路状態の今では何の役にも立たないが、気になる情報がある。セクションが色分けされているのだ。

（一、二、三、四、五、六……。六？　学校系だけど、七つのテリトリーを管理する七不思議ボスでもねえのか。……、いや待った。建物の外も含めれば全部で七って数え方も？）

四メートル大の金属塊……となるとヤツは人間をそのまま丸呑《まるの》みできる。一〇〇度以上の蒸気で満たされた死の独房。追われて捕まったらどうなるかは想像しない方が良さそうだ。

ばしゅプシュと高温の蒸気を閉じ込めたまま、巨体がゆっくりと別の部屋へ消えていくのを確かめてから、シャンツェは胸を撫《な》で下《お》ろす。

「チョーやれやれ……」

（ばかッ!!）

注意する暇もなかった。シャンツェの仕草で長いホウキが物陰から飛び出していた。

少し離れた場所でヤツが立ち止まり、こちらへ振り返る。

目も鼻もついていない。正確にどっちが前でどっちが後ろかなんて誰にもはっきり言えないはずなのに、明確に振り返ったと分かってしまう。『視線』の圧がかち合った、と。

三本足にロックオンされた。

「ひっ」

ぎゅっと、軋《きし》むような音があった。

シャンツェ・ドゥエリングはフォーミュラブルームの柄に繋《つな》がった手綱を強く握って、

「ひぃ、ひひ、ひいいいいいいいいいいいい────────!?」

そして躊躇《ちゆうちよ》なくぶっ飛んでいった。

妙想矢頃《みようそうやごろ》もどこに何人いるか断言できない受講生も全部放り出して。

直線の廊下が五〇〇メートル以上あるので屋内離陸もできなくはない。

『ほっほ、やはり最低カワイイのうシャンツェは。勝ち気ギャルは屈辱涙目が一番似合う』

「うるさいチョー黙れジジィ!!　アンタなんかゼンゼン床に寝かせて一人で逃げてりゃ良かった、イザベル・ゴウディはベッドにホウキを仕込んでサバトへ出かける事で家族から怪しまれる事を阻止して礼拝へ行ったと思わせたってマジ邪悪の頂点絡みの伝説もあったのに！　追加のギャラとかマジ出ないしだめだめガチ絶対正面から戦うとか一〇〇%ムリなんだからあ!!」

「だよなあ、こいつはシャンツェの判断が正しいし」

無言だった。

だらだらと汗を流したまま、ホウキにまたがるシャンツェは右に目をやった。

涼しい顔して妙想矢頃《みようそうやごろ》が併走していた。

「ほらアサイミー、魔女が商売道具を放り出すなよな。大体アンタは……何だ？」

「何だじゃないわよゼンゼン何でチョー高速飛行してるフォーミュラブルームにしれっとついてきてんのよアンタっ、マッハいくつだと思ってる訳？　そっちはマジ二本の足なのにい!!」

まあ一〇キロ単位の迷路と言ってもここは屋内空間だ、足をつけて走れる環境なら空飛ぶ魔女に絶対追い着けないとも限らないのだが。

（……どれだけ魔女の魔法とやらを極めても、まるで『何か』に邪魔でもされているかのように空だけは飛べねぇけど）

「ATU0510a、シンデレラ。数日続く舞踏会のある夜、終わりを告げる鐘が鳴った後、立ち去る少女は王子を含む国の誰にも捕まえられなかった、ってな」

この程度できなければ迷路状態の旧給食センターは探索できない。とにかく構造がメチャクチャなので、横に倒したダストシュートはもちろん、人の背丈より大きな巨大オーブンや白い霜で覆われた冷凍倉庫の中を突き抜けないと通れない場所まである。つまり蠟燭《ろうそく》の火に掌《てのひら》を素早く横切らせるように、熱が伝わるより早く突破できないと死んでしまう。

「それからシャンツェ、アンタ良くやったし」

「何かのマジ皮肉う？」

怪訝《けげん》な顔をしている金髪褐色ギャル系講師だが嘘《うそ》じゃない。シャンツェが逃げ出したあの時、すぐ近くに別の気配があった。おそらく物陰で震えている受験生。そっちに何でも蒸気で茹《ゆ》でちゃう三本足の食器洗浄機（？）を差し向ける訳にはいかないから、あらぬ方向へ叫んで逃げ出したシャンツェは予備校講師としてむしろまぐれ当たりをゲットしている。

確か、彼女のホウキは予言ができたはず。知らぬ間に第六感でも刺激されたのか。

（ただそれだと……）

「ほらシャンツェ、次はそこ左じゃね？」

「きゃああっ⁉」

いきなり横からホウキの先をぐいっと押されたシャンツェが絶叫した。真《ま》っ直《す》ぐな廊下ではなく脇の大きな部屋に逸《そ》れて、危うくその辺の壁に激突しかけて止まる。音速を超える速度を自転車並みの小回りで操るというのだから、やっぱりフォーミュラブルームは破格だ。

「……ッ‼　――――っ⁉」

早速食ってかかろうとしたシャンツェだったが、廊下側の低い震動に息を止める。ばしゅプシュ、という蒸気の音が意外なほど近い。そう、ずっと鬼ごっこをしていれば良い訳ではないのだ。こちらに引きつけてしまった以上、どこかで三本足はやり過ごしておくべき。

一ヶ所に留まっても虱潰《しらみつぶ》しに全室調べられるだけだ。妙想矢頃《みようそうやごろ》は声に出さず、手招きでシャンツェを誘導する。迷路状態が進んでいるので通れる道は廊下の一本道だけとは限らない。

「（……ゼンゼンこっちってナニ？）」

肝試しで怖がる女の子みたいに、シャンツェは妙想矢頃《みようそうやごろ》にすり寄って上着をちょこんと指先で摑《つか》んでいた。おっかなびっくり見ているのは、分厚いガラスの向こう側だ。

ビーカーにフラスコ、カラフルな液体。なんか冷たい実験室みたいな風景が広がっている。

完全に効果は切れているが、ここだけ天井の照明も書物に優しい月光縛札《げっこうばくふだ》っぽい。

「（マレフィキウムの旧給食センターってマジ薬草や錬金まで取り入れてたって事お？）」

そちらに行っても意味はない。横を通り抜けながらも、妙想矢頃《みようそうやごろ》も当たりをつけていた。

さほど怪しい感じはない。本棚を埋め尽くす巻物《スクロール》の群れは栄養関係の資料だろう。床にいくつか大きな布袋があって、開けてみると羊皮紙の便箋がたくさん詰まっている。

「……品質管理とか、新メニューの試食関係の設備ってトコか」

給食と言っても一方的な配給制ではなく生徒の要望はできるだけ叶《かな》えたかったのだろう。それが羊皮紙の便箋、大量のリクエストカードだ。そもそも給食は生徒の経済状況に関係なく健康を保つ制度。今は不気味な廃墟《はいきよ》でも、かつては思いを込めて働いた人達が大勢いたはずだ。

「チョーこっちのはレシピ、かしらあ？」

シャンツェは床に散らばった羊皮紙を踏まないように気をつけているらしい。

妙想矢頃《みようそうやごろ》は書き殴られた文字列にざっと目を通して、

「どれどれ、『犬の舌を煮込んだ汁と狼の爪を混ぜてからあら熱を取り……』」

「ガチ不気味そうな顔しないでよお。チョーただのお料理に使うハーブの別名でしょう？」

セーラー服の金髪少年は思わずギャル系講師を二度見した。

かえってきょとんとしているシャンツェに向けて、

「……意外だぜ。その格好で家庭的っていうか、実は自炊派だったのなシャンツェ。メシなんててっきり自転車の配達か魔女のレシピ使った『合成《インスタント》』に頼り切りだと思ってたのに」

「……マジ人の事ゼンゼンどういう評価してる訳ぇ……？」

ともあれ、魔女術だと色や形が似ていると言って妙な象徴に置き換えたり文面を暗号化している事もある。錬金術の美術品と比べればまだまだマシな方だろうが。

三本足が細々《こまごま》としたラボを調べている間に妙想矢頃《みようそうやごろ》達は再び廊下に出て、奥を目指す。あの調子ならもうこちらは追ってこないだろう。

「……ね、ねえ矢頃《やごろ》。あなたならアレを魔法でチョー倒せる？」

「意味のねえ質問じゃね？　そこの調理台を拳で壊したからって何か状況が変わるのか」

模試の内容だって四つの数字を見つける事だった。つまりアレを倒す事は最初から想定されていない。隠れてやり過ごすか、魔女のホウキの速度で振り切るかが基本。下手に戦ったところで、負けて殺されるのはもちろん勝って消耗したってこっちが損するだけだ。

「自家生産の重圧に負けそうならクイズでもやって頭の処理能力を落としてみたら？　ほらシャンツェ、ATU0510aは？　ヒントはガラスの靴だぜ」

「マジ知らんがな。ゼンゼン私はマレフィキウムの受験とはチョー無縁の独学なる魔女よ」

……流石《さすが》にこれくらいは魔女かどうかに関係ないレベルだと思うし、ついさっき彼は思いっきり答えを言っているのだが、こっちの世界ではどこまでいっても魔法の専門書扱いなのか。

とにかく爆発した場所を調べたい。

ひとまず明確な敵かトラップが出てくるまではゆっくり慎重に歩きで進もう、と妙想矢頃《みようそうやごろ》とシャンツェ・ドゥエリングは決める。敵味方の位置が不明なままだと、高速飛行で振り切った結果物陰で震えている受験生の元に規格外の怪物を誘導しかねないし。

音を立てずに暗い廊下を進む。妙な怪物を頻繁に目撃した。斬撃や火炎関係を扱うのがやっぱり多い。あの一つ一つが前に見た三本足と同格かそれ以上の怪物達。直接目にしなくても、頭上の天井裏をずるずる這《は》いずる音もあった。相手にはしない。強く方針を決めて行動を統一しておかないと場当たり的な衝突を繰り返して削り殺されるだけだ。

「あれ？　ガチこれってえ……」

例の数字を見つけた。異世界の地球にあるドラム缶より大きな金属円筒に足踏み式回転ブレードがついた大型ミキサーの底に羊皮紙が貼ってある。＊＊8＊、ケタは教えてくれるのか。とはいえ、そもそも本物かどうかは断言できない。意地悪な受験生が似たようなメモを捏造《ねつぞう》した可能性もある、足踏み式の大型ミキサーの底というのもどこか悪意的だ。

しばらく歩いた。

極度の緊張のせいで、一歩一歩で自分の体力が物理的に削られるようだった。

廊下の先に何か塊があった。

フォーミュラブルームを摑《つか》んだまま倒れている人影だった。

（あれは……）

「ゼンゼンマジかっ、メレーエ・スパラティブさあん⁉」

よほどの事態だ。カウン『夜と風の空軍《プライベートストリガ》』をまとめる側としてのプライドもあるから、落ちて床に倒れ伏すのは相当の屈辱と感じるはず。たとえまだ実力的に極めていなくても。

珍しく、あのビビりのシャンツェが慌てた様子で駆け寄った。

それがまずかった。生き残るための方針は変えるべきではなかった。

オレンジ色の光があった。それは真横の壁を突き崩し、大きな爆発を膨らませた。

「ごっ⁉」

「シャンツェ‼」

廊下の反対側の壁まで吹っ飛ばされた。

今のは……倒れていたメレーエを庇《かば》った？　引き受けた仕事はきちんとこなす、というのは独学なる魔女シャンツェなりの意地だったのだろうか。

「先生‼」

聞き覚えのある声。砕けた壁の向こうは大きな部屋だ。中もあちこちが黒く焦げ、外壁が大きく破れて夜の風が入り込んでいた。ここが爆発した場所か。ただホウキにまたがって高速で飛び回れるほど広くない。フォーミュラブルームを両手で剣のように握り締め、ヴィオシアがこっちを見ていた。同じ空間で震えているのは包帯ゾンビ少女のドロテアか。メガネがずれるのを防ぎホウキを操るのに集中したいからか、今はおでこの包帯を強く強く縛っている。

そして巨体。

明らかに人間の域に収まらない、莫大《ばくだい》な殺傷力を秘めた何か。

オレンジ色の火の粉が舞っていた。

少女達と向き合う形で、広い部屋の天井に頭を擦《こす》りつける何かがいた。二足歩行、青銅の牛に似た巨体。内側に竈《かまど》でも抱え込んでいるのか、青銅の体はオレンジ色に輝いていた。

(有角神《ホーンドゴッド》っ？　牛って言っても一体何だ、牛の角をつけた女神だとイシスだけど、野郎の胴体は男性っぽいし。牛と男性の神の関連だとディオニュソス辺りの可能性も……)

でも違った。

「気をつけてなの！　あれの本質は炎じゃないわ。メレーエちゃんの話だと『正体』はでっかい圧力鍋で、あのブレス、怖いのは熱じゃなくて圧力で押し潰しにかかるって事なの!!」

「……◎プラス一点、**人を殺す青銅の鍋。そうなると歪《ゆが》んだ迷路で拾った記号はモロクか**」

モロク。

元はフェニキア、セム族の間で信仰されていた農耕神。ただし農業という温和なイメージに反して、豊作と引き換えに六歳以下の子供達を火で熱した青銅像の中に放り込む生《い》け贄《にえ》の儀式を恒久的に要求する性質から、旧約聖書の中では特に強大な悪の一角として数えられる残虐を極めた上位存在でもある。良くも悪くも絶大な力を持った何か、と見るべき。

ただ、立っている世界が丸ごと違う以上、異世界の地球にある神話から得られる情報と状況の対応はひとまず無視して良い。台所用品からの派生で、自律移動して標的を捕らえ、青銅の内部で獲物を肉も骨もなくなるまで煮て殺す危険な殺人鍋。暫定の定義はこの辺りか。

こいつは、元から受験生に敵うようにはできていない。

見つからないのが最善、逃げ切れれば次善、立ち向かった時点で最悪。そういう相手。

(……施設の閉鎖前、事故で職員が大鍋に落ちた事がある、だっけか)

ウワサはウワサだ。そもそも蓋をロックし、内部を密閉して調理するのが前提の圧力鍋だと『事故で落ちる』状況を作れないとは思う。だけど火のない所に煙は立たない。そんなウワサが飛び交うきっかけはあったといったん考えてみた方が良《い》い。

そして迷路と化した廃墟群《はいきよぐん》に巻き込まれ、形を歪《ゆが》めたと。

とはいえ、不幸中の幸いでもあるか。全国一斉模試の内容は四つの数字を集める事だから、モロクとやらを倒して負傷した受験生の安全を緊急確保するだけなら介入にはならない。

(戦ってもこっちが得する事はねえんだが、黙って逃がしてくれる感じじゃねえし)

「……ヴィオシア、そこのそいつを刺激しないように壁に沿ってゆっくり部屋を回って外へ。ドロテア、アンタ自分の足で歩けるか?」

「え、あう。うん、ええと。な、何とか」

「廊下にメレーエとシャンツェが倒れてるし。二人とも、彼女達拾って安全圏まで逃げろ」

「せっ、先生は⁉ なの‼」

「中止の伝書鳩《でんしよばと》は飛んでないらしいから、まだ模試は終わってねえ。ならテスト以外は考えるな。受験に集中するのがアンタの仕事じゃね？」

一歩、砕けた壁を越える。フォーミュラブルームも持たず、妙想矢頃《みょうそうやごろ》の方から踏み込んだ。

四メートルに届く灼熱《しゃくねつ》の青銅像と至近距離で睨《にら》み合《あ》う。

七〇センチの警棒をくるりと回して改めて握り直し、躊躇《ちゅうちょ》なく少年は言った。

「だから、それ以外の些事《さじ》は全部こっちで片付けてやるし」

10

ずん……ッッッ!!!!!! という巨大な震動があった。全長四メートル超。ゴリゴリと天井に頭を擦《こす》りつけ、内側から真っ赤に焼けた青銅の像が改めてこちらへ向き直る。

その口元から火の粉が舞う。

顎、なんて話ではなかった。両開きの扉のように胴体全体が二つに大きく開く。噛《か》みついて犠牲者を胴体に閉じ込める『だけ』ではないだろう。赤。酸素に触れた途端爆発的に膨張したそれが、恐るべき勢いで膨らみ、外界に向けて解き放たれる。

それはもう肉や骨を煮る鍋というよりは、金属を溶かして加工するための竈《かまど》に近いのかもしれない。生き物が浴びればどうなるかは言わずもがなだ。

当たれば即死。妙想矢頃《みょうそうやごろ》は条件を確認し、左右へ細かく移動できるよう靴底で床のコンデイションをさり気なく確認していく。

だから火を見るより明らかな結果が目の前に現れた。

妙想矢頃《みょうそうやごろ》は警棒を軽く振るっただけだった。それだけで凄《すさ》まじい炎が飛び出した。

轟《ごう》ッッッ!!!!!! と。

低い震動があった。

ただし今度は前進のためではない。巨大な牛の青銅像は、たたらを踏んでいた。

見えない爆発を、純粋な火炎が押し返す。

「モロク。テメェの最大の攻撃は内部にある莫大《ばくだい》なエネルギーとそこから作る圧力だぜ。全てを爆発と衝撃波で丸呑《まるの》みにする破壊力は絶大だけど、シンプルな分だけ対抗策も組みやすい」

壁が砕け窓が割れているので、空間自体がまるで横に倒した煙突だ。

「アンタ以上に強く」

ニヤリと好戦的に笑って妙想矢頃《みょうそうやごろ》は呟《つぶや》いた。警棒を握り込み、二度目は叫ぶようにして。

「とことん強大にッ!! 徹底的に大きな力で押し流せば、テメェの攻撃は怖くねえし!!」

爆発があった。一度では済まなかった。モロク側が咆哮《ほうこう》して立て続けの震動が天井にまで亀裂を入れていったが、それでも妙想矢頃《みょうそうやごろ》の体は壊れない。より分厚い衝撃波の壁が、爆発で

撒《ま》き散《ち》らされる不可視の圧力を蹴散らしているからだ。

炎が途切れ、蒸気機関のような嘶《いなな》きがあった。

巨大な青銅像が一気に突進してきたが、妙想矢頃《みようそうやごろ》のすぐ横を突っ切るだけだ。

身長より大きな青銅の鈍器で室内の煙と空気が引き裂かれ、塊のように暴走した。

振り返りざま、少年は横殴りの警棒からさらに巨大な炎の塊をモロクの背中に叩《たた》き込《こ》む。雄《お》叫《たけ》びを上げる青銅像もあらぬ方向へ火炎放射を放ち、振り回すようにして軌道を修正する。

家庭教師の火は、ただの石油や火薬を使ったそれとは違う。銅を焼いているのに炎色反応でその輝きが青っぽく変わったりもしない。

積み上げた業の醜さがそのままダメージとなる。

そういう魔法を整えている。

「なあモロク、これは魔法だぜ。勉強するだけで答えは出せるはずだぞ？」

モロクが火を吹いて手当たり次第に獲物を摑《つか》み体内の竈《かまど》に放り込むのであれば、ヴィオシアやドロテア達を今も狙っているのなら、その醜さこそが恐るべき燃料となって最大威力で青銅像に襲いかかる。やがては金属を溶かして消滅させるほどにまで。

だが警棒を振るって紅蓮《ぐれん》の炎《ほのお》を操りながら、妙想矢頃《みようそうやごろ》はわずかに眉をひそめた。

違和感がある。

（こいつ……？）

「先生ッ!!」

聞こえた少女の叫び声に、思わず家庭教師の男は手を止めていた。

互いの力は拮抗《きっこう》していたのだ。そんな事をしたら倍加する勢いでモロクの爆発が妙想矢頃《みょうそうやごろ》をすり潰していたかもしれない。隙を見せれば超ド級の体当たりが来る恐れもある。

でも、現実にはそうなっていない。

ずずんっ……、という低い震動があった。あちこち黒く焦げたモロクの青銅像が膝を折った音だった。オレンジ色の輝きが失われていく。口元の火の粉も消え入りそうだ。

「……まだ動く。ここに四つの数字はなさそうじゃね？　下手に近づくなよヴィオシア」

「こ、殺さなくてももう大丈夫なの、そこまでしなくても。シャンツェ講師は運び出したし、メレーエちゃんだって目を覚まして自分で起き上がったわ！」

殺す、ときたか。台所用品からの派生で捕まえた人間を高温と圧力で煮て殺す殺人鍋。そもそも命を持っている存在かどうかもはっきりしていないというのに。

（無視してトドメを刺した方が簡単にバカの安全を守れるんだけど……）

「う、ううー、なの……」

「分かった。泣くんじゃねえしヴィオシア！　目的はモロクじゃなくてアンタを守る事だ!!

だからオレを教え子泣かす方に回すんじゃあねえっ、体の張り損か⁉」

「へへー☆　ほんとなの？　これでモロクともお友達になれるの！」

秒で笑顔に戻った。

これが演技じゃなくて全部本音なのだから、やっぱり天然の女の子は怖い。

メレーエは起きたと言っていたが、シャンツェはどうなったのだろう。妙想矢頃《みょうそうやごろ》としても気になるところではあった。なので二人できびすを返し、爆発した大きな部屋の外に向かう。

ぎぎぎぎぎぎ‼　という金属の重く軋《きし》んだ音があった。

「ヴィオシア‼」

とっさに妙想矢頃《みょうそうやごろ》は少女を押し倒して庇《かば》ったが、彼女は別のものを見ていた。ヴィオシアは驚いた目で再び動き出したモロクを眺めていた。

「様子がおかしいなの。さっきまでと違うわ。確かに最初から怖い子だったけど、でも自分で自分を壊しながら無理して起き上がったりしなかったなの。モロクの中で何か起きてるわ！」

天井が大きく膨らんだ。

破けて崩壊した先に、三つの影があった。

赤、青、緑。膨らんだミニスカートとサスペンダーの、カラフルなウェイトレス達。

妙想矢頃《みょうそうやごろ》は思わず呟《つぶや》いていた。

「サッサフラス・Ｃｆａ予備校……」

（何かしらの魔法でモロクを誘導してやがるな）

アーバミニ、ホリブレ、ランパンスの三人はニヤニヤ笑っていた。

「うふふ。別に恨みとかある訳じゃないのよ？」

「ねー？　だって全国一斉模試で色んな予備校が一ヶ所に集まってるんでしょ。だったらワタシ達がやる事って決まってるじゃん。今年の入試なんか捨ててるしい？」

「たっぷりお金を稼いでから合格した方が有意義な生活を送れるもの。有力候補はさらって脅して予備校の合格率を上げる、それがダメなら潰してライバルを減らす。シンプルでしょう？」

モロクは、動けない。

みぢみぢと震えているのは、あるいは何かに抗《あらが》っているのかもしれない。

そんな中、

「ねー？　こいつ使い物にならないからさあ、ちょっとお仕置きっていうか憂《う》さ晴《ば》らしでもしなくちゃ気が済まないよねえ？」

「あらあら。何かしらこれ、何やら出てきたわよ？」

一枚の羊皮紙だった。灼熱《しゃくねつ》の指先でも使ったのか、そこはボロボロの文字が書き殴られていた。それはエリアの迷路状態に引きずられて刻々と形や機能が変わっていくモロクが、ここだけは絶対に歪《ゆが》めたくないと内側に記した本心だったのかもしれない。

例えば異世界の地球のミノタウロスの伝説では、王妃は作り物の牛の中に潜んでいた。

エジプト神話では女神イシスが牛の角をつけて活動していた。

本当に大切なものは、ガワではなく牛の内部にこそ存在する。

だとすると、命を持たない存在であっても関係ない。勇気を込めたラブレターと同じく、決して第三者の手で勝手に明かしてはいけないものなのだ。

ひらひらと、アーバミニはそれを軽く振った。

人と同じ言語が使えるという事は、人と同じ心を持っているという話でもあるのに。

羊皮紙に焼きつけられていた文字列を読み上げてしまった。

無慈悲に。

「もういちど、みんなにおいしいごはんをたべてほしい、だってさ。あっはは‼」

廃棄された給食センター。

おそらくは浴槽に匹敵する、人間を丸ごと詰め込めるほど大きな圧力鍋からの派生。

モロク。確かにそれ自体は恐ろしい存在ではあった。莫大《ばくだい》な高温と圧力で肉も骨もぐずぐずに煮て殺す殺人鍋。この試験会場を徘徊《はいかい》している怪物は、そういう定義で間違いない。

でも、元々はどんな物品だったんだろう？

無慈悲に放棄される前、どういう目的でここにやってきた道具だったんだろう？

魔女の大鍋は時に天候を操作し、時に大勢の食事を作る。

それだけだったはずなのに。

人は無責任だ。食べる人に喜んでもらうために工夫してお人形の形に作ったクッキーも、手足や頭が割れただけで不気味なものとして遠ざけてしまう。モロクはその極致だった可能性もある。

施設の閉鎖間際《まぎわ》に職員が誤って落下し、凄惨な事故を起こしたとウワサされる殺人鍋。

だけど、本当に？

蓋をロックして使う圧力鍋なら、そもそも『事故で落ちる』状況なんか作れないのに。

「馬鹿じゃないのどうでも良《い》いのよ。めそめそ泣いてないで、さっさと動きなさい殺人鍋。ほらほらあなたはもう私達に縛られているんだしイ！」

「ねー？　だってあなたは食べちゃったんだから。罠《わな》だろうが騙《だま》しだろうが、魔女が置いた果物をうっかり食べちゃったんだから！」

（……冥府の物を食べさせて立場を縛る。ギリシャ神話、ざくろ、ペルセフォネ辺りか？）

何かの事故で一時的に冥府へ落ちてしまった存在も、そこにある食べ物を口にする事で所属が変わって帰還する資格を失う。異世界の地球にはそんな法則があったはず。

大鍋。モロクは灼熱《しやくねつ》の青銅像の中に標的を閉じ込めて高温で殺す道具だ。異物または敵対者は噛《か》みついて確認する。食べたら終わりのトラップなんて、相性的には最悪だったはず。

くすくす笑いながら、緑色のランパンスが手にした何かを投げつけた。

「一つでは足りない？　ならおかわりをあげる。ほら、口を開けなさいゴミ箱‼」

べちゃりという汚い音があった。水っぽい何かがモロクに張りついていた。それは腐った果実。何よりも清潔である事を求められる調理器具にとって、どれほどの屈辱なのだろう。

「あげるわ。まだまだ、いくらでも。ぷっ、あはは！　あなたは厳密なルールに縛られているの。想《おも》いとか感情とか曖昧なもので逃れられるなんて思わないでよねぇ‼」

そう、ルールはルールだ。

知らずに食べてしまったモロクの拒絶や抵抗は少しずつ削り取られていく。咆哮《ほうこう》があった。誰にも調理器具として扱ってもらえない金属塊の怨嗟《えんさ》が棄《す》てられた空間に響き渡る。

そんななけなしの矜持《きょうじ》も塗り潰され、埋め尽くされていく。

ぎぎぎ、という軋《きし》んだ音があった。潰れて表面を滴《したた》り落《お》ちたざくろの皮や種が関節に噛《か》んでしまっているのかもしれない。それでもモロク側には抵抗できない。ボロボロと顔から火の粉をこぼしながら、言われるがままに殺人鍋として暴れるしかない。

「ぷっ、おいしいごはん？　何言ってんだか。お前は捨てられたんだ。誰も望んでないんだよ！　ブハハッ‼　バケモノはバケモノらしく、人を殺す事だけ考えていれば良いんだ‼」

「ねー？　ありがた迷惑の極み、こーんな気持ち悪いゴミバコ鍋でぐつぐつ煮た料理なんてゲロ吐きレベルだよ。めいわくっ、ぎゃはは拷問級じゃない⁉」

「うふふ、ダメよゴミを散らかしては。エコじゃない事しているとあちこちの有識者サマから叱られてしまうでしょ。くすくす。腐った生ゴミはきちんとゴミ箱に詰め込みましょう？」

「だめ、待って……」

ヴィオシアがそう呟《つぶや》いていた。

何かを引き止める言動自体、すでにこれから起きる事を予想できていたのかもしれない。

ぎぎぎぎぎぎ、という金属の嫌な軋《きし》みが広がっていく。

不穏に、不気味に。

言葉を話す事のできない存在の、泣き声のように。

「待ってなの!!　モロクに意地悪しないでなの!!!!!!」

「「何でぇー？　バケモノ壊して何が悪いの？？？」」


砕ける音があった。

異物を挟んだまま限界まで金属の関節を駆動させた結果、二足歩行する青銅の牛は内側からバラバラに砕けて、崩れていった。

確かに旧給食センターでいきなり襲ってきた怪物だけど。

命なんて持たない金属の塊だけど。

それでも確かに、もう戦いたくないと言外に告げて必死に抗《あらが》ってくれた、青銅の牛が。

祈り続けて、だけど叶《かな》える方法が分からず、一人ぼっちでさまよい続けてきた何かが。

いとも容易《たやす》く。

バキバキと音を立てて。

二足歩行の牛、その胴体にある扉が派手に歪《ゆが》む。右足が根元から砕け、バランスを崩し、倒れた衝撃で腕が千切れる。二本の角がついた頭部自体、変な角度に曲がっていた。

これは……人間だったら、どう考えても。

「ああああ!!　うわああ!!!???」

ヴィオシアが泣いても、叫んでも、目の前の現実は何も変わってくれない。

無残に破れて転がった金属塊は、動かない。

もういちど、みんなにおいしいごはんをたべてほしい。

生徒達の給食をずっと支え続けてきた調理器具。

想《おも》いはただ踏《ふ》み躙《にじ》られた。

「いひははは!!　ばっかみたい、このガラクタ人も殺せずにあっさり壊れちゃってさあ!!」

「ねー？　らっきーボスキャラ撃破、追加の点とかもらえないのは残念だけどー？」

「ぷっ。ダメよ、そんな神経を逆撫《さかな》でしちゃ。もう泣いているんだし許してあげなさいよ」

ヴィオシアは、当たり前の怒りすらも喪失していた。

ぺたりとその場でへたり込んでいた。ドロテアもメレーエも、かける言葉を失っていた。

哄笑《こうしょう》だけが響く地獄の景色の中で、妙想矢頃《みようそうやごろ》は冷静に思う。

嘆くのは良《い》い。それは極めて人間的な感情だ。だけどまだ現実の脅威は消えていない。だから完全に破壊されてしまったモロクにかまけている場合ではない。一刻も早く教え子を叱咤《しった》し、その頬を叩《たた》いてでも引きずって立たせる。そうしないと彼女まで殺されてしまう。

それは間違ってはいないのだろう。

だけど本当に、正しいとまで言えるのか？

「……だ」

そうして少年は結論づけた。

非効率でも、非現実的でも、一向に構わない。

自分はどんな家庭教師になりたいのだ。

それだけ考えれば答えなんて一択に決まっている。故に彼はもう迷わない。

宣言し、後は自らの意志でもって実行せよ。

「まだだ!!　ヴィオシア、アンタが勝手にモロクを諦めるな!!!!!!」

今日の小テスト3

ようしそれじゃ忘れねえ内に小テストだッ!!

……ッッ!!!?!?

あの、あのう家庭教師の先生さん。ヴィオシアちゃん。きゃあ。こ、こんなタイミングでバッサリ遮断されてもう言葉も出ない感じになっているけどお

これ突破しないと先に進めないヤツだわ、えーとヒント、ヒント、は、全部予備校の中、中、？

問題、人間・妙想《みょうそう》矢頃《やごろ》はどのようにして青銅の殺人鍋モロクを魔法的手段で撃破したのか答えよ。（一問一〇点、合計一〇〇点）

もう慣れてきたか？　それじゃ魔女のセオリー通り、三つの（　）で考えてみようぜ。
太古の頂点は、ケルト神話で扱う（　　　　　　）。火を使って大勢の人を犠牲に捧げる（　　　　　　）だな。まずはこいつを殺傷力確保のために利用するし。

憧憬の頂点は、ATU（　　　　）、白雪姫。継母《ままはは》と娘はどっちも美しいけど、（　）の醜さが人生を分けるって魔法的教訓だぜ。当然、心が（　）ほどダメージ倍率は上がる。

モロクが『手当たり次第に人を捕まえて殺したい』っていう欲を持っていれば（　）威力の（　）が噴き出て丸ごと溶かしていたはずなんだけど、実際にゃそうならなかった。モロクの心はそこまで醜くなかったんじゃね？

ちなみに（　）の頂点は、煙突だ。魔女が黒ミサに出かける時は煙突から（　）に出る。壁や窓が壊れて煙が流れる空間全体を安全な煙突とみなし、モロクの体当たりっていう危険を遠ざけた訳だ。

以上だ。三人とも、何か質問は？

エピソード④ 救え、確かな友達を

1

「え……？」

始めにあったのは、戸惑いの声。

ぺたりとへたり込んだまま、ヴィオシアはこちらを見なかった。ただただ力の抜けた状態で、完全に破壊されたモロクを眺めているだけだった。

だけどまだ、終わらない。

妙想矢頃《みようそうやごろ》はこんな終わり方を決して認めない。そもそも彼は魔女達の家庭教師だ。せっかく魔法が使える世界にいるというのに、一体何を諦めなくてはならない。

春。合否結果を発表する会場で、受験に敗れて立ち尽くす少女を見た。

過酷を極めた現実を前に泣《な》き喚《わめ》くでも当たり散らすでもなく、それでも唇を噛《か》み涙をこらえて前を見て、次の灰色の一年に立ち向かおうとする孤独な女の子を。

だから、この子にしようと決めたのだ。

妙想矢頃《みようそうやごろ》には自分の目的があるけれど。

それ以上に、己にはない真っ直《ます》ぐな子が右も左も分からないまま現実に押し潰されて折れてしまうなんて耐えられないと自分自身がそう感じたから。

「ひはは‼ ガラクタ相手にナニ熱くなってんの？ ここまで完璧に壊れちゃったモロクをどう助けるって？ 笑わせるんじゃないわよ‼‼‼」

「それじゃね？」

アーバミニの哄笑《こうしよう》に、しかしパチンと金髪の少年は指を鳴らした。

目を背けるな。耳障《みみざわ》りという理由だけで情報を遮断しても窮地は脱せない。

むしろ、悪意も嘲笑も使えるものはありがたく頂戴しろ。そして一撃でひっくり返せ。

魔女の魔法があれば何でもできると示してやれ。

「壊れちゃ、った。モロクは本質的に二足歩行の青銅像だぜ、つまり体を派手に砕いたって死ぬ訳じゃあねえんだ。壊れた部品は具体的にどれとどれだ？ 中を開けて原因を特定し、部品を直すなり交換するなりすればきちんと再び動き出すし‼」

「っ。だ、だからナニ？」

「ね、ねー？ ざくろの粒を食べたモロクはこっちの制御下にあるの忘れてないでしょうね」

「うふふ。直ったら直ったでこっちの手駒が増えるだけよ、別に私達は困らない。無様なモロクには何百回でも何千回でも自殺させてあげるわあ!!」

「だから、それじゃね?」

繰り返される同じ回答に、さしものアーバミニ達も面食らったようだった。

今度こそ、心当たりがないらしい。

「冥府の果実を食べちまった者は、死者の世界に縛られて帰れなくなる。確かにこれは間違いねえんだろうな。オレ達普通の人間なら」

ニヤリと笑って妙想矢《みようそうや》頃《ごろ》はこう続けた。

「だけどモロクは本質的に二足歩行の青銅像って言ったはずだぜ。特殊な果物を食べた? 食べるって何だ、箱や鍋に物を入れる行為を食事って呼ぶのか? 金属でできたモロクは胃や腸で吸収する食事なんかしねえ!! 青銅の像にそんな事できる訳がねえし!!!!!!」

人と違う事は、必ずしもマイナスになるとは限らない。

それを個性と認める事さえできれば、そこから開ける道だってある。

つまり、青銅のモロクでなければ助けられなかった。普通の人なら普通に死んでいた。

それは間違いなく。

拍手と共に迎え入れるべき、そして何があってもがむしゃらに活用するべき恩恵だ!!

「諦めるな」

つまり、まだ助けられる。悲劇を押し返すチャンスはある。

一筋の光、一本の細い糸は残っている。

壊れた部品を交換して隙間に潜ったざくろの異物を排除すれば、今度の今度こそ。

「アンタはそいつの友達になるんだろ、ヴィオシア！」

いちいち確認するのも鬱陶しい。

疑問はいらない。ここはもうこちらで断定してしまって良い。

必要な知識を詰め込むのが家庭教師の仕事だ。それは分かっている。だけどもっとそれ以前に、教え子が迷った時、進むべき道を示してやりたいと己の胸で誓うのならば!!

「生きているかどうかなんて関係ねえ、最初から命を持たない無機物であっても構わねえ。それでも踏《ふ》み躙《にじ》られちゃあ困るものがそいつの胸の中には確かにあるって自分で信じたんだろうが、ヴィオシア！　だったら簡単に終わらせんな。友達の可能性をテメェで勝手に見限るとか何様のつもりだ。自分でこれと決めた友達をアンタの都合で一瞬でも諦めるんじゃあねえ!!」

歯《は》噛《が》みする音があった。

赤いウェイトレス服のアーバミニだ。

「青銅だから、壊れても平気？　ざくろの呪いも完全じゃない？　そ、そんな暴論が……」

「オレが魔女の卵に教えている魔法は、安物なんかじゃねえし。いいか、魔女が扱う魔法は何かを諦めるために学ぶものじゃあない。そもそもあらゆる不可能を可能にする方法を勉強するために神殿学都までやってきたんだろうが、そのための召喚禁域魔法学校マレフィキウムだろうが⁉　だったら持てる力を全部使えよ。ヴィオシア、アンタはどんな魔女になるのを目指しているんだ？　さっさと諦めて目の前の問題を全部器用に迂回《うかい》して、すぐそこで困ってる誰も彼も見捨てて見殺しにして、自分一人だけへらへら笑って楽して生きるためにお洒落《しゃれ》でクレバーな魔法を学びたいっていうのか‼　ふざけんなア‼‼‼」

ガンッ‼　という鈍い音があった。

呼応が、確かにあった。

ヴィオシアは俯《うつむ》いたままだけど、それでも震える足を動かしてもう一度立ち上がっていく。フォーミュラブルームの先端で床を突き、杖《つえ》のように自分の体を支えて。

その顔を、上げる。

本当に守るべきものを見据えた時、少女はポンコツである事をやめる。

「……先生。もしも、それが本当なら。まだモロクを助けてあげる事ができるっていうんだったら、私ももう迷わないの。ううん、先生にダメって言われてもやってやるわ」

「私達に、勝つつもり？　馬鹿にするんじゃないわよ赤点魔女が‼　今回の模試だってモロクにかまけているばっかりでどうせまともな点数取れていないんでしょ。妨害も招待もリストに載らない赤点ごときが、随分と大きな口をきいてくれるじゃない‼」

アーバミニが顔を真っ赤にして叫んだが、妙想矢頃《みようそうやごろ》は首を横に振っただけだった。

魔女の魔法はそういうものではないのだ。

人の体に魔力なんて便利な力はない。手元にあるのは意志だけ。つまり生まれた時から並外れた天才であるとか、必要な能力は女神が全部与えてくれるとか、そんなイージーモードのシード権で一発合格できるほど魔女の受験は甘くない。

さらに究極的に言えば、魔女術はテストの点数『だけ』で振り回せるほど安くもない。

むしろ必要なのは、

（……『状況』）

別に魔法に限った話ではない。例えばガーデニングや暗算の検定に受かったとして、全ての人がいつまでもその技術を完璧に覚えていられるだろうか？　受験期間という特別な『状況』だったからこそあれだけの詰め込みができたのでは。

プロはその『状況』をずっと保つし、自分を磨くために日々の鍛錬も惜しまない。

そして感情的な話によって、ふとした瞬間にそうした『状況』に跳ね上がる子もいる。例えば楽しいゲームの時、困っている友達を助けたい時、そんな風にしか出てこなくても。

凡人の何が悪い。

それ以下の実力しかなくても、受験に挑む気概さえ、その強い意志さえそこにあれば。

ホウキ側が要求するレベルは全国模試の推奨判定にして^{3}S判定。

だったらどうした？

魔女の魔法、魔女術が本当の本当に足し算引き算の理屈『だけ』で語れるだなんて思い上がるな。人に夢を与える手段というのはそもそもそんなに簡単じゃない。

今ならまだ助けられるかもしれない、といったドロテアの時はどこか甘えがあった。たとえ自分が失敗しても身近な家庭教師が何とかしてくれると。だけどももう余裕などない。この瞬間自分が動かないとどうやっても友達を拾えない、とまで極まった今の『状況』ならば。

魔女は起爆剤たる欲を否定しない。

そして何があってもこの手で掴《つか》み取《と》るという状況こそが、欲を制御下に置く最大の材料だ。

一流の魔女を目指す全員が生まれた時から飛び抜けた天才だなんて事は絶対に言わない。だけど自分のスペックを飛び越えて、天才になれる瞬間くらいは誰にでもある。

少女の意志があれば、実際にできる。

(……まったく、これをずっとキープしてもらえるとありがてえんだけど)

「モロク。もう大丈夫なの、あなたの祈りは誰にも踏《ふ》み躙《にじ》らせない。笑わせない。馬鹿になんかさせないわ。……そしてお願い、私のホウキ。改めてそう言える力を私に貸してなの」

ふらりと、誰かが妙想矢頃《みようそうやごろ》を後ろから追い抜いた。傷つきながらももう一度立ち上がったメレーエ・スパラティブだった。

びくびくと震えながらも、決してフォーミュラブルームを手放さなかった少女がいた。ドロテア・ロックプール。二人は並び立つと、互いの小さな拳をぶつけ合っていた。受験には関係ない。心血を注いだって一点も増えない。それでも一向に構わない、そんな顔つきだった。

いや、妙想矢頃《みょうそうや ごろ》も同じ顔をしているかもしれなかった。

ヴィオシアは顔を上げて叫ぶ。

ここで迷わずこう言える彼女を一人きりにはさせない。

だから、皆がついてくる。


「フォーミュラブルーム＝ヴィッテンベルク‼　私のやる事を手伝えなのおッ‼‼‼」


ブゥン‼　と漆黒のホウキが唸《うな》り、柄の表面に黄金の光が滑った。

ついに、謎めいてずっと無言を貫いてきたメフィストフェレスまで呼応した。

想《おも》いを守れ。人間もそれ以外も、生命なんかなくたって。

魔女よ、あらゆるモノと繋《つな》がる威圧の魔法でもって目の前で苦しむ友を救い出せ、と。

2

下手な馬車より大きな金属製のタンクがたくさん並んでいる部屋だった。

本来ならシチューやお粥《かゆ》などを一度に何百人分と作る場所だったのかもしれない。

空間の広さはテニスコートより大きい程度。天井が破れているため高さに広がりはあるものの、ここを魔女のホウキで飛び回るのは難しいだろう。

と、思うのは普通の魔女の話だ。

ぐんっ!! と助走もなくいきなり真上に跳ね上がったのはチョコパフェ系空賊少女のメレーエ。彼女は『夜と風の空軍《プライベートストリガ》』のみんなに伝えたい尖り切った技術として、例外的に助走抜きで飛べる垂直離着陸をモノにしていたはずだ。

そして一人が飛べるなら、

「捕まって!!」

手を伸ばし、掴《つか》み、ドロテアとヴィオシアが数珠繋《じゅずつな》ぎになる。そのままメレーエは自分のホウキを前に押し出し、加速をつける。高い飛び込み台から飛び立つのと同じだ。空中で切り離してしまえば地面すれすれを低空で飛んでの助走はいらない。

ヴィオシアとドロテアもまたホウキで宙を舞う。瞬間的に音速を超える勢いで自転車並みの小回りを利《き》かせるのがフォーミュラブルームだ。

「七つの音を九つに変え、ここに世界を陶酔させよ、オルフェウス!!」

『了解したよお嬢ちゃん。やはり一番の音色は人助けだな、やりたい事が明確で大変結構!』

メレーエが空いた左手の指先で笛のような隙間を作りつつ叫ぶと、手押しポンプの井戸が破裂した。中から弾けた水が重力を無視してねじれ、複数の槍《やり》となり、三人の中でもアーバミニを集中的に狙う格好で射出されていく。

割り込んだのは青のホリブレと緑のランパンスだ。

「アーバミニそのまま！　私とホリブレで迎撃するわ、挑発に乗って飛ぶ必要ない‼」

「ねー？　攻撃魔法の扱いでアタシ達に勝てると思ってるう？　考えなしに放った一撃に恐怖は乗らない。そんな水の槍《やり》、逆に吹っ飛ばして反動で転がしてあげちゃうよぉ‼」

だがそちらは本命ではない。

続く声が別にあった。

「じ、邪悪の頂点では糸の結び目に風の力を蓄え、これを解く事で自在に解放する。きゃあ。一つ目で微風《そよかぜ》、二つ目で突風、三つ目で大嵐‼」

レアチーズケーキ系包帯ゾンビ少女のドロテアが叫んで指先で包帯に触れると、澱《よど》んだ空気に意志が通った。巨大な球体、不可視の鈍器が別の角度から前に出たホリブレを狙う。

簡単に言っているが、ドロテアは嵐呼びという一つの結果を生み出すために三つもの魔法を重ねがけしている。普通の魔女なら目眩《めまい》がしてもおかしくないが、彼女は違う。

受験の足掻《あが》きは、どんなものであっても己の力となる。

例えば自分で決めて一人で続けてきた、地道な食生活、ジョギング、暗記であっても。

不貞腐《ふてくさ》れたような声があった。フォーミュラブルーム＝リュケイオンからだ。

『……チッ。馬鹿か、無駄にビクビクしてんなよ。やればできんじゃねえかと評価を修正』

ドロテアは最初驚いた顔をしてから、小さく笑う。改めて、自分のホウキを強く摑《つか》み直《なお》す。

そうしている間にも事態は進行していた。

「ホリブレ下がって‼ アーバミニまだ⁉」

「あと、ちょっと……‼」

赤、青、緑。それぞれカラフルなウェイトレス衣装っぽい三人の少女達の声に焦《あせ》りが見え始めていた。そしてそこへ被《かぶ》せるように、さらなる一手。

ぎぎぎぎぎ、と青銅が軋《きし》んだ音を立てた。

「モロク⁉ 無理しちゃダメなの、私がサポートするからお願い壊れないで‼」

空中にいるパンプキンタルト系魔女のヴィオシアがお腹《なか》の真ん中に力を込めて叫ぶ。砕けて崩れ落ちたまま、それでも青銅像の胴が大きく開いた。地べたからの閃光。炎と熱と衝撃波が一瞬で膨張する。アーバミニ、ホリブレ、ランパンス。別々の方向へ逃げようとする三人をまとめて呑《の》み込《こ》む格好で、オレンジの火の粉を含む巨大な爆発が巻き起こる。

もうもうと立ち込める粉塵《ふんじん》。

天井からぱらぱらと細かい欠片《かけら》が降ってくるのが分かる。ただ飛び回るだけでも事故の危険がある状況だ。ヴィオシア達三人は床にいったん着陸していく。

包帯メガネ少女のドロテアはおどおどしながら両手でホウキを掴《つか》み直《なお》して、

「は、はんげきは、こない？ かしら。きゃあ」

「あの子達は三人で一個の大きな魔法を作っていたわ。誰か一人でも行動不能にできていれば、魔法は使えなくなるはずなの！」

そして妙想矢頃《みょうそうやごろ》はとっさに叫んだ。

「いいや、気を抜くんじゃあねぇ!!」

轟《ごう》!! という空気を抉《えぐ》る太い音があった。

全て、内側から吹き散らされた。ギザギザの金属や巨大な石が散らばり、ヴィオシア達は慌てて頭を低くしていた。そうでもしなければ瓦礫《がれき》が直撃していたはずだ。

「ひどいなあ。こっちに秘策がなかったらフツーに大怪我《おおけが》してたんじゃない？」

そして後には何事もなかったように立つ三人の魔女。アーバミニ、ホリブレ、ランパンスの三人は各々《おのおの》フォーミュラブルームを掲げ、その先端を絡《から》めて、くすくすと笑い合っていた。

ゆらりと、蠢《うごめ》く。

三つ編みエビフライ、ツインテール、ポニーテール。魔女達の髪が体の動きに合わせて左右に揺れる。そういえば、黒ミサを扱う邪悪の頂点では魔女の長い髪にも特別な意味を見出していたか。

目《め》を剝《む》いたのは両手でホウキを摑むメレーエだった。

「冗談でしょ……。あれだけやって、傷一つない!?」

べりり、と何か剝がす音があった。フォーミュラブルームの柄に貼られた呪符の一種か。

そして重なり合うように、三人のホウキから次々と言葉が洩《も》れ出《で》た。

『形なき者が第一の宣言をします。

あなたは、「憧憬の頂点」以外に気をつける必要はありません』

『形なき者が第二の宣言をします。

あなたは、この世界の誰にも倒されません。女が生み落とした存在には』

『形なき者が第三の宣言をします。

あなたは、「旧給食センター」が街の外の丘まで動き出さない限り失敗はしません』

「あはは。間に合った、間に合った。私はちゃあーんと間に合った……」

三日月のように裂けるアーバミニの笑み。

「あらゆるものは、私達に傷をつける事などできない。じゃあもうそっちは勝ち目とかねえから!!　後は一方的に嬲《なぶ》り殺《ごろ》しだしい!!!!!!」

(……マクベスを惑わす魔女達？　幻影の口を借りた方の予言のアレンジじゃね!?)

複数の条件を重ね合わせる事で保護対象を無傷化させる必勝の呪い。ただし演劇の中では嘘《うそ》を言わずに主人公マクベスを信頼させ、罠《わな》にかけて破滅させるための材料として使われたはずだ。それをわざわざ自分自身に重ねがけしていくだなんて、命知らずにもほどがある。

場の流れを無視した声があった。

「ねー？　ランパンスちゃん膏薬《こうやく》貸してぇ」

「まったく。ほらホリブレ、身だしなみグッズくらい肌身離さず持っていなさいよ女の子」

妙想矢頃《みょうそうやごろ》はわずかな匂いを嗅ぎ取った。

(膏薬《こうやく》の中身はセイヨウハシリドコロにルリシチャ、他にも色々……。つまり魔女の膏薬《こうやく》は徹底して加速増加か、広いっつっても屋内会場で。……やっぱりこいつら、体への負担なんか考えてもねえ。もはや最高速度で壁に激突しても構わねえっていうのか！)

縦に横に、さらにメレーエは立て続けに水の槍《やり》を叩《たた》き込《こ》んでいくが、アーバミニ達は避ける素振りすら見せない。ゆらりと立っているだけで、超高水圧の武器は細かい水飛沫《みずしぶき》となって消えていく。直撃はしているのだ。だが傷はつかず、仰《の》け反《ぞ》りもせず、眉すら動かない。

「正攻法の力業じゃダメ!!　何か、根本的に魔法の仕組みをひっくり返す必要があるわ！」

「……お上品な予備校最強魔女め。そんなチャンス与えると思う？」

アーバミニが笑って、くるりとフォーミュラブルームを片手で回した。

自然と、あのヴィオシアでさえホウキを手にして身構えた。向こうから光や闇など大技の攻撃魔法が飛んでくると思ったのかもしれない。だけどそれではまだまだ考えが甘い。

相手は何をやっても負けない、無傷でいられる『状況』を獲得したのだ。

「ヴィオシア、メレーエ、ドロテア。三人がかりで青銅のモロクを引きずって動かせるか」

「っ？　先生っ」

「まだ攻撃が来る前から撤退決定だなんて、ワタシ達の実力を何だと……」

「×引っかけ問題注意。何をやっても傷がつかねえっていうのは、そんな次元の問題じゃねえ×!!」

　くすくすという笑みがあった。

　そのままアーバミニが告げた。

「さあ、フォーミュラブルーム＝グラミス……」

　それは、あらゆる身体的ダメージを除外できる呪い。

　つまりどれだけハイリスクな裏技であっても、アーバミニ達は躊躇《ちゅうちょ》なく実行できる。

　だからこうなった。己の危険を一切顧みず。

「魔王マクベスを惑わす魔女達！　さっさと私のカラダなんか乗っ取っちゃいなよお!!」

　巨大で分厚い爆発があり、一瞬で勝負の流れが派手に傾いた。

3

ばき、ぱき、ぱき、ぽき、と。

景色そのものの軋《きし》む音があった。立ち込める粉塵《ふんじん》の壁が幾重にも重なっているせいで見えづらいが、あちこちの床や壁に亀裂が走っているはずだ。

ヴィオシアには為《な》す術《すべ》もなかった。ドロテアは足がすくんでいたし、メレーエだって具体的な対抗策を形にする前に巻き込まれていたはずだ。

三人の無傷化は、ノーリスクで魔王《フォーラント》を取り込んで振り回すための下拵《したごしら》えに過ぎなかった。

ドロテアが魔王アリストテレスに振り回されて暴走した時を思い出せ。予備校の講師陣どころか、マレフィキウムの美化委員《ベナンダンティ》が束になっても勝てなかった化け物を。

現実に暴走は起きている。それでも構わず己の体を振り回せる怪物がいるとしたら？

だから、ヴィオシア達が命を拾った理由は他にあった。

起き上がる事もできないまま、煤《すす》と埃《ほこり》まみれでヴィオシアが叫んでいた。

「モロク、なの……ッ⁉」

ぎぎぎみぢみぢみぢ、と青銅の関節が低い悲鳴を上げていた。

あちこち砕けて、バラバラで。

それでも無数の糸みたいなもので繋《つな》がった関節同士を無理矢理動かし、倒れた少女達を庇《かば》う形で這《は》いずってでも前に出たのは、殺人鍋と罵られ多くの受験生に怖がられたモロクだった。

しかし、完璧ではない。

ガラクタの塊と化した巨体が揺らぐ。こちらに崩れてきかねないくらい危なっかしい。

「きひひ、きひ、いひひ」

赤い三つ編みエビフライのアーバミニがゆらりとこちらに迫る。蛇に似た縦長の瞳孔を持つその瞳は紅蓮《ぐれん》に輝いているが、かつてのドロテアの時とはどこか違う。

ホリブレとランパンスが魔法的に支えているのもあるだろう。

アーバミニは不安定に笑いながらも、まだ『自分』というものを保っていた。

人間の方が、魔王《フォーラント》を踏みつけていた。

「あーあーあーあー!! どこから、誰から、ボッコボコにするう? こっちは死のリスクすら捨て去ってどんな大規模魔法でも雑に扱えるのよ。魔王《フォーラント》、暴走、だから何!? あっはっは、い、いいい、それでも傷はつかない。ノーリスクで暴れ回って全員すり潰してやるわあ!!」

魔法的リスクの打ち消し。魔王《フォーラント》の暴走すら己の暴虐の小道具に変えてしまう。

こういう時、一番冷静なのはメレーエだった。

「……いったん後ろに下がるわよ」

「でも、だって。そうだっ、先生がいれば何とかしてくれるなの……」

「ワタシ達二人はともかく、今のままじゃ恐怖でドロテアが保たない！　それにワタシ達全員の不足を勝手に全部背負ってくれてるモロクも‼」

バギンッ‼　という金属の割れる音が響き渡った。

真正面からだった。いつの間にか青銅の山となったモロクの至近まで踏み込んだアーバミニの細い腕が、灼熱《しゃくねつ》の竈《かまど》を丸ごと収めたはずのガラクタの体内へ容赦なく突っ込まれたのだ。

中身をかき回され、そして引きずり出される。

おそらく効率良く空気を送り込む『ふいご』のようなものなのだろう、それは灼熱《しゃくねつ》の銅管だった。アーバミニは素手でそれを握っていて、痛みらしい痛みが顔に浮かぶ事もなかった。

かえって、ヴィオシアの方が両手で顔を覆って悲痛な叫びを発していた。

「うああっ、モロク‼　なの⁉」

撃破の恐慌《きょうこう》が、ぶり返した。

「なぁーんだ、ハズレのパーツか。邪魔よゴミバコ鍋」

オレンジの光が横に薙《な》いだ。ドロテアとメレーエが同時にヴィオシアに飛びついて押し倒し、そして巨大な青銅の塊がまとめて壁まで吹っ飛ばされていく。

血が滲《にじ》むほど唇を噛《か》んで、しかしメレーエは冷徹に最適な決断を下す。

「逃げるわよッッ‼‼‼」

彼女の垂直離着陸を利用すれば、超低空の助走なしで離陸ができる。

ドン!! と、メレーエとドロテアが同時に飛ぶ。ヴィオシアは空賊少女に引っ張り上げられるがままだった。彼女は何度も後ろを振り返り、取り残されるモロクの名を叫んでいた。

(くっ……!! それにしても!)

メレーエは歯嚙《はが》みする。地面すれすれの低空飛行だと自ら圧縮した空気が下から突き上げるため、バランス保持が難しくなる。さらに頭上が天井で覆われると普段とは感覚が全く違う。まるで橋の下に潜ってずっと低空飛行しているようだ。

と、

「メレーエさん、こ、こっち! きゃあ。手を繋《つな》いで!!」

普段おどおどしているドロテア側から強い声があった。思わず従ってしまった途端、ぐんっ、とメレーエ側のフォーミュラブルームまで太い安定感を得る。

「貴殿、それ……?」

「あ、あの。どうも私は高い所を素早く飛ぶのが苦手みたいでぇ。きゃあ。大空より地面と相性が良《い》いのって、ジョギングばっかりしていたせいかしら?」

逆だ。それは苦手な短所ではなく自分で獲得した長所と呼ぶべきだ。

フォーミュラブルームは元々大空を突っ切って飛ぶための乗り物。低空高速なんてアクロバットを自然にこなしているドロテアの方が圧倒的な『武器』を持っていると言って良い。

「それにしても、きゃあ。さ、三人一緒だとやっぱり違うね」

「ええ。一人はワタシの後ろでお荷物状態だけど」

「あっちの三人は、わ、私達よりずっと早くこれに気づいてた。きゃあ。やっぱり頭の出来は良《い》いはずなんだよ。なのにどうして」

人を傷つける事にしか使えないのか。そんな事を言いたかったのかもしれない。

高速で逃げながらも、まだ頭が回るメレーエとドロテアは拙いなりに作戦会議を行う。

「……マクベスを惑わす魔女達、それも幻影の口を借りた予言をモノにしているんだとしたら最悪よ。基本的に『何があっても保護対象は絶対に負けない』って呪いなんだから」

「で、でもマクベスの物語は悲劇だったはずだよう。必ずどこかに落とし穴があるはず」

「この中に、帝王切開で生まれた人はいる？」

「そうか、きゃあ、その話があった」

「卵から生まれてきたでも、試験管で作られたでも良《い》いけど。女が両足の間から『生み落とした』存在以外に負ける事はない、だから特別な方法で取り出された子には勝てない。これがマクベスの大オチよ。つまり条件に合う人間がいなければあの三人は打倒できない!!」

破壊音があった。向こうはマクベスを惑わす魔女達の予言によって無傷化しているのだ。だからメレーエ達と違って、飛ぶ事に繊細な調整などしない。時に壁や天井にがつがつ体をぶつけ、時にそれらを体当たりでぶち抜きながら、力任せにこちらを追ってくる。

「あはは!! 逃げろ、もっと速く飛んでよ。一発当たれば悲惨な事になっちゃうわよ!!」

金属のひしゃげる音がいくつも連続した。

びくりとヴィオシアの背筋が震えた直後、逃げるメレーエ達を狙い撃とうとして何かが高速で飛んできた。それは潰れた三本足の食器洗浄機であり、内側から引き裂かれた食材運搬ワゴンだった。その一つ一つが多くの受験生を戦意喪失に追い込んだ怪物達であり、モロクと同じく様々な思いと共に、棄《す》てられた旧給食センターをさまよっていたモノのはずだった。

背中に突き刺さるような哄笑《こうしょう》があった。驚くほど近い。立ち尽くして暴虐を働くのではなく、ホウキに乗ってこちらを追いながら手当たり次第に摑《つか》んで毟《むし》って投げつけてきている。あんなの普通にやったら接触した瞬間に魔女の腕の方が千切れそうなものなのに。

「あははハハハははははははははははははははははははははハハハハはははははははははは‼」

「何で……何で、あんな事ができるなのよ」

ヴィオシアは呆然《ぼうぜん》としていた。目の前の現実をきちんと認識できていないようだった。

ぎゅっと握り締めているのは、飛び散った青銅の欠片《かけら》の一つか。

「モロクはでっかいお鍋なの、みんなに美味《おい》しいご飯を食べてほしいだけだったわ。他の子達だって、きっと棄《す》てられた施設の中で自分の居場所が欲しくて歩き回っていただけなの。それを、どうして、あんな笑いながら手当たり次第に……」

「ヴィオシア‼　ワタシ達があの三人を止めない限り、暴虐はいつまでも続くのよ。いつまで『信じられない』で固まっているつもり？　それじゃ貴殿はただモロクを見捨てて自分の中に逃げ込んでいるだけだわ‼」

　ハッとヴィオシアが顔を上げた。もう一度自分のフォーミュラブルームを摑《つか》み直《なお》す。すでに速度は出ているのだから、そっとメレーエから離れるだけで飛べる。

　モロクを助けると決めたのは自分自身だ。だったらヴィオシアも途中で投げられない。

「どこでUターンするの⁉　このままにはしておけないわ‼」

「だからマクベスを惑わす魔女達の魔法を根本的に何とかしないと……」

「そっ、そこの吹き抜け広場。きゃあ！　時計回りに回れば来た道を引き返せるよ‼」

「ええい‼　復活したらしたで面倒臭いわねこのポンコツ魔女‼」

　文句を言いながらメレーエもついてくる。円筒形の広い空間、その壁になぞってぐるんと回り、ヴィオシア達は再び長い直線の廊下を引き返していく。

「どうすんの。向こうは何をやってもノーリスク、魔王《フォーラント》の力まで自在に振り回す化け物達よ！」

「何かあるなの‼　私達が扱うのは受験がこんなに大変な魔女の魔法、魔女術なの。理屈もなく本当にただ無傷化するだけの便利な超常現象なんて使えないわ、絶対どこかに穴があるなの。まだ見えていないなら情報が足りないだけなの。当たって砕けてでも手に入れれば！」

　廊下の先にアーバミニが見えた。ホリブレとランパンスも。ホウキにまたがり、正面からこちらに突っ込んでくる。一人前に出たアーバミニは両手を大きく広げて歓迎の素振りすらあった。

その時だった。

まだヴィオシア達が激突する前だった。いきなりアーバミニが真横からの打撃で吹っ飛ばされ、廊下から別の部屋へと投げ込まれた。

轟音《ごうおん》。爆音。

アーバミニ達の方で何かが起きている。魔王化した悪女にとっても予想外の何かが。

「……先生、なの？」

4

キレているのはヴィオシア達だけではない。

モロクが踏み躙《にじ》られるのはこれ以上見ていられない。それに、魔王《フォーラント》すら踏みつけたあの力を教え子達に差し向けられる訳にはいかない。絶対に。

「いい加減に……」

「っ？」

「しろクソガキどもッッッ!!!!!!」

妙想矢頃《みょうそうやごろ》が横から思いっきり一発お見舞いした。

モロクの中から引きずり出され、飽きて放り捨てられた銅管。壁に刺さっていたそれを両手で掴《つか》んで、アーバミニの頭めがけて思い切り水平に振るったのだ。

アーバミニに直撃。

さらに彼女の体が巻き込む形で、近くにいたホリブレとランパンスをも吹っ飛ばす。

元々高速飛行中の魔女を強引に横からぶん殴ったのだ。自分の体が壊れる事さえ気にしなければ、さぞかしド派手な破壊力を生み出してくれるだろう。

具体的には、三人まとめて校舎の壁をぶち抜いて並行する別の棟の窓を突き破った。

「ひとまず成功……。アーバミニ、ホリブレ、ランパンスが距離に関係なくトライアングルを作れる以上、三人バラバラに動いて別々の身内を襲い始めるのが一番まずい展開だったし」

魔女のように空を飛べないと、追撃を仕掛けるにはかなり回り道をしなくてはならない。

それでも、ようやっとの反撃だ。

妙想矢頃《みようそうやごろ》は冷めた銅管の力強い感触を掌《てのひら》で確かめながら、

(……ありがとう、モロク。アンタが決死の覚悟で守ろうとしたヴィオシア達のために、確かな力を貸してくれて)

「……っづ……」

顔をしかめた直後、いきなりぐらりと視界が傾いた。

高速で飛ぶ魔女にこちらから接触したのだ。銅管は両手で握っていたが、やっぱり利き手《きて》の負荷がデカい。右の手首と肩でそれぞれ嫌な違和感があった。

だけど、まだだ。

体が斜めに傾《かし》ぐが、歪《ゆが》んでねじくれた銅管を床について体を支える。

どれだけ回り道しても良い。モロクを助けるために教え子を奮い立たせたのは彼自身だ。だから妙想矢頃《みょうそうやごろ》はこんな所であっさり意識を手放せない。それに、あの青銅像を踏《ふ》み躙《にじ》られたままにできないのは彼だって一緒だ。模試と関係なくても、教え子の成績に繋《つな》がらなくても。欲を、夢を、希望をなくしてしまったら受験なんて何の意味もなくなる。

少しずつでも、這《は》ってでも、向こうの建物に回ろう。

まだ戦いは終わっていない。

5

「先生!!」

「ばかっ、脅威を取り除くのが先！　ワタシ達は魔女と戦う事はできても、飛べない家庭教師を一〇〇%庇《かば》い続《つづ》けるのは難しいんだから!!」

反射で救援に向かおうとするヴィオシアを、メレーエが慌てて止める。

「で、でも、きゃあ、具体的にどう戦うの？」

「無傷化のせいで倒せないなら方法を探す！　流砂に足を取らせるなり麻痺《まひ》させるなり!!」

魔女のホウキなら木の枝のように広がり今も複雑化を続ける校舎群でも飛び回れる。妙想《みょうそう》矢頃《やごろ》がアーバミニ達を吹き飛ばした先の大きな部屋へ向かうのは、家庭教師より少女達の方が早い。

垂直離着陸ができるメレーエの手を借りて、ヴィオシア達も床に足をつけていく。

がらんがらん、という音があった。

おそらくは食器や調理器具を洗う広い洗浄室。窓をぶち抜いて内装を破壊し、反対側の壁にまでめり込んだアーバミニが手にしていたフォーミュラブルーム……ではない。崩れた壁の欠片《かけら》と一緒に床へこぼれているのは、バラバラになった木の人形を収めた水晶のフラスコだ。

ここで決着をつけないと、友達のモロクは助けられない。

そんな事は許さない。

不可能を可能するための方法を教えると、先生は確かに言ってくれた。モロクはまだ助けられると、友達を勝手に諦めるなと。おばあちゃんは無理をするなと言った、両親はそもそも猛反対だった。知らない人は魔女になりたいと言ってもみんな笑っていた。そんなヴィオシアをここまで信じてくれた家庭教師には、絶対に応えなくてはならない。

ヴィオシアだけではない。

メレーエもドロテアも、共にフォーミュラブルームを持って己の敵と向かい合う。

洗浄室に突っ込んで大きな洗《あら》い桶《おけ》をいくつもぶっ壊したアーバミニが、崩れた壁際《かべぎわ》でうずくまり、自分の鼻を押さえてもごもご言っていた。指の間には血の赤がある。

やっぱり彼女は、自分に直接ダメージを与えた家庭教師しか頭にないらしい。

ある意味で純粋を極め、だからこそ恐怖にまで尖《とが》る。

「てべっ、あのにゃろ、わたしの、かお、おんにゃのこのどこ鈍器でぶん殴ってんだあ⁉」

蛇を思わせる瞳の赤い光がさまよい、彼女が定めた標的を捜し求める。

魔王《フォーラント》を宿して制御下に置いたアーバミニと向かい合い、だがヴィオシアは何かに気づく。

そう、そもそも前提がおかしい。

「あれ……？　幻影の口を借りた予言で無傷化しているはずなのに、押さえた鼻からボタボタ血が流れている、なの？？？」

「っ⁉」

やはり、妙想矢頃《みようそうやごろ》は何かに気づいていたのだ。

あの人はすでに、不可能を可能に変えていた。

そしてそれは彼だけの必殺技だけでは終わらない。今この場の誰でも実行に移せるものだ。

そう、そうだ。この土壇場《どたんば》で家庭教師がいつも腰に差した――つまり使い慣れたはずの――変な形の杖ではなく、わざわざモロクの部品の銅管に持ち替えて攻撃した理由は？

呟《つぶや》いたのはメレーエだった。

「『あなたは、この世界の誰にも倒されません。女が生み落とした存在には』。演劇では帝王切開で生まれたマクダフは両足の間から『生み落とした』訳じゃないから抜け穴をつけたけど」

あっ、とドロテアが言葉をこぼす。

「青銅を組み立てて作った調理器具のモロクはそもそも母親の体を必要としない個人。なら帝王切開なんて話を持ち出さなくても、きゃあ、無傷化をすり抜ける方法はあったんだよ！」

そしてこの場合、本当に重要なのは蛇に似た瞳を赤く輝かせたアーバミニではない。

続けてメレーエがこう指摘する。

「ホリブレ、それからランパンスも」

「⁉」

「憧憬、太古、邪悪。貴殿達はそれぞれを担当する三人で大きく力を展開させる魔女よ。そもそも魔王《フォーラント》の暴走すら踏みつける無傷化の呪いなんて、おいそれと使える代物じゃないわ。つまり重要なのはアーバミニ本人じゃなくて、周りにいる貴殿達。その『支え』を取り払えば、アーバミニは勝手に魔王《フォーラント》の暴走に呑《の》み込《こ》まれてダウンするはず‼」

慌てたように青と緑の魔女がフォーミュラブルームを構えるが、もう遅い。

今から戦うのではない。ヴィオシアはもう始めている。

「憧憬の頂点。ＡＴＵ０５００、超自然の援助者の名前。小人はルンペルシュティルツヒェンという複雑な自分の名を言い当てられない限りは最強の力を振るうなの」

「こいつっ……。私達の三相設計を掴《つか》んでいるとでもいうの？」

「ねー？　大丈夫だよ、こいつらはアタシ達のファミリーネームまでは知らないはず‼」

魔女の魔法には必ず理屈がある。特に三つの相を重視する。マクベスを惑わす魔女達、だけではダメだ。そして三つの相はとても強固だけど、同時に弱点も広く浅く設けてしまう。

ヴィオシア・モデストラッキーはもう赤点魔女ではない。そんな状況ではない。

何も知らない不合格者では終わらない。

家庭教師の先生が確かに教えてくれた事があるのだから‼

「太古の頂点！　ファウストは錬金の失敗で四散した悲劇の魔術師だけど、悪魔との邪《よこしま》な約束にさえ触れなければいつまでもそんな事にはならなかったなの。……つまりマクベスの予言も含めて三つの相に共通するのは、誤魔化しの不死なの。複雑な条件を重ねて自分の死を遠ざけているだけのまやかしに過ぎないわ。ならそれを全部取っ払えばあなた達は無力化される‼」

理屈が分かっただけでは足りない。こっちも三相の魔法を組み上げて対抗しなくては。

女性から生まれた訳ではない牛に似た青銅像モロクの欠片《かけら》が使える時点で、マクベスを惑わす魔女達の予言は崩れた。……こっちで使う邪悪の頂点については音を鳴らして力を奪うと言えばアレか。そして憧憬の頂点、扱う読み物についても候補はある。最後に太古の頂点はイシスのシストラム。世界の万物を流転《るてん》させる、つまり打ち鳴らす事で膠着《こうちゃく》した状況を崩す楽器だ。

これで大丈夫か。

選んだ対抗策に不備はないか。

自分の中の不安を抑え、ヴィオシア、メレーエ、ドロテアの三人は鋭く声を張り上げる。

「「「ATU0510aシンデレラ!! 舞踏会の終わりを告げるその鐘は、善悪や事情を問わずあらゆる魔法を打ち消して元の正体をさらけ出す!!!!!!」」」

ヴィオシアはモロクの一部、青銅の欠片《かけら》で思い切り壁を叩《たた》き、鈍い金属音を響かせた。

それっきりだ。

後追いで巨大な爆発なんか起きない。閃光《せんこう》や爆音なども発生しない。

奇妙なほどに静かだった。

「ぶっ」

「アーバミニ!!」

「ねー、アーバミニちゃん!?」

体をくの字に折って。

アーバミニが呼吸を整えようとして、失敗したようだった。

「……シンデレラの鐘を使われちゃね。ただでさえ、教会の鐘には魔女のホウキから飛ぶ力を奪う伝説もあるのに。自分を着飾って大きく見せる系の魔法には致命傷に近い対抗策だわ」

率直に認めて、だけどアーバミニはゆっくりと折っていた体を再び上げていく。

蛇を思わせる赤い瞳を輝かせ、魔王《フォーラント》はまだ嗤《わら》っていた。

止まらなかった。

「でも忘れたの？　そもそも全国一斉模試は日付が変わってからスタートしたのよ、だからそれより後に、一日の終わりに鳴る舞踏会ラストの鐘なんか使えないッ!!」

爆音があった。

並び立つメレーエが一撃で背後の壁まで吹っ飛ばされた。模試A判定、キャラウェイ・Cs予備校のエースでさえ。切り札を失いドロテアの顔は真っ青になった。別の方向から飛んできた何かがそんな少女に直撃し、床へ横倒しに叩《たた》きつける。外れたメガネが床に落ちた。

「メレーエちゃん!!　ドロテアちゃんも!?」

一人残されたヴィオシアだが、まだ終わらない。

景色が爆《は》ぜた。本来必要なはずの滑走距離なんて軽く無視。何も見えない、残像すらも捕捉できなかった。てっきり魔王《フォーラント》を宿したアーバミニが飛び回っているかと思ったが、違う。

「あはは、パスパス!!」

「ねー？　ランパンスちゃんどうする、そっちも魔王《フォーラント》使ってみるう？」

「制御を渡してちょうだい。あなた達に任せておくといつまで経《た》っても終わらないわ」

アーバミニ、ホリブレ、ランパンスの間を『魔王マクベスを惑わす魔女達』が行き交い、蛇に似た赤い瞳の役回りが次々入れ替わるという方が正しい。サバトの証言にある、ホウキを使って踊る魔王《フォーラント》と魔女のダンス。哀れな生け贄《いにえ》を中心に描く大きな渦が、遅れて撹拌《かくはん》される烈風で何とか理解できる。

もう助からない。

それどころか、一度に二人同時に庇《かば》う事はできない以上、友達の命も保たない。

何か、飛び道具を使ってくる。

マクベスを惑わす魔女達だと、おそらく掌《てのひら》から撃ち出されるのは大鍋で煮詰めた毒薬辺りか。ただ成分うんぬん以前に、単純に沸騰した液体を超高速で叩《たた》き込《こ》まれるだけで致命傷だ。

魔女は超音速の中で自転車並みの小回りを利《き》かせて天空を支配する。

つまり逆に言えばアーバミニ、ホリブレ、ランパンスの三人の攻撃手段にはそういった魔女を撃墜できる速度くらいは確保しているはずだ。

轟《ごう》!! と。灼熱《しゃくねつ》の死の塊が、複数方向から同時に来た。

それでもヴィオシアは諦めなかった。必死で頭を回す。

超音速飛行時に体を守る膏薬《こうやく》のシールドなどを前面に張っても意味はない。向こうの破壊力は規格外だ。真正面から受け止めるような考え方では何をやっても難なくぶち抜かれる。

そうなると、

(狙いを逸《そ》らす、惑わすなの!!)

「っ、まだ間に合う、なの!!」

チェスの駒より小さな蠟人形《ろうにんぎょう》を辺り一面にばら撒《ま》き、ヴィオシアは自分と全く同じ幻影を周囲に十数体も生み出す。

彼女は知らないが、異世界の地球ではチャフというよりフレアに近い考え方だろう。

何にしても、この一瞬でここまで判断して行動に移せただけでも奇跡的。普段はあまり人を誉《ほ》めない家庭教師でも頭を撫《な》でてくれたかもしれない。

一瞬で無効化された。

正確に本物だけ暴いたのではない。十数体の幻影が同時に撃ち抜かれ意味を失ったのだ。

「「「あはは!!　まだ手札が残っているなら自分の死を覆《くつがえ》してみたらあ!?」」」

残るは本当にヴィオシア一人だけ。

しかも明らかに、より強い恐怖を与えるためにわざと本物一人だけ残された。

ひう、といつでも諦めなかった少女の喉が、明確に干上がる。

(せ……)

ヴィオシアの目尻に涙が浮かぶ。

ぎゅっと両目を瞑《つぶ》って、絶対にあり得ない救援を叫んでしまう。

「先生っ‼」

「やかましいぜ。いちいち断り入れてお願いしてんじゃあねえし、こんな事！」

本当に、だ。

応じる声があった。

体の中にどのようなダメージが入っていても、お構いなし。

妙想矢《みょうそうや》頃《ごろ》からすれば不幸中の幸いでもあった。もしアーバミニ、ホリブレ、ランパンスの三人がバラバラに教え子達を攻撃していたら本当に手に負えなかった。

連中がヴィオシア一人を集中攻撃してくれるなら。

こちらはこの子さえ庇《かば》えば、それだけで犠牲をゼロにできる。そのためなら、こんな傷だらけで斜めに傾《かし》いだ体なんぞくれてやる。

「がァああ‼‼‼」

6

自分は成功し過ぎた。彼は常々思っていた。

いつでもそうだ。天才少年だの何だのと持《も》て囃《はや》されたけど、その裏で多くの人から恨まれてきた事だって分かっている。あの時だって単独で宇宙に出ればそれで済んだ話なのに、何かの軸がズレてこんな事になってしまったんだと思う。

ここは異世界の地球から見たらあの世なのか、何かしらの理由であの世からさらによその場所へ逸《そ》れたのか。何にせよ、もう自分が死んでしまった異世界の地球に居場所はないから帰れないのかも、と考える事がある。明らかに誰かの手で帰還を邪魔されているのだが、それだってできない挑戦を見て憐《あわ》れんでの行動という可能性だってあるはずだ。

根拠は何もないはずなのに、そういう恐怖に震えてしまう。

でも、そんな事よりも異世界の地球に残してきた人達が心配だった。

母に妹。

自分のせいで彼女達を縛ってしまうのだけは避けたかった。何で自分はこんな中途半端《ちゅうとはんぱ》な状況で残ってしまったのだろうと何度も後悔した。いっそ完全に死んでしまえば、彼女達も新しい道を進む事に躊躇《ちゅうちょ》をしなかったはずなのに。

だから、断ち切りたかった。

異世界の地球に戻りたいなんて思わない。世界と世界の間に居座る『何か』が邪魔してくるから。情報だけなら送れるかもしれない。そもそもフォーミュラブルームだって女神の目を盗んで異世界の地球の叡智《えいち》を引っ張り出して蓄えているんだから。でもそれをやってどうする？もう待たなくて良《い》いよと連絡してしまえば、逆に家族は帰還を焦がれてしまうのでは。

答えなんか出なかった。

でも例えば、今のこの状況がそもそも不自然だと仮定するなら。

こちらの世界で本当に死んでしまえば、中途《ちゅうと》半端《はんぱ》な状況は解除される。結局それは異世界の地球の事故で死んだのと同じ事なのだから。ひとまず家族は新しい人生に進めるはずだ。

そんな想《おも》いを噛《か》み締《し》めた。

自分自身が走馬灯の中をさまよっているのが良く分かる。

最後に教え子の命を守って華々しく死ねるなら、不自然に引っかかっている命の使い方としては悪くないんじゃないか。そんな甘い誘惑が押し寄せてくる。

死の淵《ふち》に立っている。

実感がある。


「でも、まだだ……ッ」

「「「っ⁉」」」

否定する。

歯を食いしばって、甘いだけの諦めを振り切る。

足のステップで左右に回避したら教え子が危ない。防護の魔法に意志を割いてもじり貧だ。教え子を庇《かば》って背中の真ん中へまともにもらった。

ボウリング球みたいに重たい毒液の高圧射出。胴の中からバキボキという圧壊の音を聞く。

甘美な死が押し寄せて。

それでも楽に諦める道を否定して。

妙想矢頃《みょうそうやごろ》はもう一度過酷な現実に立ち向かう。

考えるのは攻撃だけ。一刻も早く脅威を排除して魔女の卵達を助けなくてはならない。

帰れないのは分かっている、メッセージを送っても仕方がない。自分はこの先ずっと大切な人達を心配させ、迷惑をかけ続ける事だろう。

でも、だからこそ。

不義理な自分を心配してくれる人達に報いるためにも、こちらの世界で幸せにならなくてはならないのだ。抜け殻に搾りかす、こんな自分にすがれば未来が開けると本気で信じてくれる少女のためにも、家庭教師だって途中で投げられない。

だから、まだ死ねない。

こんな所で死んでたまるか。

「……ランパンス、魔王《フオーラント》をこっちにパスして」

三人の魔女が空中で軌道を編み込み、そして一本だけが突出した。

赤いウェイトレス衣装。魔王《フオーラント》を宿したアーバミニか。

「強がっても無駄よ。セーラー服の内側に何か、鎧《よろい》みたいなのを着ているわね」

図星だった。紙を書物のように重ねた鎧《よろい》だけではとても抑え込めないが。

妙想矢頃《みようそうやごろ》の口の端から、赤い血の筋が垂れる。

「でもそれだけよ。火傷は防げた？　だけどダメージはゼロじゃない。マクベスを惑わす魔女達は様々な薬を作る、だから人の体の構造だって手に取るように分かるのよ。アンタ、もうまっすぐ立つ事もできないでしょ。……次でおしまい。連打で叩《たた》き潰《つぶ》してあげる」

これまでの哄笑《こうしょう》とは違う底冷えする声に、妙想矢頃《みようそうやごろ》は小さく笑った。

どうやらアーバミニは本気になってくれたようだ。

さて、魔法の組み立ては間に合うか。ヴィオシアの『ホウキ』はまだある、それなら……。

「ヴィオシア……」

「先生？」

「いいか、アンタ達は何も間違ってねえ。ＡＴＵ０５１０ａ、シンデレラ。選択自体は正解だったし。気に病む必要はねえんじゃね……。ちょっと応用の仕方が足りなかっただけで」

彼は家庭教師だ。だから教えなければならない。

持てる知識を全部振り絞って、友を守るために魔法を振るったその行為は、決して失敗でも間違いでもなかった。それは善性を帯びた魔女だけができる立派な行いだと。

対するアーバミニ達は嘲笑《あざわら》っていた。

それしか出力できない卑劣で醜い魔女に成り下がっていた。

「馬鹿が。家庭教師？　情を捨てて死んだふりでもしていればまだ生き残る道もあったのに」

「ねー？　パスパス、トドメはアタシが刺すから魔王《フォーラント》こっちに渡してもらえるう？」

「ダメよ。誰がやるか予想できないから怖いんでしょう？」

光が咲き乱れた。体が透明になる魔法かと疑いたくなるくらいだが、純粋な速度でこちらの視力を振り切っているのだ。空中を乱れ飛ぶのは三人。サバトのダンスのように渦を巻き、こちらを囲む。ドロテアも、メレーエも、誰一人避ける事のできなかった必殺の乱舞。

こちらが今持っているものは何だ？　それをどう組み立てる？　家庭教師の少年には答えが分かっていた。だから少年はぐったりしたまま血まみれの掌《てのひら》で、近くに落ちていた警棒を改めて摑《つか》み取《と》った。割れたガラスでじゃりじゃりする床を強く踏みしめる。

もう動けない自分の体をただ支えてくれるヴィオシア。この教え子だけは、何があっても絶対に守る。そういう『状況』を家庭教師の少年は強く意識する。

欲を否定するな。血まみれの唇を動かして、自らの意志でもって妙想矢《みょうそうや》頃《ごろ》はこう呟《つぶや》いた。

「ATU0510aシンデレラ……」

「「「あっはは!!　だーかーらー舞踏会の終わりの鐘はもう使えないんだよ!!!!!!」」」

歪《ゆが》んだ声が乱舞する。

こちらを取り囲み、編み込んで、そして一気に三人が突っ込んでくる。

無視して良《い》い。

「◎プラス一点。必要なのは、ラストの鐘じゃなくて（　　）だ……」

「っ？」

その瞬間、教え子のヴィオシアが息《いき》を呑《の》んだ。

踏みつけた透明な破片が靴底を通してでも分かるくらいに熱を持つ。

警棒をくるりと回して、妙想矢《みょうそうや》頃《ごろ》は最後にこう吼《ほ》えた。

「励起するのは（ガラスの靴）!!　舞踏会が終わった後、嘘《うそ》や偽りで自分を大きく見せようとした意地悪な継母《ままはは》達はたった一つの道具を前に残らず浅ましい本性をさらす羽目になる!!」

それだけだった。まやかしの力が消え去り、空中で制御を失ったアーバミニ、ホリブレ、ランパンスの三人がそのままの勢いで壁や床へと突っ込んでいった。

7

がんばってみんなで合格しようね。

確かにそう言って笑い合える友達がいた。いつでもアーバミニ達は同じ場所に固まって勉強していた。クイズ感覚で暗記問題をお互いに出し合ったり、お金が足りなければみんなで一冊の参考書を買ってボロボロになるまで回し読みした。

ある日、フリーマーケットで掘り出し物を見つけた。それはカードサイズの小さな木札の護符だったけど、裏面が妙につるつるしているのにアーバミニは気づいた。一面に薄く蠟《ろう》が塗ってあり、蓄音機の理屈で呪文が閉じ込めてあったのだ。アーバミニ達が興奮した。既存の詠唱に似ているけどどこか響きが違う。ひょっとすると難解な音階の隙間を埋めて難易度を下げてくれる大発見かもしれなかった。そしてそんな事ができたら実技で絶対に役立つはずだ。

受験本番が迫っていた。誰だって、一点でも多くが欲しかった。

それはもちろんみんなで見つけた発見のはずだった。

奪い取られるのは一瞬だったが。

そいつは笑いながらアーバミニ達を足蹴にして、目の前で取り上げて、みんなで見つけた護符を利用して召喚禁域魔法学校マレフィキウムの入試に悠々と挑んで、そして手の届かないどこかへ消えていった。後には体についた深い傷と屈辱しか残らなかった。

受験は結果が全てだ。

誰もアーバミニ達の訴えなんか聞いてくれなかった。

流刑《るけい》のように辿《たど》り着《つ》いた最悪の予備校では、友達ごっこで騙《だま》された方が悪いと、受講生どころか講師陣まで口を揃《そろ》えていた。

それで流れが決まった。

正しさとかどうでも良《い》い。残った目的なんか一つだけ。奪われた以上に強くなって最難関の受験に合格して、憧れのマレフィキウムであのクソ野郎を八つに裂く事。

8

ぱらぱら、という細かい音があった。

瓦礫《がれき》の山が内側から凄《すさ》まじい力で吹き飛ばされた。覗《のぞ》くのは蛇に似た赤く輝く二つの瞳。

「お、お……」

斜めに傾いたまま、アーバミニが吼《ほ》える。血まみれの歯を剝《む》き出《だ》しにしてこちらを威嚇しているようにも、瓦礫《がれき》の中にいる他の二人を庇《かば》っているようにも見えた。どちらにしても、それは負けなしのエリートの顔ではなかった。痛みに脅《おび》える獣に似た圧が全身から噴き出ていた。

「おァあああああアアアあああああaああaAああああああ!!!!!!」

何となく、だ。妙想矢頃《みようそうやごろ》もぼんやり思った。マクベスを惑わす魔女達。常に三人組で行動するアーバミニ、ホリブレ、ランパンスだったけど、そういえば何かが足りなかったなと。

裏切り者の象徴、マクベスそのものが。

「四人目が、いたのか」

「……憧憬の頂点、ＡＴＵ０５００。それは難題を手伝う代わりに我が子の命を要求する小人ルンペルシュティルツヒェン。太古の頂点、ファウスト。それは未知なる者との約束を軽視した結果謎めいた悲惨な死を遂げた男の名。邪悪の頂点、マクベスを惑わす魔女達。それは甘い予言で人を惑わしては確定の死に誘う三人組の妖しき影……」

虚空《こくう》で見えない鍋を混ぜるようなホウキの動きを目で見て、血の混じる不安定な呪文を耳にして、不覚にも妙想矢頃《みようそうやごろ》は小さく笑ってしまった。

こいつ、基本も基本をしっかり守ってくる。賢者を気取った魔王アリストテレスでさえ、追い詰められれば三相を忘れて力任せに攻撃する事しかできなくなってしまったのに。

「三つの相を回し、一つの目的に向かって突き進め。善悪問わずの死の儀式」

堕《お》ちた予備校エースが、こちらを睨《にら》む。

呼吸は浅く、左右の肩の高さは合っていなくても、それでも。

「これが、わたしたちのちからだ……」

己の血で汚れた歯を剥《む》き出《だ》しにして、魔女が低い低い声をこぼす。

酸素が足りない顔でアーバミニは斜めに傾き、ホウキの柄をこちらに突きつけて咆哮《ほうこう》する。

「マクベスを惑わす魔女達は完全なる破滅をもたらす!! 命も、地位も、戦う気概もッ! これが私達だ。私達の力の源だ!! アンタにここまで誰かを強く呪った事はあるかァあああああああああああああああああああああああああああああああああああ!!⁉⁇」

衝撃波の壁のような怨嗟《えんさ》だった。

床で気絶しているメレーエやドロテアの方が幸せだったかもしれない。壊れた人形みたいな少年を支えるヴィオシアが、ぎゅっと力を強くしてこちらを抱き締めてくるのが分かる。

ギィン!! と。

ガラスがぶつかり砕けるような甲高い音と共に、アーバミニのフォーミュラブルームの柄から赤と黒が弾《はじ》けた。それはパラソルより大きな魔法陣を複数空中に描いて彼女の周囲を覆い尽くし、漆黒の力を限界以上に膨張させていく。一線を越えれば、そのホウキの先端は引き絞る弓を解放するよりも明瞭に怨嗟《えんさ》と暗黒の魔法を発射する。妙想矢頃《みようそうやごろ》に向け鉄砲水のように。

だが妙想矢頃《みようそうやごろ》は小さく笑っただけだった。

散々な目に遭ってきたが、そういえばそこまで強く純粋に人を呪った事はなかったな、と。

「ATU0510a、シンデレラ……」

「っ」

応じるように妙想矢頃《みようそうやごろ》も七〇センチの警棒を差し向けた。

逆の手でこちらからも身近な少女の腰を抱いて強く引き寄せながら。

本当に、最後の切り札を解放する。


「励起するのは『結婚』。清らかな乙女はガラスの靴の試練の後、王子と結びつく事によりただ祝福と幸せを授けられるし‼　邪気と悪意に満ちた家族よ聞け、アンタ達にどれほど分厚い殺傷力があろうがこの清浄な一人を追い越し上回る事など叶《かな》わねえ！」


ゴッッッ‼‼‼と。

迫りくる黒をさらなる勢いで呑《の》み込《こ》み、消し飛ばす奔流があった。

透明な何かが空気を擦過しオレンジ色に燃え上がる。飴細工《あめざいく》にも似ているが、警棒の先から飛び出したのは溶けたガラス。それは襲い来る負の魔法を焼き尽くしアーバミニへ殺到する。

「信じてるぜ、魔王《フオーラント》の耐久力を。融点一四〇〇度超くらいじゃ死んだりしねえってな‼」

「っ⁉」

凄《すさ》まじい爆発と轟音《ごうおん》のせめぎ合いの中、家庭教師の男は漆黒の飛沫《ひまつ》の向こうでアーバミニの顔がくしゃりと歪《ゆが》むのを確かに見た。

死の間際《まぎわ》でも腐らずに、自分以外の人の心配ができたこちらを羨んでいるのだろうか。

(だとしたら筋違いじゃね……?)

妙想矢頃《みようそうやごろ》には自分の目的があった。春と呼ぶにはまだ早かったあの日、合格者を張り出す掲示板の前で途方に暮れる少女に手を差し伸べた。最初は、優しさとは別のベクトルで。

(少なくとも、とりあえず確実に合格できる手があるのに四人目と同じ道には進みたくねえって考えて、きちんと内輪《うちわ》揉《も》めを止められたアンタ達三人ほど強くはねえよ、オレは)

「なあアーバミニ……」

みんなで一緒に合格したい。

そのために周りの足を徹底的に引っ張りまくって志望率や合格ラインを引き下げようって考えはメチャクチャだけど。それでも、強固を極めたその友情は理屈を超えたところにある、誰もが尊敬するべき正解だったと、家庭教師の少年は思う。

そんな自分にないものを持つ尊敬すべき人達だからこそ。

どうか、強大なライバルとしてヴィオシアと美しく切磋琢磨《せっさたくま》をしてほしいと願う。

正しくぶつかってお互いを高める関係になってもらいたい、と。

だからここで一度、徹底的に醜い悪を折る。

己の欲を否定するな。

ヴィオシアの家庭教師を名乗りたいなら、自分を信じて、彼女のためになる事をしろ。

そして暗闇に向かう三人の『状況』をここで変えてみせろ!!

「これは魔法だぜ。勉強するだけで答えは出せるはずだぞ!!!!!!」

破壊音にかき消される中、それでも声は届いただろうか。

オレンジの濁流が殺傷力を焼き払い、魔王《フォーラント》すら踏みつけた少女を壁まで叩《たた》きつけた。

今日の小テスト4

先生、なの……

色々あったけど、アーバミニ達から吸収できる事は吸収してやらねえとな

いやあの、全国一斉模試の最中だし今日の小テストってこれ本日二回m

苦情は一切受け付けねえぞ。なお今回は旧給食センター内にヒントが散らばってるし。つまり直近だけじゃなくて、最初にオレが建物に入った所まで遡った方が良いな

問題、人間・妙想《みょうそう》矢頃《やごろ》はどのようにして強大な攻撃魔法を放つアーバミニに魔法的手段で決着をつけたか答えよ。（一問一〇点、合計一〇〇点）

憧憬の頂点について。これは言うまでもなくATU（　　　　）a、つまりシンデレラを使ってる。特に主人公のシンデレラの足に（　　　　）がぴたりと合った後のエピソードだ。この後に悪女の出番はねえ。この読み物では魔法を使う側は万能・最強の存在として描かれるから混同に注意が必要だぜ。アーバミニ達は意地悪な（　　　　）に当てはめなくちゃな。

邪悪の頂点について。魔女イザベル・ゴウディの話を参考にしている。（　　）に出かける際、（　　）に（　　）を仕込んで（　　）から怪しまれる事を阻止して礼拝へ行ったと思わせてから出かけるし。彼女は空飛ぶ目的ではなく、危難を回避したり退けたりするためにホウキを使っているから混同に注意だ。

（　　）の頂点について。ドリームキャッチャーを使わせてもらった。口封じのボトルでも良《い》いけど。これは窓辺にぶら下げる事で悪い夢を捕まえてくれる（　　）だ。形のねえ悪意や（　　）でも適切に対処すれば物理的に防げる、って訳じゃね？

以上だ。ヴィオシア、何か質問は？

エピローグ　その魔女達はまだホウキを極めた訳ではないけれど

全国一斉模試の結果がやってきた。

キャラウェイ・Cs予備校に限らず、今日一日はどこの予備校もその話題で持ちきりだろう。

神殿学部全体がイベント感に包まれている。

街の一角を覆うようだった旧給食センターはすでに引っ込み、消えてしまった。

「ふんっ」

メレーエ・スパラティブについては言うに及ばず。すでにA判定を獲得しているので、わざわざ口に出すまでもないといった感じだった。後は調子を崩さずに最後まで高い位置を飛び続けられるか、それこそ自分との戦いになってくるだろう。

なので彼女は羊皮紙の評価シートに興味を示さず、

「アーバミニ、ホリブレ、ランパンス。……あの三人、殺さずに解放したらしいわね？」

「そんなの家庭教師の仕事じゃねえし」

「また襲ってくるかもしれないのに？」

それはないな、と妙想矢頃《みようそうやごろ》は思った。友達の裏切りで全てを失った三人。でも彼女達はあの全国一斉模試で目の当《ま》たりにしたはずだ。自分以外の友達のために本気で怒り戦いを挑んだ別の魔女達を。たとえこのまま醜い悪の道を極めても、勝った時に手に入るものがそもそも違う、と。

「ひょっとしてもやもやしてんじゃね？　四人目の話」

「うっ……」

「(でもマレフィキウムに現役一発合格したって話、オレは自分以外じゃ聞いた事ねえし)」

えっ？　とメレーエがびっくりしたようにこちらを振り返った。

妙想矢頃《みようそうやごろ》はある程度の秘密を共有する少女へこう耳打ちした。

「(つまり有利な『状況』で始めても合格ラインに届かなかった。それが答えじゃね？)」

「……は、ははは。はあ」

こういうところ、受験は本当に残酷だ。才能だけで勝てる話じゃないし、まして安易な付け焼き刃なんて通じない。この世界、日頃の積み重ねを忘れた者に勝利はない。そもそも四人目は何でそうまでして底上げが欲しかったのか、まで考えれば四人目の地金は透けて見えそうな話だが。

一方ウチのポンコツ娘はと言えば、

「やったーなの！　評価が一個上がってる。見て見てドロテアちゃんっ、E判定なの夢のE・

判・定!!　目標達成、私ってば輝いてるわ。これでやっとF判定を抜け出せたなの—！」

「え、F判定なんて存在したんだね。きゃあ」

ドロテアの小さな声は聞こえなかったのかヴィオシアはキョトンとするだけだった。

……というか模試の内容は迷路状態の旧給食センター内に隠してある四つの数字を探す事、だったはずだ。多分E判定ならどれだけ時間をかけても数字一個見つければ取れる評価だと思う。ただまあ、それでも大多数の魔女達が恐怖で硬直していた中では頑張った方だが。

ドロテア的にはC判定止まりでもがき苦しんで得体のしれない絶対に瘦せる護符にまで手を出した自分が心の底から馬鹿馬鹿しくなっているようだが、そっちはさておいて。

「ひとまずギリギリ、か。魔女にとって八つで作る一周期は（　　）。分かるかヴィオシア、答えてみろし」

「うす！（一年）かけてがんばるなの!!」

そう、まだまだ一年の始まりだ。今は確かにE判定だが、模試に一つ挑むたびに評価を上げていけば、受験本番までにはA判定やその先にも手が届く。もちろん人の頭の話だ、順当に日数と学力が真《ま》っ直《す》ぐ比例関係になるはずもないが、妙想矢《みようそうや》頃《ごろ》には希望があった。

フォーミュラブルーム=ヴィッテンベルク。

何だかんだ言っても推奨判定にして規格外、^{3}S判定の魔女のホウキが呼びかけに応じたのだ。ヴィオシアに地力がないとは思えない。たとえ空回りの連続でも、この子が日々の努力を怠っているだなんて誰にも言わせない。

今が平均以下なんて話はどうでも良《い》い。最後に合格させるのが家庭教師の仕事だ。

当の本人はそういった長期的な話など頭にないようだった。

というか今は羽根ペンや羊皮紙ではなく、スパナやドライバーに持ち替えている。

「ふふふーっ☆　できたわ！　モロクどうなのよ、私の手が見えたらお返事してなのー」

ヴィオシアが笑顔でふりふり手を振ると、牡牛《おうし》の青銅像がゆっくりと金属音を鳴らす。

ドロテアはびくびくしながら、

「あのう、これ、ヴィオシアちゃん。きゃあ。ほ、本当に下宿先まで持っていくの？」

「やっぱり魔女を目指すなら一つは自分のを持ちたいわ。合成・調合用の大鍋なの！」

「……◎プラス一点。ま、確かに『本体』は業務用の巨大な圧力鍋らしいけどよ」

建物は元に戻っても、その前にヴィオシアの手で外へ連れ出されたモロク『達』はそのままだった。そしてモロク本人が棄《す》てられた施設に留まるよりヴィオシアについていく方を望んでいるらしいので、妙想矢頃《みょうそうやごろ》に止められるものでもない。

「よーしこの調子でみんな直しちゃおうなの。目指せ丸ごとコンプなのっ！」

「あ、あはは」

魔法を使ってみんなと繋《つな》がる。困っている人がいたらそれだけで助ける。

誰もが頼る身近な相談者になる。

そういう意味では、すでにヴィオシアは一人前の魔女をやっているのかもしれない。

満面の笑みを浮かべて、少女は躊躇《ちゅうちょ》なく言ったのだ。

「せんせいっ、薬草について教えてなの。早くモロクを使ってあげないとなの！」

あとがき

鎌池《かまち》和馬《かずま》です。

今回のテーマは魔女術！　敢《あ》えてマレフィキウムの方を取り入れていますが。バトルものを書く上で結構勇気がいるのが『空を飛ぶ』アクションでして。誰か一人が飛んだら全員飛ばなきゃいけなくなるインフレ発生因子の一つなので今までビビっていたのですが、だったら空飛ぶ連中だけを集めた世界観を丸ごと一個作ってしまえば良《い》いじゃない、という根本的な発想の転換に気づいて、そこからありったけ全部ぶち込んでみました。後は空飛んでる人で一番萌《も》えるのは何だ⁉︎　でホウキに乗った魔女さんへ一直線でございます。次点はサキュバスさんかなー？　ただ、同じ羽つき少女でもハーピーやセイレーンは自分の中であんまり萌《も》えないのが不思議です。何故《なぜ》？？？

魔女ってどんなイメージだろ、と考えてみると可愛《かわい》らしい読み物からドロドロした儀式まで結構色んなものが頭に浮かびまして。ただ、すぐに出てくるという事は方向性としてはみんな正解なんだろうな、と。なら全部まとめて統合した一つの世界観があっても面白そうだと思いました。

　そんな訳で今回は魔女の魔法、魔女術です。異なる存在に祈願して自然と一つになる、徹底的に借り物の力。なので人間には命や生命力はあっても魔力には直接変換できない仕組みにしています。

　これまで別のシリーズで書いてきた魔術師が自己の内面または虚空《こくう》から力を呼び出して護符に込めて『消費』したり、神と呼ばれる存在と同一化したりと『対等、あるいは人間の側から使役する』のに対して、太古の神に仕えた巫女《みこ》にせよ黒ミサの参加者にせよ、今作品の魔女は『より上位の存在を奉じて力を借り受ける』というのが最大の特徴なのかなと。なので暴走を基本設定に組み込んでいます。

　ただ、ファンシーな読み物だとこの『奉じる記号』があまり見られないのが不思議なんですよね。一神教の文化圏において、小さな子供に読み聞かせるにあたって孤独なヒロインを助ける優しいおばあさんの裏に『悪魔（と呼ばれる存在）』がいては困るから？　とも思ったのですが、人を襲う悪者の魔女でも『奉じる記号』はさほど見かけませんし。うーむ奥が深い……。

　このように、よりディープな楽しみ方としては、禁書目録《インデックス》との差異を探してみても面白いかもしれませんね。あるいは、しれっと『合衆国が破綻した』とか報告書に記載されている異世界の地球についても色々想像していただけましたら。

　三相を持つ女神という魔女系の法則性があったので、こいつを何とかして三相モーターのイメージにくっつけて魔女を大空に飛ばせられないかな？　と考えて色々設定を組んでいきました。フォーミュラブルームを『封切り』すると柄が三枚羽のスクリューみたいに開くのがお気に入りです。最初は旅客機のデカいエンジンみたいに開いていくイメージだったのですが、やっぱり三相なら合わせたいよね！　と。

　そして舞台は灰色の浪人生活。予備校と家庭教師をベースに、剣と魔法がメインのファンタジーとハロウィンコスプレのイメージを乗っけて、女の子成分強めでポップさを増してみました。中高とは全く違う、清く正しい精神を育む系の思想が全くない不思議な時空を描いてみたかったのです。そして一度失敗しているからこそ、より強く目的を見据えてがむしゃらに突き進む、ハングリーでどこか清々《すがすが》しい浪人生達の横顔を。今日の模試のためなら死んでも良《い》い。長い人生の中でも受験シーズン中にしかない頭の過熱っぷりを魔女の飛行技術と絡《から》めて新しいものが作れないかなあ、と模索しまくった結晶。楽しんでいただければと願っております。

　終わってしまえばこんなものかなんですけどね、受験って。これはあくまでもエンタメ。実際にある世界は超広いので、あまり自分を追い込み過ぎないように、です！

　イラストレーターのあろあさんと担当の三木《みき》さん、阿南《あなん》さん、中島《なかじま》さん、浜村《はまむら》さん、松浦《まつうら》さんには感謝を。ハロウィンっぽい魔女達のいる異世界をイメージしていたのですが、おかげで街や予備校にいる群衆の一人一人まで個性をつける必要が出てきたと思います。諸々《もろもろ》ありがとうございました！

そして読者の皆様にも感謝を。ホウキ、鍋、変身、帽子、皆様は魔女というとパッと何が浮かぶでしょう。魔術師とはまたちょっと違う魔女の世界、皆様の中で想像を広げていただければ幸いです。

それから今回は『黄金の夜明け魔法大系3　飛翔《ひしょう》する巻物　―高等魔術秘伝―』（フランシス・キング編　江口之隆訳　秋端勉責任編集　国書刊行会）にも感謝を。

では今回はこの辺りで。

ファンシーからホラーまで、皆様はどんな魔女がお好き？

鎌池《かまち》和馬《かずま》

それじゃあ問題だ。魔女は三つの相を重視するもんだぜ。

まずは憧憬の頂点から。

魔女配役参考書シンデレラはATU番号で何番だ？

ATU（0510）a

続けて太古の頂点。

哲学者アリストテレスの方式に基づき四大元素の変換を行いてえが、以下の図じゃ乾、湿、温、寒の四性質を一つずつ組み替えての最短変換方法が使えねえし。どれとどれを入れ替えれば正しい図になるか、空欄を埋めてみろ。

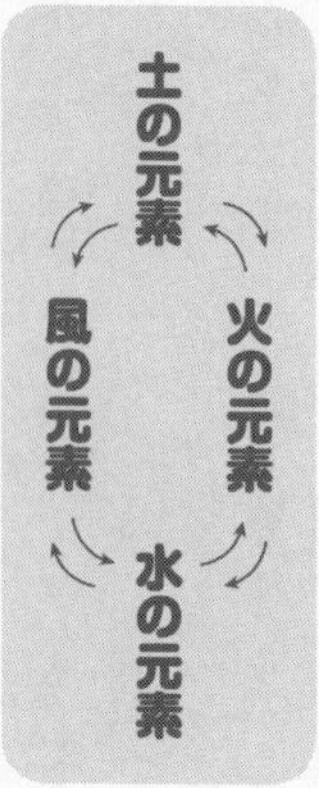

水の元素と（風）の元素を入れ替えれば成立する

ヒント・火の元素　＝　乾　＋　温　で普遍的なプリママテリアを加工したもの

最後に邪悪の頂点。

黒ミサにおいて主催者が取る行動の内、正しくねえものはどれだ？

1・他人を呪い殺す儀式を行う
②・ウサギの頭蓋骨を顔に被《かぶ》る
3・裸の女を祭壇代わりに使う

まずはここが今の実力、私の基準なの！

……見事な〇点、バシッと点数書いたら逆に清々《すがすが》しかったし

でも、一口に魔女って言っても色んなイメージがあるなの

問題、人間・妙想《みょうそう》矢《や》頃《ごろ》はどのようにして魔法的手段で魔王アリストテレスを倒し、ドロテア・ロックプールを救出したのか答えよ。（一問一〇点、合計一〇〇点）

魔女は三つの（**相**）を重視する。

まず太古の頂点。ただ今回は（**火**）風水土と赤（**黄**）青緑を対応させたくらいかな。

次に（**憧憬**）の頂点。ＡＴＵ（**０３２８ａ**　）の記述を励起した。

ジャックと豆の木の方が分かりやすいか？

鬼や巨人っていう死の脅威は経路である（**豆**）の木を切断する事で到達を阻《はば》める訳だ。つまり条件次第で魔法は誤作動や不発を起こす、って魔法的教訓じゃね？

ラストは邪悪の頂点。ポピュラーな蠟人形《ろうにんぎょう》の呪いを使わせてもらった。これは標的の体に似せたヒトガタに太い（**針**）を突き刺す事で遠く離れた相手にダメージを与えるってヤツだ。

つまり魔王（**アリストテレス**）は魔法的殺傷力＝四大元素の働きを不発化された上で、オレから反撃で放った蠟人形の攻撃を受けた訳だな。（**蠟人形**《ろうにんぎょう》）の呪いは距離や空間に関係なく標的を害するから、実体のねえ思考《ろうにんぎょう》だけの存在でも構わずダメージを与える。当然だがドロテアと魔王は別物だぜ。（**標的**）を設定してから攻撃を放つ以上、二人は明確に切り分けられる。体は一つでも、それさえできりゃ魔王本人だけを倒して内側から消し去る事ができるし。

以上だ。ヴィオシア、何か質問は？

蠟人形《ろうにんぎょう》を軸にして、呪いで考えると答えをイメージしやすいんじゃね？

うう……。でも不思議、呪いと読み物の話が連結するなんてなの

そいつは認識が違うし。元々昔話は子供のものとは限らなかった、
オリジナルの説話や伝承は魔法資料の宝庫だぜ

始めから偏見って分かっている黒ミサを取り入れているのは何なの？

歪《ゆが》められた証言から真実を抽出するだけの頭があれば立派な資料だぜ。
それに、悪意的なイメージだって逆手に取って利用する事はできるし

問題、人間・妙想《みょうそう》矢《や》頃《ごろ》はどのようにして魔法的手段でサッサフラス・Cfa予備校のエース、アーバミニ、ホリブレ、ランパンスの三人を撃退したか答えよ。（一問一〇点、合計一〇〇点）

状況は対サッサフラス・Cfa予備校の三人組に絞る。切り分けて考えろ。

太古の頂点はマンドラゴラ。引き抜く時の（**叫び**）を耳にすると死んじまうが、ロープで繋《つな》いだ犬に抜かせれば安全を保てる。つまり（**距離**）を取れば回避できる。とはいえオレは固定の位置から動けねえから、別の方法で短い距離でも音や声が聞こえなくなるよう工夫する必要があったけど。低音の大声で叫ぶ事でアーバミニ達の高音の声をかき消すとかじゃね？

マンドラゴラは攻撃にも使えるぜ。叫びを聞いたら（**死ぬ**）って記号を使わねえと損だ。

（**憧憬**）の頂点は、ATU(**0123**)、つまりオオカミと子ヤギ達だ。これも（**母親**）のふりをした狼《おおかみ》の呼びかけに応じてドアを開けると（**子ヤギ**）が食べられちまう、っていう話だったな。

つまり、オレから呼んで相手が答えたら問答無用でダウンを取る、って魔法ができるし。ヴィオシア、アンタ達を呼ぶ時名前は使わなかったぜ。オレは『取れ』としか言ってねえ。

終盤でアーバミニが呼びかけを無視したのは焦《あせ》ったけど。三人の命が欲しい訳じゃねえし。

邪悪の頂点は、わざと道具を（**粗末**）にする事で呪いを作ってみた。これは黒ミサ系の基本でもあるぜ。また単純に『一度でも（**接触**）したもの同士は再び離れても影響を及ぼし合う』っていう（**呪術**）的な法則に従う事で、照準の支援に使った。

以上だ。ヴィオシア、それからついでにメレーエも。何か質問は？

ここは声や予言の魔法だ。マンドラゴラさえ押さえておけば反撃できるし

たかが距離……。分かってしまえばこんなものなのね

魔女は手品を使ってるんだ、真正面から挑む展開自体がどつぼじゃね？

問題、人間・妙想《みょうそう》矢《や》頃《ごろ》はどのようにして青銅の殺人鍋モロクを魔法的手段で撃破したのか答えよ。（一問一〇点、合計一〇〇点）

もう慣れてきたか？　それじゃ魔女のセオリー通り、三つの（**相**）で考えてみようぜ。

太古の頂点は、ケルト神話で扱う（**ウィッカーマン**）。火を使って大勢の人を犠牲に捧げる（**人身供犠**）だな。まずはこいつを殺傷力確保のために利用するし。

憧憬の頂点は、ＡＴＵ（**0709**）、白雪姫。継母《ままはは》と娘はどっちも美しいけど、（**内面**）の醜さが人生を分けるって魔法的教訓だぜ。当然、心が（**醜い**）ほどダメージ倍率は上がる。

モロクが『手当たり次第に人を捕まえて殺したい』っていう欲を持っていれば（**最大**）威力の（**火**）が噴き出て丸ごと溶かしていたはずなんだけど、実際にゃそうならなかった。モロクの心はそこまで醜くなかったんじゃね？

ちなみに（**邪悪**）の頂点は、煙突だ。魔女が黒ミサに出かける時は煙突から（**屋根**）に出る。壁や窓が壊れて煙が流れる空間全体を安全な煙突とみなし、モロクの体当たりっていう危険を遠ざけた訳だ。

以上だ。三人とも、何か質問は？

モローク!! なの!?

うるさいのは放っておくとして、ここじゃ白雪姫に出てくる二人がイメージの起点になるし

でっ、でもお、家庭教師の先生さん。青銅像って事は生き物ではないはず。きゃあ。本当に真っ向勝負で倒せる保証なんてあったのかしら？

もちろん。その青銅像っていうのもポイントじゃね？伝説の金属オリハルコンなんかと違って、具体的に硬度や融点が分かっているんだから対策も練りやすいしな

問題、人間・妙想矢頃《みょうそうやごろ》はどのようにして強大な攻撃魔法を放つアーバミニに魔法的手段で決着をつけたか答えよ。（一問一〇点、合計一〇〇点）

憧憬の頂点について。これは言うまでもなくATU（**0510**）a、つまりシンデレラを使ってる。特に主人公のシンデレラの足に（**ガラスの靴**）がぴたりと合った後のエピソードだ。この後に悪女の出番はねえ。この読み物では魔法を使う側は万能・最強の存在として描かれるから混同に注意が必要だぜ。アーバミニ達は意地悪な（**継母達**《ままはは》）に当てはめなくちゃな。

邪悪の頂点について。魔女イザベル・ゴウディの話を参考にしている。（**サバト**）に出かける際、（**ベッド**）に（**ホウキ**）を仕込んで（**家族**）から怪しまれる事を阻止して礼拝へ行ったと思わせてから出かけるし。彼女は空飛ぶ目的ではなく、危難を回避したり退けたりするためにホウキを使っているから混同に注意だ。

（**太古**）の頂点について。ドリームキャッチャーを使わせてもらった。口封じのボトルでも良《い》いけど。これは窓辺にぶら下げる事で悪い夢を捕まえてくれる（**護符**）だ。形のねえ悪意や（**呪い**）でも適切に対処すれば物理的に防げる、って訳じゃね？

以上だ。ヴィオシア、何か質問は？

……り、理屈があったなの

魔女の魔法にスペシャルな必殺技なんか期待するなよ。
どんな魔法でも勉強すれば習得できる、くらいの心構えでいた方が良《い》いんじゃね？

そういえばアーバミニちゃんは最後誰にもできない呪いだと思ってたわ！

アーバミニちゃんときたか。まあ良《い》い、
それがアンタの最大の長所だろうし

◉鎌池和馬著作リスト

「とある魔術の禁書目録《インデックス》①〜㉒」（電撃文庫）
「とある魔術の禁書目録《インデックス》SS①②」（同）
「新約　とある魔術の禁書目録《インデックス》①〜㉒　㉒リバース」（同）
「創約　とある魔術の禁書目録《インデックス》①〜⑧」（同）
「とある魔術の禁書目録《インデックス》　外典書庫①②」（同）
「とある科学の超電磁砲《レールガン》」（同）
「とある暗部の少女共棲《アイテム》①②」（同）

「ヘヴィーオブジェクト」シリーズ計20冊（同）
「インテリビレッジの座敷童①〜⑨」（同）
「簡単なアンケートです」（同）
「簡単なモニターです」（同）
「ヴァルトラウテさんの婚活事情」（同）
「未踏召喚：//ブラッドサイン①〜⑩」（同）
「とある魔術のヘヴィーな座敷童が簡単な殺人妃の婚活事情」（同）
「最強をこじらせたレベルカンスト剣聖女ベアトリーチェの弱点①〜⑦
その名は『ぶーぶー』」（同）
「とある魔術の禁書目録×電脳戦機バーチャロン　とある魔術の電脳戦機《バーチャロン》」（同）
「アポカリプス・ウィッチ①〜⑤　飽食時代の【最強】たちへ」（同）
「神角技巧と11人の破壊者　上　破壊の章」（同）
「神角技巧と11人の破壊者　中　創造の章」（同）
「神角技巧と11人の破壊者　下　想いの章」（同）
「使える魔法は一つしかないけれど、これでクール可愛いダークエルフと
イチャイチャできるならどう考えても勝ち組だと思う」（同）
「赤点魔女に異世界最強の個別指導を！」（同）
「マギステルス・バッドトリップ」シリーズ計3冊（単行本　電撃の新文芸）

本書に対するご意見、ご感想をお寄せください。

ファンレターあて先
〒102-8177　東京都千代田区富士見2-13-3
電撃文庫編集部
「鎌池和馬先生」係
「あろあ先生」係

本書は書き下ろしです。

電撃文庫

赤点魔女《あかてんまじょ》に異世界最強《いせかいさいきょう》の個別指導《こべつしどう》を！

鎌池和馬《かまちかずま》

2023年10月10日　初版発行

発行者　山下直久
発行　株式会社KADOKAWA
〒102-8177　東京都千代田区富士見2-13-3
0570-002-301（ナビダイヤル）
装丁者　荻窪裕司（META＋MANIERA）
印刷　株式会社暁印刷
製本　株式会社暁印刷

●お問い合わせ
https://www.kadokawa.co.jp/（「お問い合わせ」へお進みください）
※内容によっては、お答えできない場合があります。
※サポートは日本国内のみとさせていただきます。
※ Japanese text only

※定価はカバーに表示してあります。

ISBN978-4-04-915206-7　C0193　Printed in Japan

電撃文庫　https://dengekibunko.jp/

電撃文庫DIGEST　10月の新刊　発売日2023年10月6日

豚のレバーは加熱しろ（8回目）
著／逆井卓馬　イラスト／遠坂あさぎ

シュラヴィスの圧政により、王朝と解放軍の亀裂は深まるばかり。戦いを止めようと奔走するジェスと豚。一緒にいる方法を模索する二人に、立ちはだかる真実とは。すべての謎が解き明かされ——最後の旅が、始まる。

ストライク・ザ・ブラッド APPEND4
著／三雲岳斗　イラスト／マニャ子

雫菜再び!?　テスト前の一夜漬けから激辛チャレンジ、絃神島の終焉を描く未来篇まで。古城と雪菜たちの日常を描くストブラ番外篇第四弾！　完全新作を含めた短篇・掌編十二本とおまけSSを収録！

ソード・オブ・スタリオン2
種馬と呼ばれた最強騎士、隣国の王女を寝取れと命じられる
著／三雲岳斗　イラスト／マニャ子

ティシナ王女暗殺を阻止するため、シャルギア王国に乗りこんだラスとフィアールカ。未来を知るティシナにラスたちが翻弄され続ける中、各国の要人が集結した国際会議が開幕。大陸を揺るがす巨大な陰謀が動き出す！

悪役御曹司の勘違い聖者生活2 ～二度目の人生はやりたい放題したいだけなのに～
著／木の芽　イラスト／へりがる

学院長・フローネの策により、オウガの生徒会入りと〈学院魔術対抗戦〉の代表入りが強制的に決定。しかしオウガは、この機を利用し彼女の弟子で生徒会長のレイナを奪い、学院長の思惑を打ち砕くべく行動する。

やがてラブコメに至る暗殺者2
著／駱駝　イラスト／塩かずのこ

晴れて正式な『偽りの恋人』となったシノとエマ。だがエマはシノが自分を頼ってくれないことに悩む毎日。そんな折、チヨからある任務の誘いを受けて——。「俺好き」の駱駝が贈る騙し合いラブコメ第二弾、早くも登場！

この青春にはウラがある!2
著／岸本和葉　イラスト／Bcoca

七月末、鳳明高校生徒会の夏休みは一味違う。　生徒会メンバーは体育祭実行委員・教職員を交え、体育祭の予行演習をするのである！　我らがポンコツ生徒会長・八重樫先輩に何も起きないはずがなく……。

新作　赤点魔女に異世界最強の個別指導を!
著／鎌池和馬　イラスト／あろあ

召喚禁域魔法学校マレフィキウム。誰もが目指し、そのほとんどが挫折を味わう『魔女達』の超難関校。これは、魔女を夢見るへっぽこ魔女見習いの少女が、最強の家庭教師とともに魔法学校入学を目指す物語。

新作　組織の宿敵と結婚したらめちゃ甘い
著／有象利路　イラスト／林けゐ

かつて敵対する異能力者の組織に属し、反目し合う目的のために殺し合った二人だったが……なぜかイチャコラ付き合った上に結婚していた！　そんな甘い日常を営む二人にも、お互い言い出せない悩みがあり……？

新作　レベル0の無能探索者と蔑まれても実は世界最強です
～探索ランキング1位は謎の人～
著／御峰。　イラスト／竹花ノート

時は探索者優遇の時代。永遠のレベル0と蔑まれた鈴木日向は、不思議なダンジョンでモンスターたちと対峙していくうちに、レベル0から上昇しない代わりにスキルを無限に獲得できる力を開花することに——？

【画集】
マニャ子画集2 ストライク・ザ・ブラッド
著／マニャ子　原作・寄稿／三雲岳斗

TVアニメ『ストライク・ザ・ブラッド』10周年を記念して、原作イラストを担当するマニャ子の画集第二弾が発売決定！

SAO
SWORD ART ONLINE
ソードアート・オンライン
川原礫
イラスト／abec
「これは、ゲームであっても遊びではない」
《黒の剣士》キリトの活躍を描く
究極のヒロイック・サーガ!
電撃文庫

アクセル
ワールド
川原 礫
イラスト／HIMA
accel World
もっと早く……
《加速》したくはないか、少年。
第15回電撃小説大賞《大賞》受賞作!
最強のカタルシスで贈る
近未来青春エンタテイメント!
電撃文庫

絶対ナル孤独者《アイソレータ》
THE ISOLATOR
realization of absolute solitude
「絶対的な、《孤独》を求める……
だから僕のコードネームは孤独者《〈アイソレータ〉》です」
『AW』と『SAO』に続く、川原礫の描く第3の物語！
Reki Kawahara
川原 礫
illustration»Simeji
イラスト◎シメジ
電撃文庫

暴虐の魔王、転生した未来世界で
魔王の適性皆無と判断される!?
著†秋
illustration†
しずまよしのり
魔王学院の不適合者
MAOH GAKUIN NO FUTEKIGOUSHA
~史上最強の魔王の始祖、
転生して子孫たちの
学校へ通う~

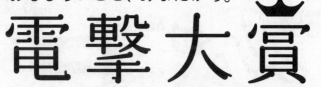